華文教學叢書

在臺國際生以華語作為第二語言之學業成敗歸因與學業情緒關聯探析

——以桃園地區大學為例

Association Between the Academic Attributions and the Emotions of International Students Learning Mandarin Chinese as a Second Language in Taiwan:

The Example of Taoyuan-Area Universities

胡瑞雪　著

獻給我摯愛的父親和兄長

推薦序

胡瑞雪博士留法期間一邊攻讀學位，一邊教授華語，為法國造就眾多的華語人才。2006年很榮幸參加胡博士就讀巴黎第七大學東亞語言與文化所的博士論文答辯，她對該領域的學術貢獻，以及流利的法文至今讓我印象深刻。完成學位之後，胡博士在臺灣銘傳大學華語文教學學系貢獻所學，繼續將她理論與實務兼具的豐富華語文教學經驗嘉惠臺灣子弟，同時也造就眾多的外籍學生。胡博士在華語文教學的領域迄今已有二十年以上的資歷，可謂桃李滿天下。基於精通多國語言及跨領域的特點，引領胡博士進行「在臺國際生以華語作為第二語言之學業成敗歸因與學業情緒關聯探析——以桃園地區大學為例」這種應用語言學和華語文教育的研究。

胡博士這本著作是應用語言學結合華語文教學、教育學、心理學等跨領域研究的成果與具體實踐。透過許多包括中文、英文、法文等參考文獻並針對北臺灣桃園地區大學部國際生作為研究對象，收集其基本資料、施測華語學習經驗和華語學習情形等問卷。胡博士撰寫這本著作的目的，想要表明北臺灣桃園地區大學國際生以華語作為第二語言之學業成敗歸因與學業情緒之關聯。藉此探討國際生以華語作為第二語言之學業成敗歸因現況和學業情緒現況；釐清國際生以華語作為第二語言之學業成敗歸因和學業情緒是否受其所屬區域別、年齡別、性別、是否為僑生、華語水平等背景差異而有所不同；並建構國際生以華語作為第二語言之學業成敗歸因與學業情緒關聯之模式。

與其他學業成敗歸因與學業情緒相關的研究成果來說，胡博士這本著作含有一些特色，勢必將為該領域研究增添更多的實證支援及新的觀點。首先，我認為胡博士勇氣可嘉；特別是來自歐美等西方國家的國際生，其個人主義色彩濃厚，自主性強且崇尚自由，在收集問卷資料方面就越困難。如此的辛苦可想而知，但相對地更突顯出胡博士這本著作的珍貴價值。或許是因為收集國際生的問卷資料倍感艱辛。因此，除了胡博士這本著作之外，還沒有其他以在臺大學部國際生為研究對象的華語學業成敗歸因與華語學業情緒關係之研究。另外，該著作是應用語言學中的第二語言習得結合華語文教學、教育學、心理學等跨領域研究的成果與具體實踐。

在華語課堂教學輔導的應用方面，本人認為值得推廣：華語教師應依照國際生不同的「華語水平」，輔導國際生使其產生積極正向的華語學業歸因；此外，華語教師應持續關注學習者的華語學業情緒，宜增加華語學習者對華語學習的動機與興趣，以增加華語學習者正向的華語學業情緒。

本人既嘉許胡瑞雪副教授於熱心教學，並曾榮獲私立大專校院協會模範教師之餘，又致力於學術研究，不斷撰述論文以回饋學界的表現極表肯定；更期許其能在學問之途更上層樓，再創佳績。因樂為之序如上，在此亦誠摯地祝賀該著作能夠順利出版，深信這本書能成為華語教師輔導學生時的最佳指引，亦提供相關華語教師、華語學術界作為參考。

P. Mann
馬頌仁

法國漢學家、巴黎高等研究應用學院（EPHE, PSL）教授

2022年7月16日謹序於巴黎寓居

自序

臺灣作為一個能夠以華語提供優質高等教育服務的國家，在全球並不多見，這也正是臺灣長期可以吸引越來越多國際生來就讀的魅力所在。然而，由於國際生在臺留學或研習，就生活、語言、文化、習俗等方面皆需重新調適，不論其來臺動機與目的為何，初到臺灣的國際生，可能因華語能力不佳，常造成溝通不良的現象。因此，在臺灣華語教學發展的同時，為顧及這些新族群能快速地融入臺灣社會、適應臺灣當地的生活，越來越多的教育機構陸續開辦華語課程。又，臺灣近年來的少子女化問題的衝擊，國際生在臺灣受華語教育人口的結構裡，更應該被視為一群值得相關學界與教育界關注與深入研究的特殊族群。

在學校較強調競爭與成敗的臺灣教育情境中，國際生必然會因華語學習成敗影響其自我知覺，進而主動嘗試去解釋自己華語學業成功或失敗的歸因，之後亦將影響國際生後續的種種華語學習行為。因此，瞭解國際生對華語學業成敗的歸因情形，有助於華語教師輔導學生在經驗學業成功或失敗之後，能夠表現出正確和積極的華語學習行為。然而，華語學業情緒一直以來即蘊涵在國際生學習華語的過程中，所以華語教師對於國際生在華語學習中的學業情緒必須有所瞭解。理所當然，華語教師可以影響國際生的華語學業情緒，特別是當國際生產生負向華語學業情緒時，華語教師透過輔導之後，不僅能讓國際生的華語學習不中斷，還能進一步引導國際生產生正向的華語學業情緒以促進學習。

個人自投入華語教學界以來，即致力於華語教育及教學方面的相關研究，深感此類文獻富有學術價值，對於華語教育及教學方面的發展深具意義，實有必要全面而系統地進行整理與研究。因此，關於在臺國際生以華語作為第二語言之學業成敗歸因與學業情緒關聯的研究，本書只能說是階段性的完成，還有更多的華語教育及教學的課題，例如自我效能感、學習策略、學習動機、學習脈絡、學習成就、自我調整學習歷程等亟待深入瞭解與探討，疏漏之處，還請專家、學者不吝指教。我將繼續在華語領域勇往直前，期待來日撰寫針對在臺國際生在其他華語教育及教學方面的專著，略盡棉薄之力。

在本書撰寫過程中，研究者自2020年起，曾透過前後共三次研討會及三篇期刊發表論文：臺灣華語文教學學會所主辦的「2020年第十九屆臺灣華語文教學學會年會暨國際學術研討會」、本校銘傳大學華語文教學學系所主辦的「2021年華語文教學國際學術研討會：華語線上教學與學習」、世界華語文教學學會所主辦的「2021年第十三屆世界華語文教學國際學術研討會」、中國文化大學教育系所出版的《教育與家庭學刊》、世界華語文教學學會所出版的《華文世界》、臺灣華語文教學學會所出版的《華語學刊》。研究者於前述共三次具嚴謹審查制度的國際學術研討會中宣讀了以下前三篇論文，又分別於2020、2021年刊登兩篇論文，而另外一篇已被期刊接受的論文，預定於2022年10月刊登；共三篇具嚴謹審查制度的學術期刊論文，發表本專書部份內容如下：於「2020年第十九屆臺灣華語文教學學會年會暨國際學術研討會」發表〈在臺國際生華語文學業情緒評量表制定與其自我評量之探究〉、於銘傳大學「2021年華語文教學國際學術研討會：華語線上教學與學習」發表〈在臺國際生華語文學業成敗歸因之探析〉、於「2021年第十三屆世界華語文教學國際學術研討會」發表〈華語文學業成敗歸因與華語文學業情緒關聯模式之探究〉，於《教育與家庭學刊》刊登〈在臺國際大學生華語文學業成敗歸因評量表制定與其自我評量之初步探究〉、於《華文世界》刊登〈在臺國際大學生華語文學業成敗歸因與華語文學業情緒關聯之初步探究〉、預定於《華語學刊》刊登〈在臺外籍生華語學業情緒之實徵研究——以桃園地區大學為例〉。三場國際學術研討會中，研究者要特別感謝評論人及在場的學術界、教育界的先進，同時也感謝審查第11期《教育與家庭學刊》、第127期《華文世界》、第31期《華語學刊》等諸位匿名學者專家，他們針對論文內容提出許多寶貴的建議，在此一併誌謝。

最後，感謝參與本研究的助理、國際生、友人，所有教導我、勉勵我、關心我、愛護我的師長、朋友和家人，由於你們不斷地鞭策與督促，支持與鼓勵，本書才得以完成。感謝科技部「補助國內專家學者出席國際性學術會議」提供研究者出席「2021年第十三屆世界華語文教學國際學術研討會」的經費補助（MOST-110-2914-I-130-001-A1）。感謝本校銘傳大學研發處所承辦的「109學年度教師校內專題計畫」提供本研究的經費補助。感謝萬卷樓出版社的總編輯張晏瑞先生協助出版，以及學術編輯呂玉姍小姐協助文字校正與排版，本書才得以順利付梓。更要感謝法籍漢學家，2012年法國法蘭西文學院頒發的漢學儒蓮獎受獎者Pierre Marsone（馬頌仁）教授在百忙之中為後學撰寫推薦序文。文中如數家珍似地充滿著欣慰之情；對Marsone教授的嘉勉及期許，儘管內心滿懷感激，但面對華語教育及教學研究的漫漫長路，只能抱持著至誠懇切的真心，繼續向前行。

謹識

目次

附錄

表目錄

圖目錄

第一章
導論

本研究旨在探討桃園地區大學國際生以華語作為第二語言之學業成敗歸因與學業情緒關聯。本章共分成7個部分，主要闡述本文之前言、研究動機、研究目的、研究議題、研究重要性、重要名詞釋義和專書架構，分別說明如下。

第一節　前言

自從1987年，臺灣宣布解嚴至今，高等教育發展已邁入興盛時期。在教育政策的推動下，擴大設立大專校院，大幅增加了學生進入高等教育單位唸書的機會。如此，儘管一方面可提高整體教育普及化程度和人口素質；但另一方面，因民眾生育的意向會受到時代環境改變的影響，導致臺灣「少子女化」情況嚴重（孫得雄，2009）；造成本地「生源不足」的危機（林文樹，2013）。面對這樣的難題，政府和教育部勢必積極規劃因應對策。

近年來，臺灣不斷推動、吸引並吸收國際人才，許多政策、計畫已經實施並獲得一定的成果。根據經濟合作發展組織（Organization for Economic Cooperation and Development, OECD）的研究報告：「全球化」的趨勢促使各國在國家發展與利益的雙重考量下，更積極地發展跨國學術研究與交流（OECD, 2004）。同時，跟著網路資訊與科技的快速進步形成「全球化」的趨勢，使得「全球化」成為世界各國在教育改革上的核心因素。此外，「全球化」也帶來了擴大生源範圍的轉機，「招收境外學生」因而成為臺灣高教的重點之一。

2004年，行政院提出「擴大招收外國學生來臺留學案」並委託教育部進行策劃，報告中也強調高等教育全球化之必要性（教育部，2011）。另外，教育部為強化國內大學校院國際化，鼓勵招收外國學生，進而促進國際文化交流及提升大學國際競爭力，特訂定「教育部獎勵大學校院擴大招收外國學生補助計畫要點」，並且列為重大政策之一，不僅協助、鼓勵各大學校院營造雙語學習環境，也積極推動華語教學相關計畫於各大學校院中。馬英九在2009年11月曾強調臺灣的高等教育不能繼續封閉，希望將行銷臺灣——Study in Taiwan 發揚出去，讓更多優秀學生進來（王保進、林妍妤，2010）。近年推動如2011至2014年的「連結亞太——深耕東南亞計畫」等政策，並於2016年9月，正式宣布「新南向政策」。

臺灣高等教育的國際化政策除了注重增加國際生人數，亦相當重視學生品質。因此每年臺灣政府在教育資源分配上，提供不少獎學金、獎助金名額給部分優秀的國際生來臺就學。政府除了在教育推廣行銷和政策上的改革，在學習資源方面也提供境外學生各種獎學金鼓勵學生來臺求學，如教育部臺灣獎學金（MOE Taiwan Scholarship）、外交部臺灣獎學金（MOFA Taiwan Scholarship）、科技部臺灣獎學金（MOST Taiwan Scholarship）、國際合作發展基金會外籍生獎學金（ICDF Taiwan Scholarship）以及各校院自行提供的獎助金等。

此外，教育部為提供外國人士來臺研習華語，認識臺灣社會與文化、增進我國與世界各國之交流及了解，陸續推動「教育部華語文獎學金」（Ministry of Education Huayu Enrichment Scholarship Program）及「補助來臺研習華語之教師團及學生團」等措施。根據教育部統計處公布，我國華語文教育之研習及就讀人數概況如圖1、表1顯示，種種優惠措施顯著帶動來我國就讀大專校院附設華語文中心的國際生人數逐年攀升，108學年度共有32,457人，為100學年度之14,480人的2.24倍，如表1所示[1]。

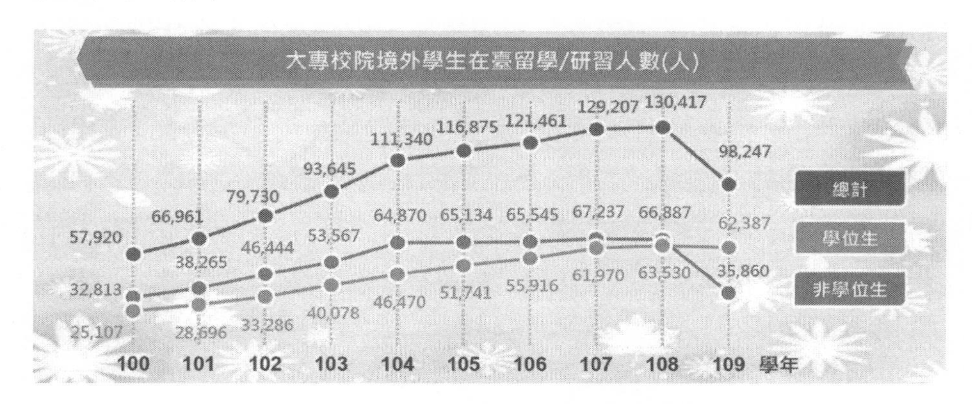

圖1　大專校院境外學生在臺留學、研習人數[2]

表1　大專校院境外學生在臺留學、研習人數[3]

項目別	100學年	101學年	102學年	103學年	104學年	105學年	106學年	107學年	108學年	109學年
境外學生總計	**57,920**	**66,961**	**79,730**	**93,645**	**111,340**	**116,875**	**121,461**	**129,207**	**128,157**	**98,247[f]**
學位生	**25,107**	**28,696**	**33,286**	**40,078**	**46,470**	**51,741**	**55,916**	**61,970**	**63,530**	**62,387**
正式修讀學位外國生	10,059	11,554	12,597	14,063	15,792	17,788	21,164	28,389	31,811	32,040
僑生（含港澳）	14,120	15,278	17,135	20,134	22,865	24,626	25,290	24,575	23,366	24,315
正式修讀學位陸生	928	1,864	3,554	5,881	7,813	9,327	9,462	9,006	8,353	6,032
非學位生	**32,813**	**38,265**	**46,444**	**53,567**	**64,870**	**65,134**	**65,545**	**67,237**	**64,627**	**35,860[f]**
外國交換生	3,301	3,871	3,626	3,743	4,126	4,301	4,856	5,242	5,766	5,766[f]
外國短期研習及個人選讀	2,265	3,163	3,915	4,758	5,586	5,870	8,806	10,630	7,846	7,846[f]
大專附設華語文中心學生	14,480	13,898	15,510	15,526	18,645	19,977	23,539	28,399	32,457	20,674
大陸研修生	11,227	15,590	21,233	27,030	34,114	32,648	25,824	20,597	16,696	-
海青班	1,540	1,743	2,160	2,510	2,399	2,338	2,520	2,369	1,862	1,574

1　從109學年度起，由於新冠肺炎的影響，明顯降低了國際生來臺的人數，如圖1、表1所示。因此，從109學年度之後國際生來臺的人數是不列入本研究範圍的。

2　資料來源：教育部統計處、高等教育司、技術及職業教育司、國際及兩岸教育司、大學校院招收大陸地區學生聯合招生委員會及中華民國僑務委員會。請參考教育部統計處網站https://stats.moe.gov.tw/files/important/overview_n16.pdf，2021年8月19日。

3　同上。

除了大專校院附設華語文中心的國際生有學華語文的需求之外，其他在臺留學或研習的境外學生大多亦有相同的需求。由於前面所提的種種優惠措施亦顯著帶動我國大專校院境外學生人數快速成長，108學年度共有128,157人，為100學年度之57,920人的 2.21倍；從圖1、表1得知，留臺學生人數，無論來臺修學位或是學華語文，幾乎都有增長的趨勢。然而，109學年度則因新冠肺炎（COVID-19）的影響，因邊境管制下降至98,247人，如圖1、表1所示。根據教育部在2021年1月29日公布了「109大專校院境外學生人數統計」，2020年秋季在籍境外生總人數為98,247人，上一學年度為128,157人，是這六年來首次跌破10萬，上一次人數不到10萬是在2014年，有93,645人。至2020年，越南成為最大國際生的來源國，有17,030人，印尼有13,903人，馬來西亞有13,824人如表2所示（教育部統計處，2021）。儘管如此，國際生在臺灣的人口結構裡，仍然應該被視為一群值得加以關注的特殊族群。

表2　東協十國從2020年和2019年的招生情況比較[4]

國家＼年份	2020年	2019年	成長率
越南	17,030	17,421	－2.26%
印尼	13,903	13,907	－0.03%
馬來西亞	13,824	15,741	－12.18%
泰國	2,798	4,001	－30.07%
菲律賓	2,241	2,311	－3.03%
緬甸	952	1,253	－24.02%

4　資料來源：教育部統計處網站https://depart.moe.edu.tw/ed4500/News.aspx?n=B31EC9E6E57BFA50&sms=0D85280A66963793，2021年8月18日。

國家＼年份	2020年	2019年	成長率
新加坡	565	654	－13.61%
柬埔寨	109	355	－69.3%
汶萊	44	101	－56.44%
寮國	32	45	－28.89%
總計	51,901	55,789	－8.76%

由於國際生在臺留學或研習，就生活、語言、文化、習俗等方面皆需重新調適，不論其來臺動機與目的為何，初到臺灣的外籍人士，可能因華語文能力不佳，常造成溝通不良的現象。故在臺灣地區，華語文教學發展的同時，為顧及這些新族群能快速地融入臺灣社會、適應臺灣當地的生活，有越來越多的教育相關機構陸續開辦華語文相關課程。

再者，就華語文教學發展現況而論，華語文已成為許多國家第二語言學習的重要語言選項。約始於第二次世界大戰後，例如美國大學中文教學發展快速，自1930年的6所大學開設中文課程，到1980年為195所，至1995年已有439所大學有此種課程，華語已經是美國第二外語的第三大選項（信世昌，1995；王淑美，1998；宋如珊，2004）。由於華語文教育受到世界各國的重視及推廣，聯合國將華語列為6大工作語言之一。美洲、歐洲與紐澳地區，在90年代，以華語為外語學習的人數已超過日語；亞洲地區包括日本、韓國與越南，華語學習人數也增長至外語學習中的第一位；在東南亞各國，華語已成為僅次於英語的第二大外語，而新加坡將華語列為4大官方語言之一（唐浩，2007）。

由於全球化互動影響以及21世紀亞洲將逐漸成為世界經濟文化的重地，再加上中國近年來經濟的改革開放，華人經濟的活絡，使得世人的眼光聚焦到東亞地區。美、日、韓、越、星等國使用「大學先修課程華語文計畫」（簡稱 AP 華語文計畫），而歐美等地許多跨國大公司，亦設立了「中文速成班」部門，以訓練員工華語文之能力（張富美，2005；AP 華語文專區，2005）。根據中國國家漢辦預估，2004年全世界學習華語文人數還不到3,000萬，至2014年已超過一億人（國家漢辦，2014）。因此，全球華語教師的需求量大增，海外各地的華語教學的推廣與創新應持續深化、落實與積極擴展。亞太華人地區的情勢日趨重要不言而喻，華語文學習在世界各地逐漸受到重視，外籍人士學習華語文已漸漸形成一種世界性的風尚與熱潮。

新冠疫情爆發之前，全球投資者幾乎將中國視為最具吸引力的國家，華語文更是成為進軍中國市場、求職升遷的新利器，而使得學華語文人數持續增加。疫情前的「中國熱」同時帶動起「華語熱」，全球學習華語的人口與學習群體，不再僅限於海外華人，更多非華人族群的學習華語熱潮，從成人往下延伸至兒童，語言使用的場域從家庭用語到社會用語，再到各項專業場合所需要的語言文化。

臺灣作為一個能夠以華語文提供優質高等教育服務的國家，在全球並不多見，這也正是臺灣長期可以吸引越來越多國際生來就讀的魅力所在。然而，中國的孔子學院一直在海外大力投資推動外國人學習中文以及中國文化，被視為北京增強「軟實力」的舉措，但近年來有孔子學院被指干預學術自由，進行情報收集等工作，已造成世界多國對中國在國際學術校園內日益增長的影響力表示擔憂。自2017年起，美國有多間孔子學院倒閉；近來「華語熱」增溫，其他各國因對中國政府意識形態輸出產生警惕，亦陸續關閉孔子學院。美國在2020年起謀求拓展學習華語的平臺，2020年10月，美國政府官方語言學習網站封面圖改為使用臺灣地標臺北101大樓，同年12月美國和臺灣簽署《臺美國際教育合作瞭解備忘錄》，啟動「臺美教育倡議」，提升兩地語言教學合作，增加了從臺灣赴美教學的老師。因此，臺灣於去年開始積極開拓國際華語教學市場，僑務委員會輔導海外僑校成立「臺灣華語文學習中心」，先在美、英、德、法等國設立18家「臺灣華語文學習中心」，希望推動當地人學習華語，去年已順利在美國落成15家、英、德、法各1家，預計今年再成立45家，目標在歐美成立百所華語教學據點（李怡欣，2021）。此外，在「華語教學國際高峰會」中，國安會副秘書長徐斯儉及僑委會委員長童振源提到：自2020年起，國安會整合跨部會資源，推動「華語教育 2025計畫」，以整體國家形象向全球推廣華語教育，打造華語教育「國家隊形」，臺美均將華語視為「戰略」與「國家安全議題」（李怡欣，2021）。顯然，「臺灣華語文學習中心」即將在歐美重要國家成立；展現臺灣優質軟實力，同時吸引外國精英來臺學華語，促進臺灣推動跨文化的溝通與交流。此消息令人振奮，心中雖喜悅至極，樂見其成；未來僑委會將鼓勵歐美地區僑校踴躍申請設置「臺灣華語文學習中心」，結合更多歐美僑校，期盼延伸至歐美主流社會，教授及推廣具臺灣特色之華語文教學，有別於中國的孔子學院，分享自由民主之臺灣經驗與臺灣人民包容且尊重開放多元的文化價值，是華語學習不可或缺的環境，這亦是美國在臺協會（American Institute in Taiwan, AIT）文化官馬明遠（Luke Martin）深信臺灣成為學習中文最佳選擇的主要因素（李怡欣，2021）。但何謂臺灣特色之華語文教學？如何才能符合輸出臺灣特色之優質華語文教學？無論在臺灣當地或海外，除了推廣華語文知識與（聽、說、讀、寫、溝通等）技能、正體漢字、臺灣在地文化與自由民主之臺灣經驗、數位多媒體教學、佐以多元活潑的教學法之外，究竟還有哪些因素可以提升華語文教學而成為臺灣特色？

為了引起學生學習華語文的興趣，讓學生既能愉快地學習又能達到學習成效，是研究者一直在努力的目標。研究者回顧自己多年來在法國或臺灣任教華語的經驗，無論是校內或校外，每每與同是華語教師的同儕面對面或網路社群分享彼此的教學，一些華語教師感慨部份學生學習動機及情緒上的低落，無法持續學習動力的狀況，總是時有所聞。在許多從微觀角度的質性觀察或同儕對談中，對研究者教學實境的工作有所助益。研究者經常將新的教學理念融入在教學當中，希望藉此研究的機會能對華語文教育及學術界提供參考。

動機對於學生的學習具有不可忽視的重要性及關鍵性的影響。學生在學習的過程中，動機乃引發學生學習的原動力，一般來說，若學習動機強，其求知慾望與學習興趣較高，自主性學習的能力自然越強。這就是為什麼美國前教育部長 Terrell H. Bell 曾經一而再，再而三地強調教學上的三重點：「第一是如何引發學生的動機，第二亦是如何引發學生的動機，第三還是如何引發學生的動機」（引自 Covington, 2000）。

根據瑞典學者 Marton 和 Säljö（1976）針對學習的表層與深層方式進行研究。他們要求學生閱讀課文，並告知學生閱讀後要接受提問，學生採取兩種不同的方式達成學習任務。研究結果顯示：受試者表現出不同的學習過程和使用的學習策略，以及理解和記憶的差異。學生在學習過程中處理信息存在著不同的水平，呈現淺層和深層的差異。當學生使用淺層學習策略時，只能針對問題作淺表回應。學習過程表現為機械式的死記硬背。而學生採用深層型學習策略時，即能關注到文章主旨和重要觀點。然而，對自己行為負責的學生，即學業成敗歸因於自己內部因素的學生，才更有可能具有深層型學習動機，而採取深層型學習策略（雷靂等人，1998）。因此，引領學生將其華語學業成敗導向內部因素的歸因，顯然成為華語教師教學的重要工作之一。教師在輔導學生課業時，必須先分析以便了解學生的華語學業成敗歸因的傾向，適時採取有效的歸因訓練。因為歸因訓練不但能引導學生深層學習，提升其深層型學習動機；而且還能增強學生的自我效能感，提高學習積極性（滿力等人，2007）。然而，情緒是學習過程的核心。是以，在臺國際生以華語作為第二語言之學業成敗歸因是否與其華語學業情緒相關，實值得深入探究。

人們如科學家一般，會試圖理解事件或行為的成因（Weiner, 1992）。準此而論，國際生在學習華語的過程中，自然也會對自己華語學業成功或失敗的原因感到好奇而進一步分析，此歷程即為華語學業成敗歸因。根據國內學者洪光遠、楊國樞（1979）的研究發現，內在歸因與學業成就呈現正相關。其他相關的研究也指出，把成功歸因於內在因素（例如努力、能力等）與學業成就呈現正相關（郭生玉，1984；McClure et al., 2011）。Weiner（1985）亦指出，學生對於學業成敗歸因會影響自己對未來成功的期望，並且會引起各種情緒反應，進而影響其未來的學習行為與學業成就。積極且適切的學業歸因可讓學生保持對未來成功的自信心，提高其自我評價的水準，進而促進其努力學習。反之，消極不適切的歸因除了造成學生產生消極悲觀的學業情緒，亦失掉對其未來成功的期望。

根據上述 Weiner 的歸因理論及其他國內外相關研究得知，學業成敗歸因乃是由學生主觀詮釋，是影響其學習動機強弱的關鍵因素，合適的歸因可促進學生發展良好的學習行為，亦可協助學生獲得較高的學業成就。因此，華語教師在國際生學習華語的前期，應先了解其華語學業成敗歸因方式，適時輔導國際生作適切的歸因，可提升國際生學習華語的意願和培養其積極向上的學習意志。

除了華語教育界之外，國內已有多數關於學業成敗歸因的研究，多以 Weiner 歸因理論的努力、能力、運氣和工作難度等4個主要歸因因素進行探討。至於國外相關研究的成果顯示：社會因素如父母、教師、同學等亦是影響學生學習的重要因素（Ng, McClure, Walkey, & Hunt, 1995；Liu, Cheng, Chen, & Wu, 2009；McClure et al., 2011）。對謙虛的華人學生而言，由於傳統華人文化的影響，社會因素應該相當重要；例如將其成功歸因於教師、父母或其他的貴人相助。華人父母對子女學業表現的歸因型態亦有影響，例如國小高年級學生對父母反應的知覺與數學學業失敗歸因相關，學生藉由其知覺父母反應，成為其判斷自我學業歸因的根據（李宜玫、蔡育嫺，2011）。

由於傳統華人文化一向發揚努力的價值，因此華人總是被視為努力取向的群體。《中庸》：「人一能之，己百之；人十能之，己千之」、古訓「勤能補拙」、「勤學苦練」、「功在不捨」；就連去年夏季在東京奧運大放異彩的羽球金牌國手李洋（引自名人快訊，2021）：「等待奇蹟，不如為自己留下努力的軌跡……」、羽球銀牌國手戴資穎（引自新浪新聞，2021）：「沒有永遠的贏家，只有不斷努力的人」；以上皆在傳達只要勤奮努力即可彌補天資之不足。此價值觀藉由家庭或學校的教育深刻地烙印在華人子弟的心中，因此其學業成敗歸因很可能受努力信念的文化背景所影響。反觀國外學者（Covington, 1984；Stevenson & Stigler, 1994）則認為，自我價值感是個人追求成功的內在動力，而個人的自我價值主要是反映在能力的自我知覺上；個人視學業成功為天生能力的展現，而非靠一般亞洲人所認為努力所得來的成果。顯然，文化背景因素對於華語學業成敗歸因亦有其不可或缺的重要性。

對於華語學業成敗歸因的探究，社會、文化因素的重要性不言而喻。因此，本研究仍以 Weiner（1972）自我歸因理論的4個歸因因素為主：能力、努力、考試運氣、考題難度；再佐以社會因素，如教師教導融入問卷內容之中。

探討學業成敗歸因的國內外相關研究已有豐碩的成果，但有關學業成敗歸因的研究多著重於學習動機的影響，卻鮮少有針對學生學業情緒方面影響的研究，故促使本研究的加入。關於學生學業情緒方面的研究上，自從 Goleman（1995）的大作《情緒智力》（*Emotional Intelligence*）的出現，試圖從大腦生理學的角度出發，探索個人腦內的自我情緒掌控力，並指出情緒智力是影響一個人一生成就的最重要因素；從此，情緒的議題便受到廣大學術界的重視。

情緒到底是什麼？透過歷史的脈絡中，情緒的定義已有多種。在這些不同的定義中，其專注的面向在於情緒是身體、個人、社會和認知的維度。這些定義將我們的情緒與幸福感、感受、社會的互動、生理反應、決定、想法或行動聯繫在一起。目前，所謂情緒多成分的定義典型地被採用在情感科學（Affective Science）研究。根據這種定義方法，情緒被定義為暫時性的快速變化狀態，取決於兩種時機：（1）初始產生情緒，乃是由於真實或想像事件的相關性而導致；（2）外圍神經系統、行動傾向、運動表達和有意識感知等的反應（Sander, 2016a）。根據 Ekman（2004）的研究，有7種基本情緒各自有明顯且共通的臉部表情：哀傷（Sadness）、生氣（Anger）、驚訝（Surprise）、害怕（Fear）、嫌惡（Disgust）、輕蔑（Contempt）和愉快（Happiness）；而種種情緒分布在腦部不同的區域（Vytal & Hamann, 2010）。顯然，正面和負面的情緒並非互相排斥的。這兩大類的情緒在腦的不同部位產生，甚至連相反的情緒亦可同時存在。

情緒被心裡學家認為是影響人們行為的一個重要因素。然而，在教育情境中，學業情緒就如學業動機一般，對學生學習的影響亦是有目共睹（Schutz & Lanehart, 2002）；但先前有關學業情緒的研究主要集中在考試時的焦慮情緒（Pekrun et al., 2002），其他的學業情緒則較少受到應有的關注。此外，Pekrun 等人（2002）提出學業情緒（Academic Emotions）一詞，係指學生在學習過程中所產生的情緒；其範圍包括學習時的課堂聽課、閱讀教科書、寫作業及考試時所產生的各種成敗情緒。之後，Pekrun 等人（2004）的研究指出，學生在考試時，除了焦慮的情緒外，仍可能有其他的情緒；例如 Fong 和 Cai（2019）研究與考試有關的學業情緒，特別是希望的情緒。他們考察香港1,051位小學生，發現高水平完美主義的學生，追求高水平的測試與希望的學業情緒相關。

有鑑於過去長期忽視正向學業情緒研究的重要性（Pekrun, 2006; Pekrun et al., 2006），因此近年來有關學生在學習過程中所體驗到的情緒經驗，在教育心理學研究中已逐漸地受到廣泛的重視（Bernardo et al., 2009），並以學業情緒（Academic Emotions）研究最具代表性。此外，亦有國內外學者在正向心理學的脈絡下，強調情緒經驗與情緒習慣影響學生日後的情緒幸福感（Fredrickson, 1998, 2001; Pekrun et al., 2011; Liu, 2015）。Fredrickson（1998）還進一步指出享受、希望、自豪等正向情緒可促進創意思維、尋求策略解決問題，有助於鞏固長期的心理資源。尤其是處於無法改變學習環境的學習者，依然可有效運用情緒資源，來改善其學習心境（Pekrun et al., 2011; Pekrun & Perry, 2014）。另外，多篇研究成果顯示：學生的學業情緒除了影響成就表現，且與學生的學業動機、自我調整學習歷程等皆具顯著相關性（Pekrun, 2006; Goetz et al., 2006a; Pekrun et al., 2007; Goetz et al., 2008; Turner & Husman, 2008; Pekrun et al., 2009; Ahmed et al., 2010）。基於學生的學業情緒與學習歷程的各面向皆有密切的關係，因此探討在臺國際生以華語作為第二語言之學業情緒實為華語教育重要的課題之一。

Pekrun 等人（2002）提出學業情緒具有領域特定性（Domain Specificity），可見有關探討學業情緒的研究應以某學科為研究範圍。根據教育部針對國中小學學生所作之課程喜歡程度調查，結果顯示：

國中小學學生最不喜歡的科目是數學，占38.2%（教育資料文摘，1997）。國際教育成就調查委員會（The International Association for the Evaluation Achievement）執行國際數學與科學教育成就趨勢調查（Trend in International Mathematics and Science Study，簡稱 TIMSS，2007），結果顯示：臺灣國二學生及小四學生在數學考試成績表現十分亮眼，名列全球第一和第三。然而，透過學者分析臺灣學生的數學「自信心」與「正向態度」的成績表現遠低於國際平均；這應該與臺灣考試與升學制度帶給臺灣學生學習壓力有關（Martin et al., 2008; Mullis et al., 2008）。可見，考試成績表現良好，並不表示此學科學生的學習是快樂的。此外，如無字天書般的漢字這類的方塊字對國際生來說是否如臺灣學生學習數學一般缺乏自信、學習不快樂，因而造成其負面的學業情緒？又在怎樣的情境下，國際生學習華語的過程中，才會引發正向的學業情緒？這些疑問都值得加以深入探討，因此本研究亦針對桃園地區大學國際生，探究其以華語為第二語言之學業情緒議題。

由於學業情緒具有情境依賴（Context-Dependent）的本質，故在不同的學習脈絡（Learning Context）下會衍生出不同的學業情緒；而 Pekrun（2005）亦提出不同的學業情境會感受不同的情緒，個體在學業情境中所感受的情緒是多樣化的，除了學習結果的歸因情緒外，對學習結果的預期和學習工作歷程都會激發個體各種不同的情緒。國內外學者的學業情緒相關研究結果皆符合前述（Goetz et al., 2003；李俊青，2007；鄭衣婷，2007；董妍、俞國良，2007；蔡旻真，2008；馬惠霞，2008；Govaerts & Grégoire, 2008；吳淑娟，2009；劉玉玲、沈淑芬，2015；胡瑞雪，2021）。情緒的種類從8種到13種，其中大部分以 Pekrun 等人（2002）的研究結果為基礎，即包括享受、希望、自豪、生氣、焦慮、羞愧、無望、厭煩、放鬆等9種情緒。

因此，本研究亦將區域別、年齡別、性別、是否為僑生、華語水平等作為背景變項，探討這5種背景變項如何影響桃園地區大學國際生以華語作為第二語言之學業成敗歸因與華語學業情緒。在華語教育已日漸發展的今日，如何提升華語教育的品質，儼然成為華語教育界最迫切的課題之一；其中改善華語教學是過去華語學術界常常容易被忽略的一環。然而，華語教學是培養國際生成為未來華語人才的主要來源與途徑。優質的華語教學才能發揮傳承的功能，使青出於藍而勝於藍，其重要性不容忽視。華語教學除了提供學生獲得華語專業相關的語言技能、語言知識及其文化，亦培養學生批判思考及推論等高階的認知技能。因此，華語教師的教學自然不能僅流於單純的講述，應針對國際生的國籍、文化、教育、程度等諸多背景因素配合適性的教學法；教學過程中仍須持續關注國際生的華語學業成敗歸因傾向與其華語學業情緒狀況，以兼顧其知識的獲得與高階認知技能的養成。

第二節　研究動機

近年來隨著中國的崛起，華語成為最熱門的語言，為了提高國際競爭力及國際化趨勢的帶動下，華語學習儼然形成一個重要的潮流。根據 Ramzy（2006）在《時代雜誌》（*Time*）之「封面專文：如果你想出人頭地，就學華語！」，內容提及日本上班族放棄週五晚上卡拉 OK 的快樂歡唱，取而代之的是學習華語；他們一致認為，華語的學習養成將是一項有用的技能。另外，值得注意的是，Ramzy 在其文章引述英國語言學家 David Gaddol 的一份報告指出：「……英語已不再為公司和員工提供以前那樣的優勢。如果你想出人頭地，就學華語！在許多亞洲國家、歐洲和美國，華語已經成為新的必備語言」。另外，投資大師 Rogers（2009）在其大作（A gift to my children: a father's lessons for life and investing）中提到：「或許我可以給世界任何一個人最好的一個建議就是——讓你的孩子或孫子學華語。英語和華語將成為這個世界最重要的語言。」這些文章的出現不但撼動當時的學界、投資金融界與國際企業界的關注，而且與華語學習者的華語學業歸因傾向密切相關。由於學生對其學業成敗有不同的歸因類型，因而有不同的學業成就。顯然學業成敗歸因對學生的學習造成相當程度的影響。因此，本研究聚焦在語言學習者在當地主流語言的學習經驗，即藉由「國際生華語學習經驗」之華語學業成敗歸因量表，以深入考察桃園地區大學國際生以華語作為第二語言之學業成敗歸因，以了解其華語學業成敗歸因形態及其對學業成敗的影響，此為研究動機之一。

學業情緒是教育事業的核心，亦是滲透到學校教育環境中的動力。Fullan（2015）提出學生的學業情緒在當代教育變革期間尤其重要，因為據稱在此變革期間學生的學業情緒總是在學校高漲。學生在學習時經歷不同類型的情緒範圍，從積極的如享受到消極的如焦慮。儘管在學習時，學業情緒無所不在，然而國際生以華語作為第二語言的學業情緒研究仍需要受到相關學術界的關注。正如 Linnenbrink-Garcia 和 Pekrun（2011）認為關於情緒的研究仍處於早期階段。忽視情緒的相關研究是令人憂心的，因為情緒是學習的基礎（Zull, 2006）。學業情緒不但可以影響是否激發學習者的注意力以利學習，而且也會影響保留所學內容的多寡。近年來大量的研究跨越了一系列學科，包括教育學、心理學、神經科學等，一再揭示學業情緒在學習過程中起著重要的作用（Um et al., 2012; Seli et al., 2016; Tying et al., 2017）。情緒除了在學習中起作用之外，也是一種有效教學的組成部分（Hosotani & Imai-Matsumura, 2011）。這幾年間亦有相關領域學者針對亞洲族群，從事教學情緒與學業情緒的研究；他們越來越認可情緒在教育環境中的關鍵作用，並提供平臺呈現他們最新的研究成果（Chen, 2016, 2017, 2019; Ganotice et al., 2016; King and Areepattamannil, 2014; King and Datu, 2018; King et al. 2012; Yang, 2016, 2018）。

然而，隨著全球化的發展，學生出國留學的情況日漸普遍化，人類學家 J. W. Powell 在1880年所提出涵化（Acculturation）的概念再度受到重視。涵化是指兩個或兩個以上的個體或群體持續或直接接觸，個體或群體在文化上與心理上的變遷過程（Redfield et al., 1936; Berry, 1997; Cabassa, 2003）；因此涵化亦可視為一種新的文化重組（王暄博、林振興、蔡雅薰、洪榮昭，2018）。其中文化上的實質內涵包括知識、信仰、藝術、法律、道德觀和人類在社會群體中的行為與習慣（Tylor, 2010）。涵化亦指個體或群體的語言與溝通模式、行為，食物、衣飾等方面所產生的改變（Berry & Sam, 1997; Berry, 2005）。而在臺國際生學習華語的過程中，勢必會面臨語言涵化（Linguistic Acculturation）的問題，即在臺國際生學習華語的過程可視華語為一種文化的移入。語言涵化的研究議題包含語言學習者在當地主流語言的學習情形、涵化程度和語言學習成效的相關性，多以居住在西方國家的語言學習者為研究對象，考察是否會影響學習者對於目標語的適應情況等（Schumann, 1976, 1986; Clément et al., 1980; Clément, 1986; Berry, 1997; Birdsong & Molis, 2001; Lybeck, 2002; Jiang et al., 2009; Perez, 2011; Jia et al., 2014）。由於在臺國際生學習華語的相關研究議題尚待深入研究，而身為第一線華語教師的研究者多年來關注國際生學習華語的過程，其學習的當下乃因外在環境與內在認知評估等影響而產生各種華語學業情緒。因此本研究聚焦在語言學習者在當地主流語言的學習情形，即藉由「國際生華語學習情形」之華語學業情緒量表，以探討桃園地區大學國際生以華語作為第二語言之學業情緒。可見華語學業情緒在國際生學習華語過程中的重要性，此為研究動機之二。

近年來，研究者將歸因理論應用在華語教學，關注在不同的文化脈絡下，在臺國際生的華語學業成敗歸因傾向是否有所不同。不同區域別、年齡別、性別、是否為僑生、語文水平等背景變項對學業成敗歸因影響的相關文獻如下：

（1）以「區域別」（或種族別）來說，例如 Hau 和 Salili（1996b）的研究發現，香港（華人）學生認為更大的努力可以彌補能力的不足。而 Chen 和 Graham（2018）考察美國加州的3,546名白人、黑人、拉丁裔和亞裔美籍八年級學生的學業成就、自尊和學業失敗歸因（即能力不足、努力不足），研究結果顯示：四大種族中，亞裔學生的學業平均成績最高，但自尊心（Self-Esteem）最低；亞裔和拉丁裔比白人、黑人更能認可其能力不足的學業失敗歸因；由於對能力不足的更多認可，是造成亞裔學生與其他種族之間自尊差距的主因之一。又如研究者關於本研究的前導性研究，以臺灣某大學華語中級班國際生為研究對象，研究發現，華語學業成敗歸因之「考試難度」層面上具有顯著差異：南非籍學生歸因於考試難度的程度最高，南韓學生次之，越南和蒙古籍學生最低（胡瑞雪，2021）。

（2）以「年齡別」來說，例如蔡婷伊（2014）研究發現國小生的「能力歸因」與「努力歸因」得分顯著高於國中生，而國中生的「難度歸因」與「運氣歸因」得分顯著高於國小生。

（3）有關「性別」在學業成敗歸因上差異的研究文獻目前雖亦屬少見，但目前是5種背景變項中文獻較多的。亦有一些研究探討性別與學業歸因的關聯性，因為性別在學業成敗歸因與個人因素中是主要影響的重要因素之一。例如 Fennema 等人（1979）研究發現，數學學業成就高的男生歸因於能力好，數學學業成就高的女生歸因於努力；數學學業成就低的男生歸因於努力不夠，數學學業成就低的女生歸因於能力不夠、學業難度。又如研究者在本研究的前導性研究發現：國際男大生歸因於「用功努力」的程度顯著高於國際女大生（胡瑞雪，2021）。

（4）以「是否為僑生」來說，例如 Ghuman 和 Wong（1989）在英國曼徹斯特（Manchester）當地採訪了34個華裔家庭，集體主義和強調勤奮、努力、毅力等文化價值觀對華裔學生的學業成就有重大的影響。又如 Ng（2003）表示在華人文化中，有強大的家庭網絡以及家庭和社會義務，華裔（華人）學生有很強的學術目標導向，往往以成績為基礎，競爭激烈並且傾向於精通，從而能夠超越他人並獲得高成就。然而，Hau 和 Salili（1996a）的研究早已發現且印證海外華人亦表現出前述兩篇論文所提到類似的教育態度。

（5）以「語言水平」來說，Paker 和 Özkardeş-Döğüş（2017）針對223名初中級和中級大學英語課堂調查英語學習者的成就屬性與性別、語文水平之間是否存在顯著的差異關係；研究結果顯示，中級學習者更傾向於將學習英語視為一件輕鬆容易的事，而初中水平的學習者似乎更多地依賴任課教師。

另外，不同區域別、年齡別、性別、是否為僑生、語文水平等背景變項對學業情緒影響的相關文獻如下：

（1）以區域別來說，例如 Henning 等人（2009）的研究結果表明，與紐西蘭醫學系國內學生相比，醫學系國際生的自我效能較低，考試焦慮程度較高。又如中國大學生的學業情緒與加拿大大學生的學業情緒存在顯著差異（趙淑媛，2013）。Chen 和 King（2020）則認為尤其是大多數亞洲學生在理性認知的狀態下，只優先考慮學業成績，似乎淡化了學業情緒。而胡瑞雪（2021）以臺灣某大學華語中級班國際生為研究對象，發現國際生在華語學業情緒層面上均無顯著的國籍別差異。

（2）以年齡別來說，例如趙淑媛（2013）的研究，大學生學業情緒在不同年齡有顯著差異：理工科學生消極學業情緒的強度隨著年齡或年級的升高而顯著減弱。

（3）有關性別在學業情緒上差異的研究文獻目前雖亦屬少見，但目前是5種背景變項中文獻較多的。例如，董妍、俞國良（2007）的研究結果皆顯示：男生的積極學業情緒多於女生，即女生的消極學業情緒多於男生。而蔡旻真（2008）的研究結果亦顯示：女生學習數學時的5種負面學業情緒（「生氣」、「焦慮」、「慚愧」、「無望」、「無聊」）多於男生。再者，Frenzel 等人（2007a）以德國五至十年級的學生為研究對象，發現男生在學習數學時，相較於女生有較高的樂趣，且有較低的「焦慮」與「生氣」，而「無聊」的情緒則沒有性別差異存在。林雅鳳（2010）亦指出男生具有「愉悅」、「希望」兩種數學學業情緒明顯高於女生；女生具有「焦慮」、「生氣」和「無望」3種數學學業情緒明顯高於男生。又如國際男大生的「羞愧」華語學業情緒顯著高於國際女大生（胡瑞雪，2021）。然而，Pekrun 等人（2009）以社會心理學為特定學習領域，發現大學生在「希望」、「自豪」、「焦慮」、「樂趣」、「無聊」、「生氣」、「無助」和「羞愧」等學業情緒上均無顯著的性別差異。在閱讀領域方面，Wu 等人（2010）針對2006年促進國際閱讀素養研究（Progress in International Reading Literacy Study, PIRLS）的資料進行分析，結果顯示在從事閱讀課程時，女生比男生有較多的正向學業情緒。

（4）以「是否為僑生」來說，例如 Fwu 等人（2020）認為當學業失敗時，具儒家傳承文化背景的學生可能會經歷消極的學業情緒，例如「無望」的學業情緒，源於一種無法控制的感覺，例如能力不足。

（5）以「語言水平」來說，Mohammadipour（2017）認為學生的正向學業情緒是語言水平、語言學習策略使用和語言學習動機之間關係的中介變量。其研究結果亦顯示：學習者對正向學業情緒的增強體驗和他們採用更多種類的語言學習策略傾向之間具存在之一致性。其研究結果亦證實：學習者的正向學業情緒在他們的語言學習策略使用和語言學習動機中的重要性，而這亦跟他們的語言水平有關。

一般來說，國際生幾乎都會面臨語言涵化輕重不等的學習壓力。有待確定的是，面對這些語言學習壓力，針對當地主流語言的認同程度與其採用的語言涵化策略可能會因為其他變項，如背景變項（區域別、年齡別、性別、是否為僑生、語言水平）或教學機構因素（如教師、教學機構體制、支持系統因素）而有所不同。至於不同區域別、年齡別、性別、是否為僑生、語言水平等背景變項分別與學業成敗歸因、學業情緒的相關研究文獻目前仍屬少見，上述背景變項的差異可能有不同的學業成敗歸因、不同的學業情緒的表現，目前仍無一致性的結論。

從前人的研究可知，以上背景變項在學業成敗歸因與學業情緒上的差異，因文獻不足的關係，似乎尚無定論，究竟區域別、年齡別、性別、是否為僑生、華語水平等5種背景變項如何影響華語學業成敗歸因與華語學業情緒；不同學科領域間的差異亦不一致，亦值得加以深入探討。由於在華語學習領域，除了研究者從事關於本研究的前導性研究（胡瑞雪，2021）之外，臺灣迄今尚無實證研究探討在臺國際生之區域別、年齡別、性別、是否為僑生、華語水平等5種背景變項在華語學業成敗歸因與華語學業情緒上差異的現象。因此，本研究為了深入了解桃園地區大學國際生以華語作為第二語言之學業成敗歸因、學業情緒與上述背景變項之間的差異情形，把上述背景變項作為本研究之背景變項，有待本研究進一步地探究，此為研究動機之三。

再者，現今華語學術界多以教學者為中心進行探討，例如教材教法、課程設計、語言本體等。雖有以學習者為主體的研究，例如偏誤、語用、中介語、對比分析等；對國際生的華語學業情緒尚待新血加入研究的行列。就留臺國際生來說，他們是一個特殊的群體，在離鄉背井的狀況下，懷著思鄉之情，在經濟、文化、語言或族群上屬於相對弱勢的群體。一個社會的弱勢者或新來者由於不熟悉環境與資源易欠缺，通常較容易感受到所處當地環境及生活上的壓力，還要學習適應當地的語言與文化。漢字這類的方塊字特別對非漢字圈的國際生來說有如無字天書般，其具有的基本特徵「三多五難」：字數多、筆畫多、讀音多，因而難認、難讀、難寫、難記、難用。雖然所有的學生都受到思維和感覺相互作用的影響，但有些年齡較大或認為自己能力不如別人的學生，可能比其他學生更頻繁或更強烈地體驗到特定的情緒，例如焦慮，而這些學生在學習時可能會受到焦慮情緒不利的影響。可想而知國際生學習華語時難免產生焦慮的情緒。然而，學習外語的焦慮（Foreign Language Anxiety, FLA），是第二語言習得中研究最廣泛的學業情緒（Shao et al., 2019）。但究竟國際生在華語此一特定科目的學業情緒，除了焦慮之外還有哪些學業情緒，值得深入考察。因此，研究者擬針對桃園地區大學國際生學習華語時所產生的學業情緒作探討，此為研究動機之四。

Fwu 等人（2020）主張具儒家傳承文化背景的學生，當他們將失敗歸因於能力不足，並認為自己無能為力來提升自己的學業表現時，他們可能預知到悲觀的未來；這樣的認知可能會引發無望的學業情緒。如其他在國內與學業成敗歸因影響學業情緒的相關研究（莊曜嘉、黃光國，1981；葛建志，2005；林吉祥，2005；吳聰秀，2006；陳秋利，2007）皆在在顯示：學生的學業成敗歸因除了影響其學業情緒之外，亦影響其學業成就。研究者任教於某大學華語文教學學系，除了培育臺籍學生成為優秀華語文教師之外，也教授國際生華語文。根據多年的教學經驗，由於漢字的「三多五難」，深感到國際生學習華語的過程中難免會遇到學習瓶頸，學業成就沒能達到自身所期許的表現。然而，針對在臺國際生華語學業成敗歸因及其學業情緒關係之研究如鳳毛麟爪，可見需要更多的研究人才從事相關研究，才可以彌補文獻的不足。因此，深入考察桃園地區大學國際生以華語作為第二語言之學業成敗歸因與學業情緒關聯，此為本研究動機之五。顯然在臺國際生華語的學習經驗及學習情形有其研究價值。

第三節　研究目的

基於上述研究背景與動機，本研究目的在於考察桃園地區大學國際生以華語作為第二語言之學業成敗歸因與學業情緒關聯，主要研究目的如下：

（1）探討國際生以華語作為第二語言之學業成敗歸因現況。

（2）探討國際生以華語作為第二語言之學業情緒現況。

（3）釐清國際生以華語作為第二語言之學業成敗歸因是否受其所屬區域別、年齡別、性別、是否為僑生、華語水平等背景差異而有所不同。

（4）釐清國際生以華語作為第二語言之學業情緒是否受其所屬區域別、年齡別、性別、是否為僑生、華語水平等背景差異而有所不同。

（5）建構國際生以華語作為第二語言之學業成敗歸因與學業情緒關聯之模式。

第四節　研究議題

根據上述研究動機與目的，提出本研究問題如下：

（1）國際生以華語作為第二語言之學業成敗歸因現況為何？

（2）國際生以華語作為第二語言之學業情緒現況為何？

（3）不同區域別、年齡別、性別、是否為僑生、華語水平等背景變項對國際生華語學業成敗歸因之影響？

（4）不同區域別、年齡別、性別、是否為僑生、華語水平等背景變項對國際生華語學業情緒之影響？

（5）國際生以華語作為第二語言之學業成敗歸因與學業情緒關聯為何？

第五節　研究重要性

回顧過去前人有關學業情緒的研究發現，過去研究多聚焦於自我調整學習與學習情緒間的關聯（Pekrun et al., 2002; Turner & Husman, 2008）、學業情緒評量工具的發展（Pekrun et al., 2004; Pekrun et al., 2005; Govaerts & Grégoire, 2008）、學業情緒的領域特定或情境依賴性（Goetz et al., 2006a; Goetz et al., 2006b）、學業情緒與成就表現之關係（Pekrun, 2006; Goetz et al., 2008; Decuir-Gunby et al., 2009; Pekrun et al., 2009; Pekrun & Stephens, 2009; Trautwein et al., 2009; Ahmed et al., 2010）、學業情緒內涵的跨文化比較（Frenzel et al., 2007a）等。近年來則有大量的研究關注成就目標導向對學業情緒的影響（Pekrun et al., 2006; Daniels et al., 2008; Daniels et al., 2009; Mouratidis et al., 2009; Pekrun et al., 2009; Pekrun & Stephens, 2009; Tyson et al., 2009; Kreibig et al., 2010），亦有不少研究探討情緒調整與學業情緒之關聯（Decuir-Gunby et al., 2009; Pekrun & Stephens, 2009; Tyson et al., 2009）。透過蒐集、統整與歸納相關文獻可以發現，過去鮮少研究探討在臺國際生以華語為第二語言之學業成敗歸因與學業情緒關聯亦有待釐清。

由於，華語學業成敗歸因、華語學業情緒皆與華語學習歷程的諸多面向息息相關，且兩者應各有其影響力。再者，華語教師可藉由國際生的學業歸因訓練與學業情緒輔導予以提升正向的學業歸因和培養正向的學業情緒，極具華語教育實務上的意義與價值；至於在改善國際生學業情緒上，應可成為學校或相關單位可介入協助教育與輔導之特色焦點。

本研究重要性在於國際生的華語學業成敗歸因與華語學業情緒對其華語學習的重要性及國際生的華語學業成敗歸因與華語學業情緒的關聯性。本文擬透過調查研究法並根據相關理論及文獻資料，以考察在北臺灣桃園地區大學國際生以華語為第二語言之學業成敗歸因與學業情緒現況；亦探討不同的區域別、年齡別、性別、是否為僑生、華語水平等在國際生的華語學業成敗歸因與其學業情緒之間的差異及關聯。往後期待能依據此研究成果提出具體建議，作為將來華語教師教學與輔導學生的參考。另外，希望藉此提醒華語教師應重視國際生對其華語學業成敗歸因的傾向與其所產生的華語學業情緒；進而了解國際生華語學業成敗歸因與其學業情緒的影響。之後引導國際生擁有正確的華語學業成敗歸因傾向、培養其正向的華語學業情緒，應用適性的教學策略，提升學生對華語的學習興趣，降低學生學習華語的焦慮，才能有效提升國際生學習華語的成就。

此外，中國政府投資在漢語國際教育的資源和資金，對臺灣華語教學的發展來說的確是一大威脅與挑戰。在尋求彰顯臺灣華語教學優勢時，值得思考的是，臺灣對外華語教學能夠以何種特質定位、進而必須建立一個有別於中國漢語國際教育的定位。除了開拓相關教材的研發，應該建立華語學業成敗歸因量表及華語學業情緒量表以提供華語教師，使其能培養學生正向的華語學業成敗歸因與華語學業情緒，以提升學生學習華語的成就。這應該是一個值得推進、投資的藍海策略。相對於中國，臺灣多元而開放的社會氛圍所培育出來的國際生更能以互敬平等的心態尊重多元文化。如果我們能將這「兼容並蓄」的特質延伸到華語學業成敗歸因量表及華語學業情緒量表的編製，相信能夠使臺灣對外華語教學的國際定位更加鮮明。此研究是在推動華語學業成敗歸因量表及華語學業情緒量表的編製與測試的理念上進行，而其他學科如國文、英文、數學等學科皆有相關學業量表的編製，而華語學業成敗歸因量表及華語學業情緒量表的編製卻如鳳毛麟角。因此，研究者相信將在臺國際生以華語為第二語言之學業成敗歸因與學業情緒的研究視角應用在對外華語教學的領域上是一項創新。

本研究旨在了解現今在臺國際生以華語作為第二語言之學業成敗歸因與學業情緒現況，分析其學業成敗歸因、學業情緒之間的關聯。本研究以北臺灣桃園地區大學229名學習華語的國際生為研究對象。研究工具包括「華語學業成敗歸因量表」、「華語學業情緒量表」以及「華語學習經驗與學習情形訪談」，採用問卷調查方式蒐集資料。施測所得資料以統計套裝軟體 SPSS for Windows 18.0進行結果分析。調查所得之資料分別以描述性統計、信度與效度分析、單一樣本 t 考驗、單因子多變量變異數分析、單因子單變量變異數分析、多重比較分析、皮爾森積差相關分析、結構方程式模型因果分析、訪談問卷及敘述統計等方法進行考察。將根據研究結果提出建議，以供大學華語教學、華語教師輔導、國際生華語學習及未來相關領域研究之參考。

承上所言，國際生的華語學業成敗歸因與華語學業情緒應有密切之關係。了解國際生的華語學業成敗歸因傾向與華語學業情緒有助於國際生在學習華語的過程中提供引導與支持鷹架，以激勵國際生學習的積極性，進而提升國際生的學習成效。由於現今網路無國界而帶動社會環境快速變遷，國際化是當代社會的趨勢，再加上少子化的現象，父母對子女教育的投入和期待亦相對提高。身處於國際化與少子化高度競爭的社會氛圍中，現今在臺國際生以華語作為第二語言之學業成敗歸因方式與學業情緒究竟為何，值得深入探討。

第六節　重要名詞釋義

一　華語學業成敗歸因

歸因（Attributions）是指個體對自己或他人根據其主觀經驗來解釋、推論自己或他人面對生活中成敗經驗的行為結果，並將之作原因的歸屬。學業成敗歸因（Academic Aattributions）是指學習者以主觀知覺其學業成敗的原因，即個人針對學業成敗結果所解釋、推論自己的歷程，並將之作原因的歸屬，是面對學業成敗經驗的展現（Weiner, 1972）。

本研究華語學業成敗歸因的定義：受試者在研究者編製的「國際生華語學習經驗問卷」所得的分數。此量表係研究者依據文獻探討中Weiner 自我歸因論，並參考研究學業歸因相關的國內外專家學者編製而成。量表包括「考試運氣」、「用功努力」、「考題難度」、「個人能力」等4個層面的歸因因素。受試者在學業成敗歸因各層面的歸因因素得分越高，表示受試者越傾向該類型歸因；得分越低代表受試者傾向該類型歸因的程度越低。

二　華語學業情緒

學業情緒（Academic Emotions）係指學習者在學習過程中，因學業情境中的相關事件，經由本身內、外在的認知評估後所產生的情緒。本研究所謂的華語學業情緒是根據 Pekrun 等人（2002）的研究，包括享受、希望、自豪、生氣、焦慮、羞愧、無望、厭煩、放鬆等9種情緒。

由於本文乃探討在北臺灣桃園地區大學國際生以華語為第二語言之學業成敗歸因與學業情緒關聯，故華語學業情緒是以華語為研究特定領域，探討的學業情緒即是以學習者在學習華語的過程中，因學習時的外在環境及內在認知評估等影響所產生的各種情緒，包括享受、希望、自豪、生氣、焦慮、羞愧、無望、厭煩、放鬆等9種情緒。以研究者編製的「國際生華語學習情形問卷」（參見本書「附錄三」和「附錄四」）來測量，此量表係研究者依據文獻探討中 Pekrun 等人（2002）的研究，並參考研究學業情緒相關的國內外專家學者編製而成。量表包括享受、希望、自豪、生氣、焦慮、羞愧、無望、厭煩、放鬆等9種情緒分量表。受試者在學業情緒各分量表之得分越高，表示受試者在學習華語時所產生的該項學業情緒越多；得分越低，表示受試者在學習華語時所產生的該項學業情緒越少。

第七節　專書架構

本專書共分五章撰寫，內容包括：第一章「導論」，闡明研究動機、研究目的、相關研究議題、研究重要性、重要名詞釋義與專書架構。第二章「文獻探討」，由於本專書主要探討桃園地區大學國際生以華語為第二語言之學業成敗歸因與學業情緒關聯模式之探究，故該章旨在歸納整理與本研究相關的文獻與研究資料，作為本研究之理論基礎。先探討華語學業成敗歸因與華語學業情緒之相關理論，再闡述華語學業成敗歸因與華語學業情緒之關聯。第三章「研究方法」，說明本研究的受試者資料來源、研究工具和研究流程。第四章「研究結果分析與討論」，首先呈現華語學業成敗歸因量表和華語學業情緒量表的因素分析與信度分析結果，再依據問卷調查之實證資料，針對本文的研究目的、研究問題及研究假設，以闡述研究結果。最後，呈現研究問題、研究結果與相關文獻的對應。第五章「結論」，總結本研究的重要發現、研究限制與未來研究建議與議題。

另外，本專書的最後部分為附錄，是指附在本專書的正文後面與正文有關的文章或參考資料，以作為本專書的補充。本專書共有7個附錄，內容包括：附錄一和附錄二是「國際生華語學習經驗問卷」，即「國際生華語學業成敗歸因量表」的中文版與英文版、附錄三和附錄四分別是「國際生華語學習情形問卷」，即「國際生華語學業情緒量表」的中文版與英文版、附錄五和附錄六分別是「國際生華語學習經驗與華語學習情形訪談問卷」的中文版與英文版、附錄七則是「國際生華語學業成敗歸因與華語學業情緒之答題率排名」。附錄一到附錄四是量化中英文研究工具的呈現，附錄五和附錄六是質化中英文研究工具的呈現。而附錄七的呈現意義則是透過受試者所回饋「國際生華語學習經驗問卷」與「華語學習情形問卷」的統計其答題頻率前五名和後五名排名；即研究者提供另一個不同的視角得知國際生針對華語學業成敗歸因與華語學業情緒的傾向，亦作為對此學業歸因現象和學業情緒現象的理解提供另一種形式的補充與參考。

第二章
文獻探討

本研究主要探討北臺灣桃園地區大學國際生以華語作為第二語言之學業成敗歸因與學業情緒關聯之研究。本章旨在綜合歸納整理與本研究相關的文獻、研究資料，作為本研究之理論基礎。文獻探討分為三大層面：第一節說明歸因的重點理論與探討華語學業成敗歸因的相關研究。第二節則闡述學業情緒的重點理論與探討華語學業情緒的相關研究。第三節為華語學業成敗歸因與華語學業情緒關聯的探討。

第一節　華語學業成敗歸因之相關理論

本節旨在探討華語學業成敗歸因的相關理論，共分成四大部分。第一部分闡述文化背景下的歸因，第二部分陳述歸因的定義與學業成敗歸因的意涵，第三部分說明學業成敗歸因的相關理論與文獻，第四部分則探討學業成敗歸因與第二語言學習動機的相關文獻，以作為本研究的理論基礎。茲分述如下。

一　文化背景下的歸因

當飛機失事，飛航專家必須判定是肇因於機師的個人疏失還是機械故障；大選過後，政治評論家試圖分析影響選舉勝負的因素。人們試圖釐清事件中的因果關係，不僅用以理解生活世界，也影響對未來的預期與行為，因此因果關係的判定與歸因歷程一向是西方哲學與心理學重要的研究課題。Morris 和 Peng（1994）即是利用內隱社會理論與「集體主義／個人主義」文化向度來解釋所發現不同族裔間的歸因傾向差異。他們認為在個人主義的文化中，個體被視為獨立於社會關係及情境而存在，具有一種內在且穩定的特質，以個人中心的（Person-Centered），使得該文化成員傾向於認為人們可主導其行為。相對地，在集體主義文化下的個人是由關係及情境等外在社會因素所定義，以情境中心的（Situation-Centered），亦即個體行為是經過關係、角色及情境加以修整，而在不同的情境下有不同的表現。Morris 和 Peng 據此解釋為何美國人（個人主義文化者）在行為歸因上傾向於將個人行為歸咎於行為者本身穩定的、不隨時間改變的特質所造成，而華人（受儒家文化影響的集體主義文化者）相對地較傾向將個人行為歸因於情境。Nisbett 等人（2001）則更進一步假設受儒家思想影響的東亞文明強調的是整體性思維（Holistic Thinking），傾向於將物體與情境或場域（Field）視為一個整體，注意其間的關係，並偏好以此關係來解釋和預測事件。而源自希臘哲學的西方文明則強調分析式思維（Analytic Thinking），傾向將物體由其情境脈絡中抽離，以觀察其特質並將之歸類，運用分類原則來解釋及預測物體的行為。在東亞文化中，人們更在意要與團體中的其他成員保持良好的關係，而在西方文化中，個體對環境有較大的控制力，因此只需要將注意的焦點擺在客體上。

二　歸因的定義與學業成敗歸因的意涵

多位學者（Heider, 1958; Kelly, 1967; Weiner, 1972；王大延，1986；Shaver, 1987；張春興，1986；邱秀霞，2002；潘如珮，2003）皆提出歸因的定義。歸納前人對歸因的認知，即藉由主觀認知來詮釋事件的結果。筆者認為歸因是個人以主觀認知對自我、他人或環境的解釋；或是個人以主觀認知對自我或他人所從事的行為結果（胡瑞雪，2020）。

Weiner（1972）率先將歸因應用在教育上，以了解師生的成就行為，亦提出學業成敗歸因是學習者以主觀認知對其學業成敗所作原因的歸屬。之後，便有探討學業成敗歸因對學生學業影響相關的研究陸續出現（賴清標，1993；郭生玉，1995；鄭茂春，2000）。由此可知學業成敗歸因是學生對自己學業成敗經驗的態度表現，採取其主觀認知，藉以解釋其學業成就，並將之作原因的歸屬。

三　學業成敗歸因的相關理論與文獻

Heider（1958）提出歸因理論，認為個人處於不同的情境，作出性格或環境歸因，形成個人對事件的知覺，之後乃根據此歸因來詮釋事件的因果，亦影響其往後對事件的表現。Weiner（1972）則提出自我歸因理論（Self-Attribution Theory），強調從個人認知歷程中，對事件的成敗歸因，才是個人在事件上的成敗關鍵。之後，歸因理論的應用從社會心理學的研究主題日漸轉變成教育研究的相關主題。

（一）Heider 的歸因理論

Heider（1958）是歸因理論的創始人，指出當個人獲得成功和遭受失敗時，多半試圖追尋自己或他人之所以導致成功或失敗的原因。由他開始針對歸因理論做有系統的論述，主張人們將成功或失敗的原因歸因於自己，遇事總是在自身找原因，即為內部歸因；在自身之外找原因，即為外部歸因。存在於行為者本身的因素為內部歸因，如努力程度、興趣、情緒等；而行為者周遭環境中的因素為外部歸因，如工作難易程度、獎勵等。Heider 把歸因分成兩大類：個性傾向歸因（Dispositional Attribution）和情境歸因（Situational Attribution）。若以華語學業成敗歸因來舉例，學生的「用功努力」和「個人能力」屬前者，為內部歸因；「考題難易」和「考試運氣」則屬於後者，為外部歸因。根據胡建超、李美華（2020）的研究結果：男大生對於成敗歸因趨向外部歸因，而女大生則趨向於內部歸因。此外，Heider 亦認為歸因是個人社會知覺形成的過程。社會知覺包括自我知覺和人際知覺（人與人之間關係的知覺）；包括對自我或他人的外部特徵、個性特點了解，以利於其行為的因果判斷和理解，並將其行為原因歸屬於個人內在或環境外在因素的過程（Harvey, 1989）。例如學業高成就學生歸因於自我能力良好，即是屬於內在的個人因素；若學業高成就學生歸因於考題簡單，則屬於外在的因素。值得注意的是，將此理論成功地應用在華語教育，即可預測國際生「華語學習動機」的展現。

Heider 更進一步地發現人們常把自己的成功歸因為內部因素，而把自己的失敗歸因為外部因素（Harvey, 1989）。然而，行為的歸因和對行為的預測，兩者之間密切相關。由於 Heider 認為人們歸因時，通常使用不變性原則：即尋找某一特定結果與特定原因之間的不變聯繫；若特定原因不存在，則不會產生相應的結果。因此，Heider 的歸因理論是關於人的某種行為與其動機、目的與價值取向等屬性之間結合邏輯的論述。此理論說明了行為者的內在人格特質直接影響而產生其外顯行為，即一個人的行為與其人格特質是一致的。Heider 為行為原因所做的個人－環境的劃分奠定了歸因理論的基礎，對以後相關的研究具高度的影響力。本研究即以 Heide 的歸因理論為文獻基礎運用到華語教學領域的相關研究，教師可以依據國際生對自己華語學業成敗歸因的傾向，來預測其華語學習的種種行為，例如未來的學習動機、學習情況、學習情緒等。

（二）Rotter 的控制信念理論

根據 Heider 的歸因理論，Rotter（1966）發展出學習中相當重要的觀點，他以控制信念來闡釋個人如何覺察自己的行為與行為後果之間的關係，還有個人對生活事件之責任歸屬。Rotter 的控制信念理論：把控制信念分為內在控制信念（Belief in Internal Control）和外在控制信念（Belief in External Control）。內在控制信念較強者，即凡事相信操之在己的屬於將成功歸於自己努力或能力等個人因素，將失敗歸於自己疏忽的內控者。外在控制信念較強者，即凡事相信操之在外的屬於將成功歸於幸運、機會等非個人所能操控的因素，將失敗歸於外在環境的外控者。然而，無論內在或外在因素皆影響內控或外控學生的學習情緒，產生學業成就上的差異。

（三）Atkinson 的成就動機理論

Atkinson（1957）提出成就動機，分兩個傾向：一個為「追求成功」，一個為「避免失敗」。而人們在從事或選擇某項工作時，「追求成功」與「避免失敗」的心理作用會同時產生（Atkinson, 1964）。當個人表現接近目標即是「追求成功」的心理傾向，當個人設法從工作情境中逃脫則是「避免失敗」的心理傾向。因此，Atkinson（1964）的成就動機理論即是「趨避衝突」模式。然而，個人成就動機的強弱與個人的特質相關，若「追求成功」比「避免失敗」的動機強，個人將有積極進取、奮發向上的表現，成為「成就導向者」。相反地，「失敗導向者」則呈現出退縮、焦慮等現象。之後，Atkinson 和 Feather（1966）提出成就動機不只是追求成功的原動力，亦是決定個人抱負的關鍵，而毅力和努力程度則是表現的重要因素。

根據上述得知 Atkinson 的成就動機理論乃是基於強調個人動機

的強弱取決於對事件成敗的預估，而此又和個人過去的經驗及發展歷程相關。Atkinson 的成就動機理論納入個人變項、經驗變項與環境變項來銓釋人們的成就動機、成就行為，對之後認知導向的相關研究影響深遠。例如美國社會心理學家 Weiner（1972）部分的自我歸因理論（Self-Attribution Theory）即是根據 Atkinson 的成就動機理論發展而成的。之後，亦有其他多位國內學者以 Atkinson 的成就動機理論為研究基礎，他們的研究成果皆指出成就動機與學業成就有顯著的正相關；表示成就動機越強，學業成就越高（林邦傑，1971；郭生玉，1972；謝季宏，1973；鄭慧玲、楊國樞，1977；葉國安，1987；盧居福，1992；葉曉月，1994）。

（四）Weiner 的成敗歸因理論

成敗歸因理論以 Weiner（1985）的相關文獻較為完整，他的歸因偏重在對行為結果的成敗解釋，故又稱成敗歸因。他認為人們對行為成敗原因的分析可歸納為以下6個原因：

（1）努力：個人反思在工作過程中曾否盡力而為。

（2）工作難度：依據個人經驗評估該項工作的困難程度。

（3）運氣：自己評估各種成敗是否與運氣有關。

（4）身心狀況：從事工作過程中，個人當時身體及心情狀況是否影響工作成效。

（5）能力：自己評估對該項工作是否勝任。

（6）其他：個人自覺此次成敗因素中，除上述五項外，尚有何其他事關於人、事的影響因素（如別人幫助或評分不公等）。

上六類歸因又分為3個向度：

（1）穩定性：指當事人自認影響其成敗的因素，在性質上是否穩定，是否在類似情境下具有一致性。在此一向度上，六因素中工作難度與能力兩項是不隨情境改變屬較穩定的，其他各項則均為不穩定者。

（2）因素來源：指當事人自認影響其成敗因素的來源，是以個人條件（內控），抑或來自外在環境（外控）。在此一向度上，努力、身心狀況及能力三項屬於內控，其他各項則屬於外控。

（3）控制性：指當事人自認影響其成敗的因素，在性質上是否能否由個人意願所決定。在此一向度上，六因素中只有努力一項是可以憑個人意願控制的，其他各項均非個人所能為力。

Weiner 等人（1971）以歸因的角度闡釋成就動機，並採用 Heider 對歸因的觀點，而提出有關個人自身行動成功或失敗歸因的4個因素：能力、努力、工作難度和運氣。此外，Weiner 亦發現不同成就動機的人，對成敗有不同的歸因方式。求成型的人通常將成功歸因於個人因素，將失敗歸因於努力因素；而避敗型的人通常將失敗歸因於能力因素，將成功歸因於外在因素而無法肯定自我。依據上述得知，成敗歸因理論的重點聚焦在個人的成就行為受到歸因歷程的影響。然而，個人過去的成敗經驗和個人的成就需求，會影響個人對成敗的歸因傾向，亦會因為不同的歸因傾向影響個人對未來成敗的期望和個人行為的表現。

梁茂森（1996）曾探討 Weiner 的歸因理論，發現 Weiner 藉由實證研究中分析出不同層面的歸因引發不同的情緒反應，導致特定的行為傾向。他認為 Weiner 的歸因理論對人們複雜的歸因現象提出較周延的考慮，值得應用在教學、輔導領域上。之後，劉炳輝（1999）亦論及 Weiner 的歸因理論及其在教育上的應用價值。

Weiner（1972）根據 Heider 的歸因理論、Atkinson 的成就動機論觀點和 Rotter（1966）的控制信念理論，後由其集大成而發展出自我歸因理論（Self-Attribution Theory）。他亦把 Rotter（1966）的控制信念理論發展成二維認知歸因模式：個人的成就表現分成內在歸因（Internal Attribution）和外在歸因（External Attribution）。內在歸因分為兩種：歸因於自我的能力高低和努力程度。外在歸因也分為兩種：歸因於運氣好壞和任務難度。於是 Weiner（1972）根據內外歸因的4種成敗歸因因素來源（Locus of Causality）及其穩定性（Stability）劃分成兩個向度，提出一個攸關事件成功或失敗主要因素的二維歸因論模式。Weiner（1980）修正二維歸因論模式，他認為應加上控制性（Locus of Control）這個向度，於是提出比二維歸因論模式更完整的三維歸因論模式。此外，除了努力、工作難度、運氣和能力4種歸因之外，Weiner 再加上身心狀況和其他共六大歸因，如表3。

表3　三維歸因論模式[1]

Weiner(溫納)-歸因論

歸因別	成敗歸因向度					
	穩定性		因素來源		控制性	
	穩定	不穩定	內在	外在	可控	不可控
努力		✓	✓		✓	
工作難度	✓			✓		✓
運氣		✓		✓		✓
身心狀況		✓	✓			✓
能力	✓		✓			✓
其他		✓		✓		✓

從表3可知，「因素來源」與因素的「穩定性」、「控制性」成為個

1　資料來源：研究者自行整理製作（參考Weiner, 1980）。

人行為成敗歸因的關鍵。「穩定性」即個人行為成敗傾向於不易隨時間改變且較穩定的因素。例如內在歸因中的能力高低和努力程度；前者屬穩定因素，後者則屬隨時變動的非穩定因素。又如外在歸因中的事件任務難度和運氣好壞；前者屬穩定因素，後者則屬隨時變動的非穩定因素。「因素來源」即成功或失敗乃源自於個人內在或外在的某些因素，分為內在控制因素（個人條件）、外在控制因素（外在環境）。個人能力和努力屬於「因素來源」的內在歸因，而運氣和難度則屬外在歸因。「控制性」即個人行為成敗，在性質上是否由個人意願來控制，以預測未來行為結果的成敗；分成可控和不可控。在此向度上，六因素中唯有努力程度可透過個人意願來控制。接下來，統整 Weiner 的歸因理論在教育上的涵義（張春興，2013）如下：

（1）根據學生自我歸因可預測其日後的學習動機。

（2）學生自我歸因未必正確，但卻是培養學生從了解自己到認識別人的過程中建立明確的自我概念。

（3）教師的回饋是影響學生歸因的重要因素。

（4）長期消極心態有礙於學生人格成長。然而，積極歸因的學生屬求成型學生（Success-Oriented Student），消極歸因的學生則屬最容易產生學得無助感（Learned Helplessness）的避敗型學生（Failure-Avoiding Student）。

早期國內外已有多位學者採用 Weiner 的歸因理論，研究學業成敗歸因與成就行為（成敗預期、成就動機、學業成就）的關係（林邦傑，1971；鄭慧玲、楊國樞，1977；洪光遠、楊國樞，1979；Bar-Tal & Darom, 1979; Carolyn, 1982；郭生玉，1983、1984）。在影響個人成功或失敗的4種主要因素中，能力和努力這兩種內在歸因對個人情緒的影響更是重要（梁茂森，1996）。Wang 等人（2008）認為能力和努力的內在歸因會加強學習者的學習信心，進而影響學習結果。Soric 和 Palekcic（2009）則主張當學生將學業成功歸因於於可控制的因素時，如努力，在他們學習的科目中會得到更多的興趣。

另外，有關學業成敗歸因與學業情緒的相關研究發現：將學業成功不傾向歸因於能力、努力的學習者，其成就期望、努力、持續度、自尊、幸福感、學業成就等皆越低（莊耀嘉、黃光國，1981）。另外，一般將成功歸因於能力的學生比把成功歸因於努力的學生更有自豪的情緒；而將失敗歸因於沒有能力的學生比把失敗歸因於不努力的學生更有無望的情緒。李冠儀（2008）亦藉由 Weiner 的歸因理論，考察小學生個人對其學業的成敗歸因。綜合上述得以理解 Weiner 的歸因理論乃是以學習者認知歷程為基礎，解釋了成就動機的來源與產生行為的原因。因此，教師應了解學習者對自己學習成果的歸因傾向，進一步輔導學習者建立合適的歸因，以改善學習者的學業情緒和提升其學業成就、學習動機。

從上述文獻可知，在臺灣一般學業學習者的學業歸因已有可觀的研究成果，如我國高中、國中、國小生的學業歸因，但除了英語以外的第二語言或其他外語學習者的學業歸因的相關文獻卻如鳳毛麟角般地少見。以下所列舉的相關學者皆曾經在第二語言或外語研究學習者學業成敗歸因與學業成就之間的關係。例如 Hsieh（2004）、Hsieh 和 Schallert（2008）透過 Weiner 的歸因理論和 Bandura 的自我效能理論研究語言學習者的歸因、自我效能、語言學習信念及其在外語課上的成就。參加者有500名學生，他們分別使用了西班牙語，德語和法語被要求填寫有關其語言班上學習的自我報告調查表、對外語學習的信念、態度和動機，並提供得知兩個學期的考試成績時的歸因和自我效能等級。其結果表明：自我效能與內在、穩定等歸因呈正相關；與外在歸因呈負相關。另外，自我效能與能力、努力的歸因呈正相關，與運氣和老師的歸因呈負相關。結果還表明，對成功做出內在或穩定歸因的學生與做出外在或不穩定歸因的學生相比，前者有更高的自我效能。對失敗做出不穩定或內在歸因的學生與那些具有穩定或外在歸因的人相比，前者的自我效能也更高。最後，具有內在歸因的學生獲得的分數要高於具有外在歸因的學生。

此外，Pishghadam 和 Zabihi（2011）藉由209名英語學習者（EFL）實施了因果維度量表（CDS-II）和語言成就歸因量表（LAAS）。將6個因果歸因（能力、努力、任務難度、情緒、運氣和老師）以及4個歸因屬性（因果關係，穩定性，個人控制力和外部控制力）與學習者的英語成績進行了比較。結果顯示努力歸因是成就的最佳預測指標，表明將測試結果歸因於努力的學生在考試中獲得了更高的分數。

四　學業成敗歸因與第二語言學習動機

與本研究主題關係極為密切的「學習動機（Learning Motivation）」，攸關本研究之核心內涵。然而，長期以來，動機一直是語言學習心理學的一個重要研究重點。Dörnyei（2001a）提到最具影響力的 L2 動機理論是由 Robert Gardner 所提出來的，Gardner 的動機理論主要是探討動機與目標的關係。根據 Gardner（1985）的觀點，動機包含三要素：動機強度、學習該語言的慾望與對語言學習的態度。在 L2 領域方面，自從 Gardner 和 Lambert（1959, 1972）率先以社會學的觀點提出學習動機理論模式，將動機二分為統合性動機和工具性動機。Dörnyei 和 Csizer（2003）、Noels 等人（2003）認為統合性動機指的是學習者對 L2 團體的積極傾向，以及想融入該團體或成為該團體成員的慾望；學習者不但希望學習該國語言、文化，且期望能與該國母語者溝通、交流，以便順利融入該國社會。此外，Dörnyei 和 Clement（2000）發現，統合性動機是對學生學習語言最具影響力的要素，對語言學習亦有較大的助益。然而，工具性動機指的是透過該語言能力，能夠達到某些目的，例如獲得較理想的工作、薪資、提高社經地位等。

眾多受動機心理學啟發的研究向前推動了 L2 動機研究。但這些研究遇到了重大挑戰，例如二語寫作的動機，如何增強學習者的二語動機，以及如何衡量二語動機等議題。Dörnyei（2020）透過其著作適時地應對這些挑戰，也帶動現階段及未來的 L2 動機研究。Dörnyei（2005）基於心理學的可能自我理論（Possible-Selves Theory），提出了 L2 動機自我系統模型（L2MSS），大量研究隨後在各種社會文化背景下檢驗了這種模式。定向性動機流（DMC; Dörnyei et al., 2016），作為最新的框架，與其他多學科理論一起進入 L2 動機領域，例如如心流理論（Flow Theory）、目標設定理論（Goal-Setting Theory）和自我決定理論（Self-Determination Theory）。Dörnyei（2020）重新審視這些框架，反思它們所帶來的挑戰，並概述推動它們可能的發展方向。例如，Dörnyei 假設定向性動機流具有自我推進的動機能力，可以透過調查如何防止消極情緒和產生長期動機。

此外，Dörnyei（2020）提出 L2 動機的3個新興研究領域。首先是無意識動機（Unconscious Motivation），大多數的研究是在意識層面。Weiner（1986）提出：「對我們之中大部分人在大部分時候而言，對於動機研究，一條康莊大道通往未知比起一條泥濘小路通往已知還更無價值」。換句話說，一條通往已知的泥濘小路勝過於一條通往未知的康莊大道。然而，最近對動機心理學的研究進一步聚焦在無意識的動機，並揭示了更全面的動機。許多已經開發了創新的測量儀器，例如內隱關聯測試（Implicit Association Test, IAT）和情感錯誤歸因程序（Affect Misattribution Procedure, AMP）。Dörnyei 進一步闡述了在未來開展這項工作的價值，並建議探索無意識動機的其他技術（Al-Hoorie, 2020）。

第二個研究新興領域是憧憬，被定義為在未來情景中的一個心理形象，憧憬能夠提高動機水平。然而，直到 L2MSS 的誕生，這個概念才被理解為動機的一個重要部分。雖然憧憬在 L2MSS 中的作用已經在理論上被討論過，也已經在經驗上進行測試，但憧憬和心理因素之間的關係仍有很大的研究空間，例如情緒、無意識的動機，找出心理形象為什麼以及如何能夠激發和引導行為。

第三個乃是由於缺乏對堅持和持久性動機的研究關注而產生的研究新興領域。研究如何保持動機和在動機涉入（Motivational Engagement）中探索勇氣或毅力，將有助於 L2 動機研究的理論和教學方法。理論上，可以透過進一步整合相關的正向心理因素，便可以擴展和挑戰現有的 L2 動機模型，如此便可能導致新構架的出現。實際上，長期的動機可以驅使學習者埋頭致力於他們的 L2 學習持續一段時間，避免消極情緒，重新激勵自己學習與挫折共處，並提高他們的學習成就。

總之，從歸因理論中可以發現，歸因是通過影響個體的期望和情緒體驗進而影響其動機。學習者在學習過程中對自己的學習結果所作出的原因判斷，同樣會對學習預期產生影響。個體主動對結果進行積極的歸因，對自我的能力就產生較強的信任感，其行為的堅持將更強，也願意應付學業上的挑戰。反之，如果進行消極的歸因，個體將可能會對自我缺乏信心而消極應付。因此，歸因對學習動機的激發具有重大的意義。學習者學習動機的缺失與其不當的學業歸因方式密切相關。然而，由以上與學業成敗歸因相關的理論來看，不同學者的觀點具有相同或相異的部分。因此，研究者在編製華語學業成敗歸因問卷時儘可能涵蓋各理論觀點，以了解受試者學習華語的學業成敗歸因傾向。

根據以上文獻（莊曜嘉、黃光國，1981；Weiner, 1985；曾淑蓉，1991；梁茂森，1996）得知，學習者的歸因傾向與其學習時的情緒有重大的關聯。因研究者任教於大學部華語文教學學系，擔任國際生華語課程任課教師，對國際生學習華語時所產生的學業成敗歸因方式與學業情緒之間是否相關充滿好奇與興趣；故將藉由本研究考察北臺灣桃園地區大學國際生以華語為第二語言之學業成敗歸因與學業情緒之關聯。

然而，Pekrun 等人（2002）的控制－價值理論（Control-Value Theory），提出個體對於控制與價值的評估是影響學業情緒的關鍵。當學習者評估自己可以掌握學習任務時，其自我效能提升，促進正向情緒的產生。反之，若學習者評估自己無法掌握學習任務時，其自我效能降低，引發負面情緒的產生，如焦慮。特別是當學習者衡量其學業有高度價值時，負面情緒如焦慮會更加顯著。因此，學習者對其學業的成敗歸因和價值認知是影響學業情緒的因素之一。由於有關學業成敗歸因的文獻多聚焦於學習者焦慮情緒的探討，對學習過程中焦慮以外的相關情緒考察卻十分有限。因此本專書擬探究在臺國際生以華語為第二語言之學業成敗歸因與學業情緒之關聯，而以北臺灣桃園地區大學為例。

第二節　華語學業情緒之相關理論

本節旨在探討華語學業情緒的相關理論，共分成四大部分。第一部分闡述文化背景下的情緒，第二部分陳述學業情緒的涵意，第三部分說明學業情緒的相關理論，第四部分則介紹學業情緒的分類，以作為本研究的理論基礎。茲分述如下。

一　文化背景下的情緒

社會所產生的價值觀已根深柢固於文化底層結構，就連學習者的學習態度也因文化的差異而有所不同（李亦園，1992）。Frenzel 等人（2007c）認為社會文化亦是影響學習者的學業情緒重大因素之一，不同的文化環境產生不同的學業情緒（Goetz et al., 2006b; Frenzel et al., 2007a, 2007b; Ng et al., 2007; Ng et al., 2014）。儘管個人的行為、情緒深受社會文化、情境、環境所影響，然而教育的可貴乃因著藉由教師提升學生的心理素質，引導學生培養正面的學業情緒。Pekrun 等人（2002）把學業情緒分成正負兩面：前者如享受、希望、自豪、放鬆，後者如生氣、焦慮、羞愧、無望、厭煩。值得注意的是，並非所有正面的學業情緒對學習皆能產生正面影響（Fredrickson, 2001, 2003, 2004, 2006），例如過度放鬆無法提升學習成效（Goetz et al., 2006a）。

雖然情緒是普遍的，但是當人們體驗、表達、感知、調節情緒時，皆受到所屬文化和社會價值觀的影響（Richeson & Boyd, 2005）。Oyserman 等人（2002）認為在集體主義背景下，亞洲社會例如中國、菲律賓、新加坡等國家高度重視、專注於顧慮、適應他人和維護和諧的相互依存。因此，個人希望能控制自己的情緒，對自己和他人的情緒保持敏感，從而促進和諧。相較之下，西方的個人主義文化，強調的是關注自我並保持個人獨立;因此，鼓勵個人發現並表達自我的情緒（Markus & Kitayama, 1991）。此外，Fwu 等人（2020）的研究結果亦強調，在試圖了解學生在學校環境中的情緒時，需要考慮社會文化背景。

在東方儒家傳承的文化社會，例如臺灣、南韓等國家，個人的角色義務被認為是儒家倫理的本質。與西方個人主義為導向的社會不同，以關係為導向的儒家傳承文化傾向於關注家庭關係和人際網絡中的角色（Hwang, 1999, 2012）。角色倫理則被視為儒家傳承文化關係的核心（Ames, 2011）。角色被賦予人以維持關係，五倫中的角色被認為是基本道德，包括夫婦、父子、兄弟、君臣、朋友等5種人際關係。個人必須履行所屬倫常中角色所固有的義務，例如朋友有信，即朋友之間有誠信之德。如果社會中的每個人都履行自己的義務，相信和諧的社會就會實現。因此，個人被期望在倫理關係中努力履行他們的角色義務；在這過程中，他們的品格和美德逐漸得到培養。然而，百善孝為先，在所有美德中，孝道被個人認為是最重要的，因為父母與孩子之間有著密不可分的血緣關係。個人被期待應該努力行孝，才能被社會視為有德之人。履行對父母的義務，透過修練自我完善，對個人的心理健康至關重要;只有當履行這些義務時，才能達到心理平衡。由於實現孝道和自我完善的追求可以不斷地提高而無所限制，個人有義務修養自己，以實現終生成為有德之人的最終目標。在這樣社會的期待之下，個人若無法實現這一行孝目標，可能會導致虧欠感（Fwu et al., 2018）。若個人沒履行孝道，即未達自己作為一個有德之人的最終良善目標，個人可能會對自己的父母，甚至對自己亦感到虧欠（Kang & Larson, 2014；Fwu et al., 2018）。

對於處於儒家傳承文化社會中的學生而言，履行孝道的首要途徑即是努力學習，在學校的表現要出色。在儒家傳承文化社會中，修身與學習可謂息息相關。在傳統學校教育中，學生閱讀如《論語》等儒家經典，主要講授乃是為了履行重要角色義務的倫理原則。學生被期待努力學習，通過學習實踐孝道，以完善自己的美德。這種修身的角色義務論在當代的儒家傳承文化社會中，仍然具有一定程度的影響力。時至今日，仍希望學生努力學習，好好表現，以盡孝道，同時能修身養性。若一旦面臨學業上的失敗，即易引發學生對父母和自己的虧欠感。在角色義務理論之下的儒家傳承文化社會，個人的性格可藉由不斷地自我改善來改變，而個人的美德亦可透過努力不斷增長。Dweck 的自我增量理論（Theory of the Incremented Self）（2006; Dweck & Leggett, 1988）與角色義務理論中，有一個共同的相似之處，即兩者均強調個人人品的可塑性。然而，兩者關鍵的不同區別在於角色義務理論側重於個人的倫理道德方面，例如孝道；而 Dweck 的理論則聚焦於認知領域，例如智力。根據角色義務理論的觀點，認為個人人品和特質應不斷提高，與 Dweck 認為個人人品可以改變的理論不同。正如《禮記・儒行》「澡身而浴德」所述一樣，是種精神上的洗禮，品德上的修煉，保有革新的姿態；因此，個人有義務透過不斷地自我修養，以實現自我改造。

二　學業情緒的涵意

神經心理學家 LeDoux 發現：由於情緒會使個人產生不同的身心狀態，包括動機、行為和記憶等，因此情緒是影響大腦發展與學習的重要因素。此外，情緒與學習密切相關，因為情緒能引導注意力、創造意義與形成自我的記憶通路（LeDoux, 1994, 2001; Paré, Quirk & LeDoux, 2004）。

自從 Goleman（1995）發表其著作《情緒智力》一書之後，情緒的議題開始受到學術界的重視。然而情緒（Emotion）、情感（Affection）、心情（Mood）三者經常令人混淆不清，究竟如何區分？此外，學者們對於情緒的定義持有不同之觀點。因此，在進行學業情緒的相關研究之前，勢必先釐清情緒、情感、心情之間的差異，並界定情緒的定義，才能進一步定義學業情緒。

（一）情緒、情感、心情之間的差異

Schwarz 和 Clore（1996）認為情緒和心情之間的差異可從持續性和強度來區分。以持續性來看，心情比情緒持久。以強度而言，兩者皆認為情緒是由特定事件所引發，而產生特定事件的情感狀態；心情則是無特定事件的情感狀態。Rosenberg（1998）提出情感可依照持續性、知覺的沉浸度與知覺的控制範圍（各種行為和心理的運作過程）等3種情感指標，分成3個等級：情感、心情與情緒。情感的持續性最強、知覺的沉浸程度最深、影響的範圍最大。三者當中，情緒的持續性最弱、知覺的沉浸程度最淺、影響的範圍最小;而心情則是介於其他兩者中間。Rosenberg 認為無論情緒、心情皆為情感的一種狀態，差別在於心情較持久而穩定；而情緒較為短暫而不穩定。Beedie等人（2005）統整了情緒與心情，他們表示情緒與心情最常以持續性和起因（事件的特定性）來區分：情緒有特定的起因，並有一定的傾向；而心情無特定的起因或傾向。

簡而言之，情感是最廣泛的心理狀態，包括情緒與心情。情緒與心情的差異在於情緒常由特定的事件所引發，且持續時間短，但感受強烈。心情則無特定的事件所引發，且持續時間長，但感受較弱。

（二）情緒的定義

統整各學者（Denzin, 1984; Dworetsky, 1985; Lazarus & Lazarus, 1994; Goleman, 1995；王淑俐，1995；黃德祥、魏麗敏，1995；張春興，2013）所提出有關情緒的定義，綜述如下：

（1）心理感受：情緒是主觀的感覺或經驗，內心存在一種複雜且不安的狀態，因此個體可感到情緒的強度、正負向情緒、暫時性或持續性的自我感受。

（2）認知評價：情緒是個體對於引發情緒的事件或特定情境的刺激，經過意識的判斷之後所呈現的一種詮釋。情緒無法從認知活動中獨立出來，即一旦無認知活動就無法產生情緒的經驗。

（3）生理反應：情緒的生理系統主要是受到腦周圍神經系統和中樞系統的影響。當個體經驗到某些情緒時，自然會產生一些生理反應；例如心跳加速、呼吸急促、肌肉緊繃等。

（4）外顯行為：情緒的產生引發外顯行為的改變；例如顏面表情、聲音語氣、身體動作之類的變化。

綜上所述，情緒乃是種主觀的心理感受，是一種暫時的狀態，非長久不變的個人特質，由特定的刺激所引發，再經個體的認知評估之後，所表現出來短暫的生理反應及外顯行為。

（三）學業情緒的定義

成就情緒（Achievement Emotions）率先由 Pekrun（1988）提出，分成廣義與狹義兩種定義。前者係指學習者依據內、外在的認知標準評估而產生與事件相關的情緒，例如自豪、生氣等；或與事件結果相關的情緒，例如放鬆、無望等。Pekrun（1992）亦率先提出學業情緒（Academic Emotions）具有領域特定性，於是將理論中原本的成就情緒改成學業情緒（Pekrun et al., 2002）。

近年來國內外學者亦陸續提出情緒影響學習的相關文獻，情緒的領域特定性及情境依賴性也是被關注的重點（Pekrun, 1992; Pekrun et al., 2002；巫博瀚等人，2011；林宴瑛、程炳林，2012; Pekrun & Linnenbrink-Garcia, 2012; Pekrun et al., 2014）。Goetz 等人（2007）考察國中生在英文、德文、數學、物理課經歷各種學業情緒，研究結果顯示各種學業情緒介於各學科之間的關聯性微弱且不一致。這正說明了學業情緒具領域特定性，即個人在不同的學科會有不同的學業情緒（Goetz et al., 2006）。此外，學業情緒還具有情境依賴性。例如學生的學業成就、同儕間的互動、是否能自主學習、教師或父母對學生的期望、社會價值觀的支持等情境皆是影響學業情緒的來源（Pekrun et al., 2002）。然而，當教師強調只要學生肯努力用功就有機會促進學業進步或成功，學生較能產生正面情緒。若教師強調學生要透過互相競爭以證明自己優於他人，學生較能產生負面情緒（林宴瑛、程炳林，2012）。

本研究依據 Pekrun 等人（2002）提出的學業情緒，係指學習者在學習過程中，因學業情境中的特定事件所產生的情緒；其範圍除了學習時的課堂聽課、閱讀教科書、寫作業及考試時所產生的如享受、希望、自豪、生氣、焦慮、羞愧、無望、厭煩、放鬆等9種學業情緒。然而，學習者在學習情境中，依據自我的內、外在認知評估結果所產生與學習相關的情緒，即學業情緒（Pekrun, 2006）。簡而言之，所謂的學業情緒，是指學校學習、課堂教學和學業成就直接所產生的情緒，像是學習過程中感到享受、考試時感到焦慮、學習成功後感到自豪等。

三　學業情緒的相關理論

為了統整完整且宏觀學業情緒之整體架構，其相關理論可分成以下三部分：第一部分闡述學業情緒之理論架構，接著第二部分則是說明 Pekrun 的控制－價值理論（Control-Value Theory），第三部分解釋 Pekrun 的認知－動機模式（Cognitive-Motivational Model）。分項說明如下。

(一)學業情緒之理論架構

透過上述文獻資料讓我們對於情緒有相當程度的理解，亦可明白教育界日漸重視學業情緒議題探討的原因。尤其是從事教育的教師，勢必更需要關注與探討學習者在學習情境中所產生的情緒，以及其對學習的影響。在當代教育心理學中，學生學業情緒的研究已透過 Pekrun 率先分享其研究之成果，提出學生學業情緒的理論模式及分類架構，是目前研究學業情緒所依循的理論架構，亦為學業情緒提供一個完整的觀點；分別為控制－價值理論和認知－動機模式，來說明學生學習時的情緒、產生學業情緒的前置因素與受學業情緒影響的後果變項（Pekrun, 1992b, 2000, 2005, 2006; Pekrun et al., 2002），如圖2所示。

Pekrun（2000）提出學習者從環境因子到控制及價值相關的認知中介後，產生各種的學業情緒。然而，學業情緒亦會影響學習者的學業成就（謝沛樺，2007；李俊青，2007；鄭衣婷，2007；吳淑娟，2009；簡嘉菱，2009）。

此外，Pekrun（2006）在控制－價值理論和認知－動機模式中，將環境前因變項分成五大項，包括教學、價值誘發、自律支持、目標結構及期望、成就的回饋與後果。然而，此五大項因子將藉由學習者在學習過程中，其控制與價值認知評估過程中，對學習者的學業情緒產生間接影響。環境屬於前因變項，學習者的認知評估則是中介變項，而學業情緒是後果變項，如圖2所示。即外在的環境因子，藉由學習者內在認知評估，影響學習者的學業情緒；而學業情緒亦影響學習者的學習動機、學習與成就，如圖2之黑色粗箭頭所示。而學習者的學業成敗亦會影響其學業情緒、學習者的認知評估與學習情境，如圖2之黑色細箭頭所示。根據 Pekrun 學業情緒理論架構圖，分別從環

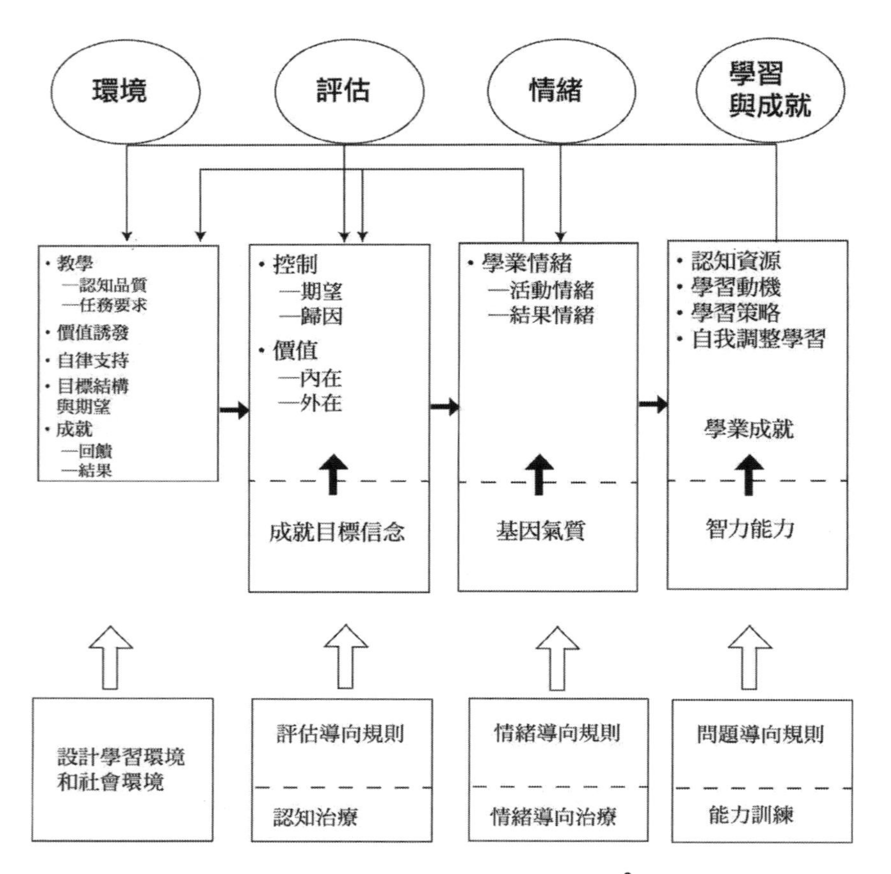

圖2 學業情緒的理論架構圖[2]

境、認知評估、情緒、學習與成就等4個層面提供指引和方向；例如在環境方面，教師應參與協助設計學習環境和社會環境；在認知評估方面，教師應提供評估導向規則、認知治療；在情緒方面，教師應提供情緒導向規則及情緒導向治療；在學習與成就方面，建議教師應提供問題導向規則與能力訓練，如圖2之白色箭頭所示。顯然，學業情

2 資料來源乃翻譯自Pekrun（2006：328）。

緒理論之架構模式呈現出除了具有循環反饋且互相連結的現象、影響因子之外，亦提供教師在教學上的建議。

因此，在教育情境中，外在的環境如教師教學、教師期望、課程安排、教材規劃、班級氛圍、教室環境等因素會藉由學習者在學習歷程中的認知評估，之後對其學業情緒產生正向或負向的影響。而學習者的學業情緒亦影響其學習與成就，學習的品質和學業成就的高低則影響學習者對學習動機的引發。此學習動機又再次反饋到學習者的學業情緒，學習者的學業情緒自然會影響教師教學、教師期望、課程安排等諸多外在環境因子。因此，環境、認知評估與學業情緒三大因素是互相影響且環環相扣的。

本專書旨在探討桃園地區大學國際生以華語為第二語言之學業成敗歸因與學業情緒的關聯；其中亦探討哪些外在環境因素如何影響國際生的華語學業情緒，即是本專書要深入探討的聚焦所在。以下分別以控制－價值理論和學業情緒的認知－動機模式來闡述學業情緒的基本架構。

（二）Pekrun 的控制－價值理論

學生的學業情緒在學習過程中的作用值得更多關注。要試圖理解情緒與學習之間關係較為突出的理論框架之一，即是學業情緒的控制－價值理論（Pekrun, 2006, 2017）。Pekrun 透過此模型，認為學生無論在學習、考試的背景下會體驗到不同類型的學業情緒。這些情緒對認知、動機和學習具有重要意義。體驗到如享受、自豪等積極學業情緒的學生已被證實能取得更好的成績，通常會堅持以精熟為導向的學習目標（Pekrun, 2006）。反之，負面的學業情緒易阻礙學生的努力，以致於降低學生的學業成就（Pekrun et al., 2014）。這些研究強調將情緒置於學習過程核心的重要性。

根據控制－價值理論，學習者對於控制及價值評估是影響學業情緒的關鍵中介變項，也就是說，學習者從環境因子到控制及價值相關的認知中介後，產生了各種學業情緒。控制相關的認知（Control-related Cognitions）與價值認知（Value Cognitions）就是扮演中介變項的兩個角色。控制相關的認知指的是對變項之間任何一種型態的因果關係、工具性關係或是前因變項和結果之間的關係，所進行的主觀評價，包括期望和歸因。價值認知乃指情境、行動與結果對學習者來說可能存有內在或外在價值。內在價值指的是情境、行動或結果本身的價值；外在價值指的是其他有價值結果的獲得。基本上，控制－價值理論假定任何學業情緒皆取決於控制－價值相關的認知評估（Pekrun, 2000）。

1 環境因子與學業情緒

環境因子即是影響學業情緒的主要前因變項；Pekrun（2006）為了該理論能在教育界廣泛應用，環境變項因子經過反覆修正之後分別為：教學（Instruction）、價值誘發（Induction of Values）、自律支持（Autonomy Support）、目標結構與期望（Goal Structures and Expectancies）以及成就的回饋和結果（Feedback and Consequence of Achievement）等五大項。以下將針對 Pekrun 在 2006 年所整合的五大項環境因子加以說明。

（1）教學

學校是影響學生學業情緒的主要場所，教師的教學、學習的教材以及教師所營造的課室氛圍是影響學生各種正、負向學業情緒的主要因素。若教師在教學過程中營造正向情緒的課室氛圍，學生較能擁有愉快的學業情緒。高品質的教學精緻化能讓學生享受所學，而如此愉悅的學習可以擴展到與學習成就相關的活動，並讓學習活動產生正向的內在價值，進而促進正向學業情緒的發展。反之，低品質的教學會讓學生產生厭煩的情緒，引發學生負向的學業情緒（Pekrun, 2000）。教學品質的好壞與學生學業情緒密切相關不言而喻，好的教學品質容易引發學生學習的正向學業情緒；不好的教學品質則容易讓學生產生學習的負向學業情緒。提升學生對教學與學習任務認知的品質，可增加學生的控制能力和正向的學習價值感。學習任務的要求決定學習材料的難易度，亦影響學生精熟學習的程度，在學習任務要求和學生能力之間的配合會影響學生對教材價值的認知，但若任務要求過高或過低，都會降低學生對任務價值的觀感，容易讓學生產生厭煩的情緒（Pekrun, 2006），所以任務要求的高低和學生能力之間的配套措施是值的教師著力的地方。依據 Goetz 等人（2006b）的研究發現，精緻化的教學與學生享受和自豪情緒有正相關，與生氣和厭煩情緒有負相關。

（2）價值誘發

學業成就的價值感可能由3種途徑來傳送，分別是以往的經驗與成功的內在歸因，其次是重要他人的期望與相關的目標框架，最後是達到結果的成就工具性功能。而學業成就的價值感可能也會因為以下4種重要機制變得更社會化。

a. 價值訊息的直接傳遞。

b. 價值示範，即由重要他人所呈現的行為來傳達，例如聽一位充滿教學熱情的教師講課可能會使學生產生享受學習的喜悅，也就是說，在師長、同儕身上與所學學科相關的熱情對於學業情緒的發展是非常有利的。根據 Goetz 等人（2006b）的研究發現，教師的熱情與學生喜悅和自豪情緒有正相關，與生氣和厭煩情緒有負相關。Jacob（1996）

的研究也發現知覺教師的熱情和教師所給予的成就回饋的支持（例如成功的稱讚或失敗後的支持）與喜悅情緒有正相關。

c. 營造刺激的學習環境來傳送價值並提供認知的挑戰或是與學習者生活有關的真實教材。

d. 學業成就價值也有可能在能容許學習者自我實現的環境形成，而此環境本身可能與學業成就無關，例如進行一項學習任務時，環境能夠提供社會性的支持（Pekrunet al., 2002）。

因此，控制－價值理論強調學生對學業的投入，而引發的正向價值感應該受到增強，而負向價值感應該避免產生。教師、父母和同儕都會直接透過語言或間接從行為上影響學生的學業價值判斷，所以可以透過提供符合學生需求的教學材料、課業任務和教室內的互動來提升學生的學業價值判斷。另外，教師和父母對學校教材的關心與參與，也會對促進學生對學業價值認知有所助益。

（3）自律支持

自律支持為自我調整學習的必要條件，當學習者有足夠能力去調整本身的活動，自律支持對於能力和學業相關情緒的發展很有利。自律支持可以形成學習和表現的愉快情緒，因為它可根據自我能力訊息的匯集，提供任務或任務表現的自我調整機會。最後，自律支持可能有利於那些對於活動與結果進行內在歸因情緒的發展，例如：心流（Flow）經驗或是與心流有關的活動進行時的喜悅。因此，適時地給予學生自主性，能提高學生的學習動機（Pekrun et al., 2002）。Meyer和 Turner（2002）提出學生對於其在課程中自律程度的知覺亦是影響其學業情緒的重要元素，因為自律的程度越高，越能提供學生成功挑戰課程的機會，易使課程較符合個人的能力並減緩負向感受或維持正向感受。

（4）目標結構與期望

目標是形成思想、行動和情緒的重要關鍵，就認知而言，目標會影響想法、記憶之形成並解釋個體對世界的看法；就動機和自我調整而言，目標提供個體思想、行為和策略的方向。就情緒而言，許多的研究（Linnenbrink & Pintrich, 2002；Turner et al., 2002；Schutz & DeCuir, 2002）發現羞愧、焦慮、希望和自豪等情緒的產生都與目標有關聯。此外，已有學者（Linnenbrink & Pintrich, 2002）指出四向度的目標結構與情緒之關聯，認為個體對於課室目標的知覺會透過個人目標之中介而間接影響其情緒，整合研究結果發現，知覺課室精熟目標與正向情感具有正向關係，且與負向情感具有負向關係。一般而言，雖然在競爭目標結構中，高成就學生可以享受其中，但多數學生在個人目標和合作目標結構中有較高機會展現自我控制力，有較多體驗成功的機會。所以學生對於課室目標結構的知覺亦是可能影響其學業情緒的重要因素。另外，根據 Pekrun 等人（2006）的研究發現，正向的精熟目標可以預測享受、希望和自豪等正向情緒；負面地逃避學習目標可以預測厭煩和生氣等負面的情緒。正向的趨向表現目標可以預測自豪情緒。負面地逃避表現目標可以預測焦慮、無望和羞愧等負面情緒。再者，李俊青（2007）的研究亦發現，環境目標結構會透過控制－價值相關之認知評估對學業情緒產生間接效果。

此外，Seginer（1983）提出，教師、父母、同儕以及社會期望將影響學生知覺自己的控制力，同時為了達到相關期望，也將影響學生對學業成就的成功或失敗的情緒。社會學家通常把成就期望視為兒童的成就相關發展的重要媒介因素。社會對成功與失敗的定義或多或少都會影響到學習者對於成就價值的評估，高期望可能傳達高成就價值的訊息，使得成功的定義受到限制。如果學習者接受這些訊息，與成就相關的情緒會變得較為強化。例如，在臺灣一般認為任何學科要考

60分以上才算成功，只要分數沒有達到60分就是失敗，不論是否因為考試題目難度較高或是其他非學習者能掌握的因素。而且，當預期成功的機率減少時，高期望可能會增加負面的預期學業情緒，如焦慮和無望（Pekrun, 2000）。另外，根據 Goetz 等人（2006b）的研究發現，在拉丁語課程中，教師給予的學業壓力與學生的焦慮和厭煩情緒有正相關，與學生的享受和自豪情緒有負相關。

（5）成就的回饋和結果

成功或失敗的回饋被學習者接受之後轉變成歸因的依據，進而形成能力與控制相關的評估，最後促進成功與失敗相關學業情緒的長期發展。亦即學生在學習時成敗的回饋也是引發學業情緒之關鍵，成功的回饋會引發學生的正向情緒，如享受或自豪。反之，失敗的回饋可能讓學生產生負向學業情緒，如羞愧或生氣。學業情緒可經由成就的結果與回饋產生，而此學業情緒又可導致與其他學業活動相關學業情緒的產生，形成一個循環。例如：對於學習成功的享受喜悅之情可慢慢增加學習的內在喜悅；相對來說，失敗之後的負向情緒卻會導致厭煩情緒的產生。根據 Jacob（1996）的研究亦發現，教師所給予的成就回饋的支持（例如成功的稱讚或失敗後的支持）與享受的學業情緒有正相關；知覺失敗後教師所給予的處罰與生氣、無望、羞愧和焦慮的學業情緒有正相關。另外，Goetz 等人（2006b）的研究顯示，學習者知覺學業成就的正向支持與其享受和自豪的學業情緒為正相關，與其生氣和厭煩的學業情緒為負相關。

綜合上述，教學、價值誘發、自律支持、目標結構與期望、成就的回饋和結果等環境因子皆與學業情緒密切相關，而這五大項環境因子大致圍繞在教師、同儕、家庭和社會所傳遞給予學習者的訊息上，經由學習者的認知評估，進一步學業產生情緒。

2　認知評估與學業情緒

在控制－價值理論中，Pekrun 等人（2002）試圖整合價值－期望模式以及歸因理論中與成就相關的情緒因素，提出與學業情緒相關的兩種評估：個體的控制和個體的價值。他認為個體對於控制和價值的評估是影響學業情緒的關鍵。當個體衡量自己可以掌握學習工作時，其自我效能感提升，促進正向情緒之發生。反之，若個體對於進行之學習工作無法有效掌控時，自我效能感減低，可能引發焦慮的情緒，尤其當個體認為該項學習工作有高度價值時，焦慮的情緒會更加明顯。換言之，個體的控制力和對工作價值的知覺對學業情緒可能具有交互作用（Pekrun et al., 2002）。Pekrun（2006）認為從教育的觀點來看，認知評估是促成所有環境因子對學業情緒的連結，也是教育工作者可以藉此促進學生正向學業情緒的發展標的。

此外，Pekrun（2006, 2016）的控制－價值理論當中，假設控制評估是學業失敗後學生學業情緒最臨近的決定因素之一。個體對學業成效的控制的評估而言，期望和歸因是認知評估的主要因素，其中，期望是針對原因和影響之間關係，屬於預期的認知，例如：即將進行考試的預期表現，即現在的努力將影響即將到來的考試表現；歸因是屬於回顧性的認知，例如：最近一次考試成功或失敗的原因，即從已發生的結果去檢視自己成功或失敗的原因。學業失敗的歸因理所當然會影響回顧性的學業情緒，例如羞恥；期望亦會影響預期性的學業情緒，例如無望。Pekrun（2017）發現，無望是種消極的學業情緒，會導致學生注意力不集中、不願付出努力、作業拖延、考試不及格、輟學等。本研究所欲探討之變項「國際生華語學業成敗歸因」，亦即為此認知評估中的歸因部分；故本研究依據此理論架構，擬探討北臺灣桃園地區大學國際生華語學業成敗透過學習者的認知評估後所形成之「歸因」與其華語學業情緒之關係。

對個體價值而言，內在價值是指情境、行動與結果本身的價值；外在價值是指其他有價值結果的獲得。例如：學習本身的樂趣就是內在價值，而學好華語有利於未來找工作即外在價值。Pekrun（2006）認為藉由加強學生對學習活動和學習結果的控制能力和學生價值評估的概念形成，對學生的情緒可以產生正向的影響。簡言之，控制－價值理論假定任何學業情緒皆取決於控制－價值相關的認知評估。

綜合以上之論述，當探討學業情緒的前因變項時，必須將環境及個人評估因素納入考慮。然而，以往的相關研究還是多著重於探討目標結構（Pekrun et al., 2006；李俊青，2007）、成就的回饋和結果（李俊青，2007；鄭衣婷，2007；吳淑娟，2009），較少探究認知評估後的學業成敗歸因與學業情緒之關係，因此，仍須更多實徵研究的投入才能更了解影響學業情緒的因素，進一步提供教育現場協助華語學習者學業情緒調適的方針，因此，本研究依據 Pekrun（2006）的控制－價值理論，擬探討環境因子中的華語學業成敗結果，透過華語學習者的認知評估後所形成之國際生華語學業成敗歸因與華語學業情緒之關聯模式。

（三）Pekrun 的認知－動機模式

Pekrun（1992b）率先提出認知－動機模式，為學業情緒的結果變項提供完整的說明，此模式說明學業情緒如何透過認知與動機的機制來影響學習及學業成就。該模式認為情緒在學習與成就的作用是由幾個認知與動機的機制所中介，認知機制包括信息的儲存和檢索（Storage and Retrieval of Information）、信息的處理策略（Strategies of Information Processing）和有限的注意資源（Limited Attentional Resources）。

根據修正過後的認知－動機模式（Pekrun et al., 2002; Pekrun, 2006），將原先機制修改成學業情緒（Academic Emotions）學習動機

（Motivation to Learn）、學習策略（Learning Strategies）、認知資源（Cognitive Resources）、自我調整學習（Self- Regulation of Learning）。根據該模式，學業情緒對學習和學業成就的影響受到學習動機、學習策略、認知資源、自我調整學習等因素之中介，如圖3。以下將針對Pekrun等人（2002）修正後的認知－動機模式之內涵分述如下：

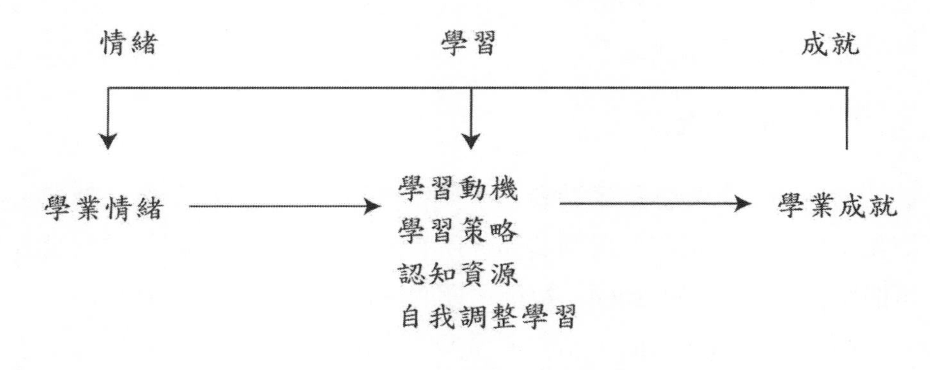

圖3　認知－動機模式圖[3]

1　學業情緒與學習動機

Pekrun（1992b）將動機分為內在任務動機（Intrinsic Task Motivation）、外在任務動機（Extrinsic Task Motivation）與社會動機（Social Motivation）。

（1）內在任務動機

內在任務動機係指學習者為了某種行為本身的價值，而投入其中之動機，例如：學習華語的過程中獲得學習的樂趣，此即為學習華語的內在動機，因為任務而產生的喜悅引起正向的內在動機，會讓學習

3　資料來源取自Pekrun等人（2002:97-98）。

者期待下一次的學習或任務指派。相反地，負向情緒可能產生負向的內在動機，可能造成學習者逃避表現或拒絕學習。這種負向情緒以厭煩、焦慮和生氣為代表，學習者會因為避免表現而將注意力放在其他活動方面。

根據謝沛樺（2007）的研究發現，學習者的動機信念可預測學業情緒，興趣是正向情緒最有力的正向預測變項，而逃避表現是負向情緒最有力的負向預測變項。

（2）外在任務動機

外在任務動機係指學習者為了外在目的而投入某種學習之動機，例如可以獲得獎賞或父母讚美等。所有與結果有關的情緒都被假設有可能影響到外在任務動機，包括預期的情緒和回顧的情緒兩方面。

在預期的情緒方面，希望與預期的喜悅等正向情緒會產生外在任務動機，以達成正向的結果，例如：「希望」華語得到好成績，以博得師長的讚美。但預想的負向情緒可能會引發學習者避免負向結果的動機，例如：「無望」會降低外在任務性動機，覺得正向的結果是不可能達成的，所以沒有努力的必要，因而產生學習的無助感。但值得注意的是，預想的負向情緒有可能引發學習者採取投注更多努力以避免失敗，因此預想的負向情緒所產生的外在任務動機並非皆為負向的。

在回顧的情緒（指學習過後產生的情緒）方面，外在任務動機指的是對任務內容和結果價值評估所產生的情緒，例如：好成績獲得老師、父母的稱讚，使學習者產生正向的情緒，對結果作正向的評估，進而增強動機、投入更多努力，以期待下一次的稱讚。根據期望－價值理論，情緒評估可能是形成與學業任務有關的外在動機之關鍵，正向評估會形成正向結果（如成功）的學業動機，負向評估則會形成負向結果（如失敗）的學業動機。

（3）社會動機

社會動機指的是師長對學習者的期望或同學對學習者的看法，例如：「感激與同理心」會增進其社會動機，相反地，「忌妒」會降低繼續學習的動機。然而，Pekrun 等人（2002）所提出的動機主要指的是興趣與努力。興趣指的是學生對學習內容有興趣而產生的動機，想要學習純粹只是因為內容有趣，如「享受、希望和自豪」與學生的興趣正相關；努力指的是投注努力以避免失敗，如「厭煩和無望」與努力呈現負相關。

根據鄭衣婷（2007）研究結果發現，當國中生持享受、自豪及放鬆之正向情緒時，較能激發其學習動機，願意選擇較具挑戰性之學習工作，且當面臨學習難題時，能堅持到底。其中又以擁有自豪情緒者，因為以自我表現為榮，所以願意投注更多的努力於學習工作中，此外，當學習者處於生氣的狀態下，會激發其學習的好奇心，選擇較具挑戰性之工作，若學習者感覺到羞愧，則會促進其克服困難、解決問題之決心，不因挫折而鬆懈，最後，若學習者對於學習感到厭煩時，則會使其學習動機大打折扣，無論是在工作選擇、堅持或是努力之變項上皆造成負向效果。鄭衣婷（2007）之研究結果與 Pekrun 等人（2002）之研究結果相同，其認為生氣、羞愧與無聊雖同屬負向情緒，然因生氣與羞愧具有激發的本質，所以反而能激發學習者的學習動機；反之，厭煩的情緒則因未具激發之本質，所以會損害學習動機。

2　學業情緒與學習策略

當代有關學習策略的研究大都以訊息處理理論和後設認知理論作為理論架構之基礎（程炳林、林清山，2000），將學習策略分成認知策略和後設認知策略兩部分。所謂的認知策略是指能促進訊息處理效率的思考或行為，其使用的策略包括了複誦、精緻化和組織策略。而所謂的後設認知策略則是指學生在學習的過程能以計畫、監控、評鑑和修正的策略提升學習效能（Pintrich, 1999）。

Pekrun 等人（2002）研究發現，正向情緒與教學精緻化、組織和後設認知等策略呈正相關；而負向情緒與彈性的學習策略則呈負相關，進一步分析發現，生氣、焦慮和羞愧的情緒與複誦策略有顯著的正相關，顯示負向情緒的學習者可能使用特定的學習策略。

根據鄭衣婷（2007）的研究發現，正向情緒有助於其學習策略之運用，負向情緒中的厭煩情緒則對各個學習策略具有負向預測的學習結果，此研究結果與 Pekrun 等人（2002）之研究大致符合。然而，以負向情緒而言，鄭衣婷（2007）的研究結果有不同發現，其研究顯示，負向情緒中的羞愧情緒能正向預測各個學習策略，此發現與以往對負向情緒觀點大為不同，值得日後研究繼續探討。

3 學業情緒與認知資源

Pekrun（1992b）認為，情緒在學習與成就的作用是由幾個認知與動機的機制所中介，認知機制包括信息的儲存和檢索、信息的處理策略和有限的注意資源。以下分述之：

（1）信息的儲存和檢索

正向情緒和負向情緒都會造成學習情境的依賴，通常在下一次相似學習情境下以類似的方式提取，意即在學習的過程中，學習材料與學習當下的情緒會一起存取。因此，學習者在學習時引發的情緒可以活化存在長期記憶裡的學習材料，除了記憶更精熟，也使下次的提取更加容易，例如：國際生學習一首思鄉的詩，以思鄉惆悵的情緒去感受其意境，會比用愉悅的情緒去學習有效果。相反的，情緒也可能阻擋學習材料的存取，間接影響學習與成就，例如：學習進行一開始就有不好的情緒，可能會阻礙正向期望與價值評估的形成，進而阻礙到正向學習動機的發展（Pekrun, 1992b）。

（2）信息的處理策略

情緒對學生的學習動機、學業成就、個性發展等在功能上也很重要。學習過程中的情緒會讓學習者產生某些特定的反應、採取特定的策略以解決面對的問題，例如：學習策略、自我調整學習、後設認知和動機性決定等。喜歡學習等適應性正向的學業情緒有助於設想目標和挑戰，可能產生比較有創造力的思考方式以解決問題，並為自我調節奠定基礎（Pekrun et al., 2002）。例如：Schwarz 和 Bless（1991）認為在沒有壓力的情境下，學習者的喜悅情緒會有較多的認知空間去創造一些新奇的想法。相反地，負向情緒會引導出一種強調細節、著重分析的思考方式，例如：學習者處於悲傷的情緒，在面對問題時，會將焦點集中在信息處理的細節上做後續的發展。甚至無望、生氣和厭煩的負向情緒，非但沒辦法讓學習者產生新奇創意的思維，也沒辦法產生分析、聚斂性思考（Convergent Thinking），此觀點在 Pekrun 等人（2002）的研究中已得到證實。此外，過度焦慮、無望、厭煩等適應不良的學業情緒不利於學業成績，導致學生輟學，並對他們的心理和身體健康產生負面影響（Zeidner, 2014）。

然而，情緒的影響程度跟學習任務住本身的性質有關，在限制性較高的任務中，例如：演算數學微積分題目，因為解決問題的方法本來就有限，自然而然情緒的影響就有限；相對地，在較少限制的任務下，例如：寫一篇可自由發揮的作文，情緒的影響可能就會比較大。

（3）有限的注意資源

情緒很容易占據學習者的注意力，根據心流理論（Csíkszentmihályi, 1985, 2020），當學習者處於享受學習過程的心流狀態下，即完全沉浸在學習的任務上，因而失去了對其他事物的感知：時間、人、分心的事、甚至基本身體需要。這是因為在心流狀態下，個體所有的認知資源全部專注於手頭的學習任務上，沒有其他可分配的注意力，讓人情緒穩定、充實感和幸福感，就是 Csíkszentmihályi 所謂的「最優體驗」，有助於學習表現。然而，根據 Meinhardt 和 Pekrun（2003）的實驗研究結果顯示，不論正負向情緒，對於個人的認知資源都會造成影響，所以並非只有負向情緒才會有此情況。實際上，正向情緒也可能產生與學習無關的聯想，占用認知資源的容量，影響學業表現。以上兩者觀點似乎有所差異，關於這一點，有可能與引發情緒之因素不同所致，當誘發情緒的原因為與學習本質無關，如情境或他人所致，即所謂的外在情緒（Extrinsic Emotions），則可能會使學習者的注意力轉移；反之，若學習者的情緒為學習本身所誘發之內在情緒（Intrinsic Emotions），則能使其注意力更專注於學習（Pekrun et al., 2002）。

此外，有關考試焦慮的研究中發現，學習者可能會因為焦慮的情緒使得其注意力轉移至與學業無關的事項上，而占據了學習所需的認知資源，例如：因為擔心考試失敗的焦慮情緒，而無法全神貫注地應試。根據 Hembree（1998）的研究顯示，考試焦慮會降低在困難或複雜工作的表現，並與學業成就呈現負相關。

而鄭衣婷（2007）的研究發現，擁有享受、自豪或羞愧情緒時，其認知資源較不會被與學習無關之想法所佔據。反之，若其對學習感到焦慮、無聊或無望時，學習者之心思較易被與學習無關之想法所吸引，此研究結果顯示，負向情緒比較會占用認知資源的容量，而影響學習表現。

4　學業情緒與自我調整學習

自我調整學習是假定個體的認知具有彈性，會以彈性的方式去計畫、監控及評價自身的學習，並採取適當的學習策略去符合任務需要而獲得進步。Pekrun 等人（2002）研究證實，正向情緒與個體的自我調整間具有強烈正相關，而負向情緒與外在控制間具有強烈正相關，所以正向情緒會促進自我調整學習，負向情緒反而會造成學習者依賴外在的引導。反之，自我調整學習會使個體對於學習產生正向情緒，而外在控制的學習則會引發生氣、焦慮或厭煩等負向情緒。簡嘉菱（2009）的研究亦顯示，希望的情緒能正向預測其自我調整學習。

5　學業情緒與學業成就

學業情緒與學業成就之關係可能會透過學習者的認知資源、學習動機、學習策略與自我調節學習之中介，而產生不同的學習效果。一般而言，正向促進活動的情緒（Activating Emotions），例如充滿希望的學業情緒可以強化動機和彈性學習而有利於學業成就；正向抑制活動的情緒（Deactivating Emotions），例如放鬆的情緒對於立即表現可能有負面的影響，但卻可能有利於強化長期動機的努力投入。負向促進活動的情緒，例如焦慮會降低內在動機，產生與學習無關的念頭而降低學業成就，但也可能因強化外在動機以助於學業成就；負向抑制活動的情緒，例如無望會破壞動機，而將注意力從學習轉移開來，並在處理相關訊息時流於表面化而不利於學業成就（Pekrun et al., 2002；Pekrun, 2005, 2006）。

根據鄭衣婷（2007）研究結果發現，國中生的學業情緒能聯合預測其學業成就，其中，自豪與放鬆情緒對學業成就有正向效果；焦慮與無助情緒對學業成就有負向效果。而且國中生的學業成就對其學業情緒有回饋效果，其中，學業成就對享受、自豪與放鬆有正向回饋效果；學業成就對焦慮、無聊與無助有負向回饋效果。另外，根據李俊青（2007）的研究亦發現，學業情緒會透過認知－動機機制對學業成就產生間接效果。而在吳淑娟（2009）的研究中亦顯示，國中生英語學業情緒越趨向正向，其英語學業成就越高；英語學業情緒越趨向負向，其英語學業成就越低。

總之，Pekrun（1992b）提出認知－動機模式，說明了學習情緒如何藉著認知和動機的機制影響學習。之後，他發現學習者的認知評估會藉由環境因子對學習情緒產生間接影響，即學習者從環境因子到控制和價值相關的認知中介後，產生了各種不同的學習情緒（Pekrun, 2000）。Pekrun 等人（2002）認為學業情緒具多樣性，包含學生在學習過程中經歷各種的情緒狀態；不只包含與成敗攸關的情緒而已（Pekrun et al., 2002）。相關研究顯示，學生的學習情緒種類多樣化（李俊青，2007；鄭衣婷，2007；吳淑娟，2009；林雅鳳，2010），如享受、希望、自豪、生氣、焦慮、羞愧、無望、厭煩、放鬆等9種情緒（Pekrun, 2005）。

四　學業情緒的種類

Watson 和 Tellegen（1985）依據 Russell（1980）所提出的情緒形容詞，建構一個二維的正面與負面情緒分類系統。Lazarus（1991）沿用此情緒分類系統，認為個體對事件過程的評估決定了個體感受到的情緒，個體先經歷事件或刺激，再評估情境，才產生情緒。因此，個體認知對情境的詮釋決定了其感受。個人對事件的評估結果與目標一致時，產生正面情緒；反之，則造成負面情緒（Fredrickson, 1998, 2001, 2003）。就學業情緒的多樣性來說，學生學習時通常會經歷多樣的情緒，包括正向情緒（「希望」、「自豪」等）和負向情緒（「厭煩」、「生氣」等）（Pekrun et al., 2002）。然而，多數文獻（Frenzel et al., 2009；Pekrun et al., 2010；簡嘉菱、程炳林，2013）針對正向或負向情緒分析，較少同時分析兩者。

關於學業情緒的分類方式與種類，以 Pekrun（2006）的觀點最具代表性。最初 Pekrun（2000）率先依據價向、時間點、情境等3種指標將學業情緒作分類；接著 Pekrun 等人（2002）根據質性研究的結果提出依四向度的分類方式；最後 Pekrun（2006）依據控制－價值理論，提出相對應的學業情緒種類，茲依據 Pekrun 分別在2000年、2002年和2006年所提出的看法，分述如下：

（一）依指標分類

Pekrun（2000）根據價向、時間點、情境3種參考指標，將學業情緒進行分類。依價向（Valence），情緒可分為正向（Positive）、負向（Negative）和中立（Neutral）的情緒。若依時間點，情緒可分為現在的（Current）情緒，即學習進行中的情緒；回顧的（Retrospective）情緒，即學習過後產生的情緒；預期的（Prospective）情緒，即學習前因評估學習相關活動或結果所產生的情緒。不管是回顧性或預期性的情緒，皆可能對個人隨後的行為產生激勵或消極的影響。若依照情境，則可分為個人的（Individual）與社會的（Social）情緒。

Pekrun（2000）根據上述價向、時間點、情境3種參考指標，將學業情緒進行分類，如表4，茲說明如下：

表4　3種指標之學業情緒分類表[4]

		正向（Positive）	負向（Negative）
個人的（Individual）	現在（Current）	享受（Enjoyment）	
	預期（Prospective）	預期的喜悅（Anticipatory Joy） 希望（Hope）	焦慮（Anxiety） 無望（Hopelessness）
	回顧（Retrospective）	成功的喜悅（Joy about Success） 滿足（Satisfaction） 放鬆（Relief） 自豪（Pride）	悲傷（Sadness） 失望（Disappointment） 羞愧（Shame） 罪惡感（Guilt）
社會的（Social）		感激（Gratitude） 同理心（Empathy） 崇拜（Admiration） 同情（Sympathy） 愛（Love）	生氣（Anger） 嫉妒（Jealousy and Envy） 輕視（Contempt） 反感（Antipathy） 討厭（Hate）

1　正向情緒和負向情緒

Russell 和 Barrett（1999）指出，所謂的價向是根據個體對於當下幸福感（Well-Being）的感覺程度。正向情緒是指個體透過對情緒刺激的評價獲得滿足，所產生的情緒，例如：「享受」、「預期的喜悅」、「希望」、「成功的喜悅」、「滿足」、「放鬆」、「自豪」、「感激」、「同理心」、「崇拜」、「同情」和「愛」等12種情緒；負向情緒則是指個體不滿意該情緒刺激的評價結果，所產生的情緒，例如：「厭煩」、「焦

4　資料來源翻譯自Pekrun（2000：146）。

慮」、「無望」、「悲傷」、「失望」、「羞愧」、「罪惡感」、「生氣」、「嫉妒」、「輕視」、「反感」和「討厭」等12種情緒。Pekrun（2000）將學業情緒依價向分為正向、負向和中立的情緒，但中立的情緒在之後的研究中沒有再被提起過。而 Rosevear（2010）發現，喜悅是影響學生成功學習的最重要因素。

2　現在情緒、預期情緒和回顧情緒

Pekrun（2000）依據時間順序，把情緒分成現在歷程中、預想未來及回顧過去等3種情緒。第一種是正在學習的情緒，如享受或厭煩；對於喜愛華語的學生來說，其情緒可能是享受的；對華語沒興趣的學生來說，其情緒可能是厭煩的。第二種是預想未來的學習情緒，即學習前因評估學習相關活動或結果所產生的情緒，如先預期考試得高分而產生充滿希望的喜悅情緒。第三種是某情境喚起過去記憶所引起的學習情緒，即學習之後所產生的情緒；例如以往有正面的華語學習歷程，則可能喚起享受或自豪的情緒。

3　個人情緒和社會情緒

若依照情境架構則可分為個人的情緒，如喜悅、焦慮等14種情緒；社會的情緒，如感激、生氣等10種情緒。此種分類方式雖然詳細，但因依3種指標分類，造成學業情緒多達 24 種，種類過於繁雜。此外，筆者認為依據時間順序，把情緒分成現在歷程中、預想未來及回顧過去等3種情緒似乎過於狹隘亦有不合理之處，例如華語教師的教學法活潑有趣，國際生在學習的當下可能產生放鬆的情緒，放鬆不該單單被視為回顧的學業情緒。因此，此分類方式並未廣受後來的研究者所採用。

（二）依向度分類

Pekrun 等人（2007）在研究中發現，除了價向（正向－負向）這個向度外，學業情緒尚有第二個向度，此一向度是依據個體感覺到能量（Energy）與動力（Mobilization）之感受的程度，而將情緒分成促進活動（Activation）與抑制活動（Deactivation）之情緒。促進活動的情緒（如「享受」或「焦慮」）讓個體感覺到能量與動力，表示心情處於高亢激起的狀態，可以激發學習者當下正在進行的學習活動；反之，抑制活動的情緒（如「放鬆」或「無望」）則令人感到欠缺能量與動力，表示心情恢復和緩或甚至低落的狀態，會抑制學習者當下正在進行的學習活動。若將學業情緒以「正向－負向」與「促進活動－抑制活動」兩個向度相乘之後，則可將學業情緒劃分成4個向度的情緒分類，分別為正面促進活動的情緒、負面促進活動的情緒、正面抑制活動的情緒、負面抑制活動的情緒，其分類情形如表5：

（1）正面促進活動的情緒：因正向事件所引發的情緒，讓學習者感覺到能量與動力，可以激發學習者持續進行當下正在進行的學習活動，如「享受」、「自豪」和「希望」。

（2）正面抑制活動的情緒：因負向事件結束而產生的情緒，對學習者當下正在進行的學習活動有幫助，但可能延緩學習的繼續進行，但持續一段時間後，仍有助於學習者下一階段的學習，如放鬆。

（3）負面促進活動的情緒：此情緒雖為負向情緒，但卻能激發學習者產生動力去克服學習所遭遇的困難，或投入更多努力以避免失敗的結果，如「焦慮」、「生氣」和「羞愧」。例如學生將他們的學業失敗歸咎於內部因素，則可能會激發諸如羞愧的負面促進活動情緒，從而引發隨後的努力。

（4）負面抑制活動的情緒：當學生預想對未來學習活動或結果，已經超出學習者本身能力的範圍內，或是學習者無力改變、控制或沒有意願去改善現況時，所產生的負向抑制活動的情緒，如無望和厭煩（Pekrun, 2006; Pekrun & Stephens, 2010）。

表5　學業情緒的4個向度[5]

情緒向度	促進活動的情緒 Activating Emotions	抑制活動的情緒 Deactivating Emotions
正面學業情緒	享受（Enjoyment）、希望（Hope）、自豪（Pride）	放鬆（Relief）
負面學業情緒	生氣（Anger）、焦慮（Anxiety）、羞愧（Shame）	無望（Hopelessness）、厭煩（Boredom）

此種四向度的分類方式，不但周延，而且清楚明確，因此較廣為後來的研究者所採用，本研究也依據此種分類方式，將學業情緒分為「享受」、「自豪」、「希望」、「放鬆」、「焦慮」、「生氣」、「羞愧」、「厭煩」和「無望」等9種學業情緒。然而，這些情緒則是透過影響學生的學習動機、學習策略的使用和學習的自我調節等因素來影響學生的學習（Pekrun, 2014）。

（三）依控制－價值理論分類

Pekrun（2006）針對其控制－價值理論中的「正向價值」、「負向價值」與「控制力」高、中、低程度的交叉影響之下，所提出相對應的學業情緒，如表6所示。

5　資料來源：研究者自行整理製作。

1 學業結果的預期情緒

學業結果的預期情緒指的是與未來成就或結果有關的情緒，如預期的喜悅、希望、無望、預期的放鬆和焦慮等情緒。當來自內在的控制力加上高度的期望學習結果能獲致成功的預期心理，而導致成功的真正發生，會使學生產生「預期的喜悅」情緒。相反地，學生假設自己沒有失敗，也會有「預期的放鬆」情緒。至於喜悅和放鬆的差別，端看學習者對成功和失敗的價值評估而有所不同。例如：學生若在考試之前，相信自己在這次重要的華語考試可以考90分以上，他可能非常期待這次的考試成功，他將體驗到的是預期喜悅的情緒。反之，學生若只求及格，而在考試之前預期自己能夠通過考試，他將體驗到的是預期放鬆的情緒。另外，如果學習者認為分數是不重要的，自然就不會產生任何預期的情緒。

學生若缺乏內在控制力，總是感到自己與成功無緣，如此成功的預期將接近零，失敗的預期會提高，因此產生「無望」的情緒。無望的情緒會使學習者對未來成功的預期產生負增強作用，對失敗的預期產生正增強的作用，例如：學生若在考試之前認為自己將無法通過重要考試，當他面臨考試時，就會產生更多無望的情緒。

表6　控制－價值理論之學業情緒分類[6]

	評估		
目標焦點	價值	控制力	情緒
結果／預期的	正向（成功）	高	預期的喜悅
		中	希望
		低	無望
	負向（失敗）	高	預期的放鬆
		中	焦慮
		低	無望
結果／回顧的	正向（成功）	不相關	喜悅
		自我	自豪
		他人	感激
	負向（失敗）	不相關	傷心
		自我	羞愧
		他人	生氣
	正向	高	享受
	負向	高	生氣
	正向／負向	低	挫折
	無	高／低	厭煩

然而，學習者若預期考試成功，中度的期望加上部分的控制力，即引發「希望」的情緒；若預期考試失敗，就會引發「焦慮」的情緒。而這兩種情緒仍須視學習者對學業成就價值的主觀判斷而定；例如，學習者預期這次重要的考試將失敗，而且只掌握到中度的控制力，就會引發焦慮。

此外，因為中度的控制力和對結果的不確定性，意味著成功和失敗都有可能，表示希望和焦慮在學業成就上可能經常會同時或交替

6　資料來源翻譯自Pekrun（2006：320）。

的產生，例如：考試有可能會同時產生對成功的希望，或是對失敗的焦慮。

2 學業結果的回顧情緒

學業結果的回顧情緒指的是根據過去學業成就活動或結果，所產生的情緒，如喜悅、自豪、感激、傷心、羞愧和生氣等情緒。也就是當學業成功或失敗發生時，就會產生學業結果的回顧情緒。如 Weiner（1985）歸因理論所言，成功會產生「喜悅」，而失敗會引發「傷心」。這兩種情緒是結果產生後，對成功或失敗的評估，與控制力無關。相對地，自豪、羞愧、感激和生氣則是和控制力有關的情緒。「自豪」是將成功歸因於自我的努力，而「羞愧」則將失敗歸因於自我不可控制的因素，例如能力不足，或可控制的因素，例如欠缺努力。符合 Weiner 的歸因假設，感激和生氣的情緒，則是將成功或失敗歸因於他人所造成的，「感激」是將成功歸因於他人的正面影響，而「生氣」則將失敗歸因於他人的負面影響。這些情緒都必須依賴個體對成功或失敗的價值感而定。若成功或失敗對學習者來說越重要，自豪或羞愧的情緒就會越強烈；如果學生不在乎學業的成敗，就不會產生自豪或羞愧的情緒。更具體地說，與控制力有關的回顧情緒，這些情緒的強度被認為是兩個因素的相乘結果，其一為意識到造成學業結果的原因，其一為對學業成就結果的主觀價值感。

對於成就結果，有些被認為是由幾個原因所共同形成的，在回顧的情緒中，混合的情緒是相當典型的。例如，有一個例子是自豪和感激的正向混合情緒，當一名運動選手因為自己努力贏得奧運獎牌的成就而感到自豪時，同時也會感謝教練、家人的貢獻。混合情緒中的不同情緒之強度，乃是根據不同原因的相對貢獻度而評估。

3　學習活動情緒

學習活動情緒指的是與學習過程有關或與學習活動相關的情緒，如享受、生氣、挫折和厭煩等情緒。如果學習活動和學習材料有正向的價值，而且活動是自己可以充分地控制的，就能引發「享受」的情緒；如果活動是自己可以控制，但具有負向的價值，就會因不情願做而引發「生氣」的情緒；如果活動是自己無法完全控制，不論活動具有正向或負向價值，都將引發「挫折」的情緒。

最後，如果活動沒有任何激勵的價值感，不論正向或負向，都會引發「厭煩」的情緒。活動的控制力是激勵價值感產生的因素。具體而言，當活動的要求超過學生的能力，學生感覺缺乏控制力，活動的價值感就隨之減少，學生就會覺得厭煩；相反地，若活動缺乏挑戰性，雖然有高控制力，但要求過低，仍會減低活動激勵的價值感，因而產生「厭煩」的情緒。

儘管學業情緒的分類藉由控制－價值理論再度被修正，然而也由於分類過於繁雜，而且「控制力」高、中、低程度的界定標準似乎不甚明確，再者部分情緒如生氣、無望同時被劃分在不同的向度裡，因此亦未受到廣泛地採用。

綜上所述，四向度的情緒分類既明確又清楚，廣受研究者採用。因此，本研究所稱之學業情緒，即根據 Pekrun 等人（2002）所提出四向度的情緒分類，包括「享受」、「自豪」、「希望」、「放鬆」、「焦慮」、「生氣」、「羞愧」、「無望」和「厭煩」等9種學業情緒。經過整合研究結果發現，學業情緒係指學生在學習過程中，因學業情境中的特定事件，經由本身內、外在的認知評估後所產生的情緒，其範圍不僅於學習或考試的情緒，亦包括課堂聽課、閱讀教科書及寫作業時所產生的各種情緒，包括「享受」、「自豪」、「希望」、「放鬆」、「焦慮」、「生氣」、「羞愧」、「無望」和「厭煩」等9種學業情緒。從上述文獻得知，學生在學習過程中由於內外因素所影響而引發的情緒是多樣的。學業情緒中的享受是指透過教師獨具匠心的教學風格，讓學生如沐春風，精神上得到滿足。自豪是指學生自己所取得的學業成就、榮譽而感到光榮。希望是指學生心裡想著實現某種學業的正面情況。放鬆是指學生對學業相關活動的注意或控制由緊變鬆。焦慮是當學生面對潛在或真實的學業危機或威脅時所產生的情感反應。生氣是當學生認為某種學業相關活動或現象違背了他內心的準則或信念時所產生的一種情緒。羞愧是當學生在學業上做了某些錯誤或慚愧的事情所產生的一種不舒服的感覺。無望是指當學生的學業情況似乎不可能好轉時，會感到一種不快樂的感覺。厭煩是指學生在學習過程中經歷重複具干擾性的學業活動所引起的消極情緒與體驗。

再根據 Pekrun（2000）的控制－價值理論，環境因子會透過學生的控制和價值認知評估，進而產生學業情緒，即學生從環境因子到控制－價值相關的中介之後，產生種種的學業情緒。而學業情緒再透過認知－動機的機制，先影響其認知資源、學習動機、學習策略和自我調整學習，最後對學生的學業成就產生影響。環境因子為影響學業情緒的遠端前因變項，而教學、價值誘發、自律支持、目標結構與期望、成就的回饋與結果等五大項環境因子與社會、文化、家庭、教師、同儕密切相關。應透過學業環境目標的訂定與學業內在價值因素信念的提升，以增進學習者的正向學業情緒，進而對學業成就有間接的影響。

而學業情緒也會透過內在價值因素對學習者的學業成就產生間接影響效果。有關內在價值因素的研究，已有學生學習動機及學習策略（謝沛樺，2007）、學生的情緒調節（文永沁，2007）、學生知覺父母管教方式（吳淑娟，2009）、學生自我決定動機（簡嘉菱，2009）、學生學習動機（蔡瓊月，2010），以及學生知覺教師期望（林雅鳳，2010）等皆是與臺灣學生相關的研究，但尚未有提出國際生以華語為第二語言之學業成敗歸因與學業情緒關聯之研究，因此本研究將聚焦於 Pekrun 的控制-價值理論的環境因子及內在認知的影響及改變，探討環境變項中之華語學業成敗歸因，會透過國際生的認知，進而評估其華語學業情緒產生之影響及關係。

第三節　學業成敗歸因與學業情緒之關聯

近年來學業成敗歸因影響學業情緒的研究在國內外皆受到重視，Weiner 和 Kukla（1970）率先提出個人對學業的成敗歸因會產生各種不同的情緒；而此歸因分成內外兩種因素。例如把學業成功歸因於外在因素者會產生驚訝的情緒，把事件成功歸因於內在因素者會產生自信的情緒。另外，他們發現，當學業成功若是個人歸因於他人時，會產生感激的情緒；歸因於努力，會產生放鬆的情緒；歸因於能力，則會產生自豪的情緒。當學業失敗若是個人歸因於他人，會造成生氣的情緒；歸因於不努力，會造成羞愧的情緒；歸因於能力不好，則會造成無助的情緒。Nicholls（1976）和 Sohn（1977）的研究大致上呈現類似的結果，而歸因於努力最能激起不同的情緒是兩者共同的發現。然而，個人的學業成敗歸因類型和學生的學習興趣、態度和焦慮等因素亦有牽連（Weiner, 1979; Vispoel & Austin, 1995; McQuillan, 2000; Gobel & Mori, 2007）。此外，Pekrun 等人（2002）提出，個人學業的掌控狀況及對學業價值的知覺對學業情緒皆有互相牽連的現象。

多篇有關學業成敗歸因與學業情緒相關研究皆指出，成敗歸因向度會影響學生個人的情緒，可見學生的學業成敗歸因傾向與其學習時的情緒有密切關聯，舉例如下：

（1）若學業成功不傾向歸因於能力高低和努力程度的學生，其學業成就、享受的情緒越低（莊耀嘉、黃光國，1981）。

（2）無論何種歸因，若學業成功會感到享受等正面情緒；反之則產生負面情緒（Weiner, 1985）。

（3）把學業成功歸因於能力的學生，比把學業成功歸因於努力的學生更感到自豪；而把學業失敗歸因於沒有能力的學生，比把學業失敗歸因於不努力的學生更感到無望（曾淑蓉，1991）。

（4）能力高低和努力程度這兩種內在歸因對學生個人情緒的影響最重要（梁茂森，1996）。

Pekrun 等人（2002）提出個人對於控制與價值的評估是影響情緒的關鍵，即控制－價值理論。若個人評估自己可以掌握學習任務時，可產生正面情緒；反之，當個人評估自己無法掌握學習任務，又評估該任務具高價值時，則造成更明顯的負面情緒。因此，個人對學業成敗歸因及價值認知亦是影響學業情緒的重要因素。有鑑於學業成敗歸因的研究多偏重在學生焦慮情緒，為了彌補未臻完整的研究，本專書擬探究北臺灣桃園地區大學國際生以華語為第二語言之學業成敗歸因與學業情緒關聯。

然而，後學在大學擔任教職已有十五年以上的教學經驗，除了教授華語文教學學系的相關課程之外，亦教授國際生華語文。因此，對在臺國際生學習華語所產生的學業成敗歸因傾向與華語學業情緒的研究議題深感興趣，已著手進行研究。

第三章
研究方法

第一節 研究對象與研究變項

本研究對象來自比利時、越南、帛琉、南非、美國等38種不同國籍，就讀於北臺灣桃園地區大學的國際生。對於桃園地區以外的國際生，由於資料蒐集不易，不屬於本研究探討範圍之內。此外，研究國際生之定義，係指學生入學時以外籍生、陸生、僑生身分入學之學位生，並另包含在校修讀短期課程之非學位學生，僅排除母語為中文的陸生含港澳生，受試者中不乏具僑生背景之身分。由於受試者所屬國籍眾多，亦為了避免平均數差異檢定結果的偏誤而造成欠缺精確效度，因此將樣本進行區域別合併，分為美洲、亞洲、歐洲、非洲、大洋洲等五大洲。此外，本研究以桃園地區大學229位外籍生為正式樣本來源，依此作為分析量表信、效度和驗證研究假設之用。由於本研究受試者母群體不大，因此未做預試問卷而直接蒐集正式問卷。為了避免傾向集中於某一族群，以促使本研究更具客觀性，研究對象來自北臺灣桃園地區不同大學的國際生。取樣的方法採「非機率取樣」（Non-Probability Sampling），乃依研究者的主觀判斷、或依客觀條件的方便來取樣，又稱為「便利取樣」（Convenience Sampling）（吳明清，1991）。

本研究旨在探討北臺灣桃園地區大學國際生以華語為第二語言之學業成敗歸因與學業情緒關聯，從中比較來自美洲、亞洲、歐洲、非洲、大洋洲等五大洲華語學習者的華語學業成敗歸因對其華語學業情緒相關影響因素。根據本研究目的與研究架構，主要是透過國際生的「社會人口變項」來探討以華語為第二語言之「學業成敗歸因」、「學業情緒」兩個構面的直線相關程度來進行分析。

一　5個社會人口變項

本研究共有5個社會人口變項，包括受試者的區域別、年齡別、性別、是否為僑生、華語水平，依據問卷的第一部分「個人基本資料」之反應而得。

（1）區域別：根據文獻以及研究目的，將受試者38種不同國籍分成美洲、亞洲、歐洲、非洲、大洋洲等5大洲的華語學習者進行「華語學業成敗歸因」與「華語學業情緒」的關聯分析。然而，這些受試者可能是其原生國籍，也可能是移民後的新國籍，也就是說，他們可能是華裔美籍、菲裔美籍、拉丁裔美籍、印度裔美籍、華裔日籍。但是，只要是來北臺灣桃園地區大學學習華語的國際生，就符合本研究研究對象的需求。因此，本研究對象可能是多重文化背景的國際生。

（2）年齡別：分為18-20歲、21-25歲、26歲以上共3組。

（3）性別：分為男、女兩組。

（4）是否為僑生：分為僑生、非僑生兩組。

（5）華語水平：分為初級、中級、高級3組[1]。

1　「華語水平」之初級、中級或高級乃是依據歐洲共同語文參考標準（The Common European Framework of Reference for Languages，簡稱CEFR）來分類，是被國際認可的描述語言能力和水平的標準。請參考國家華語測驗推動工作委員會網站。https://www.sc-top.org.tw/chinese/LS/test5.php

二　華語學業成敗歸因與華語學業情緒兩構面

本研究欲探討國際生的華語學業成敗歸因與華語學業情緒兩個構面之間的關聯，分別設計兩量表，見以下之說明。

（一）華語學業成敗歸因

研究者根據 Weiner（1972）的自我歸因理論，其內容包含「考試運氣」、「用功努力」、「個人能力」、「考題難度」等4個層面。以下就4個層面分述之：

1　考試運氣

指考試時運氣的好或壞。

2　用功努力

指成績好壞乃因著學生個人對課業準備及用功努力的程度所影響。

3　個人能力

指成績好壞乃因著學生個人認為主要是受到個人能力的影響。

4　考題難度

指成績好壞乃因著學生個人認為主要是受到考題難度的影響。

（二）華語學業情緒

本研究「華語學業情緒」係採用 Pekrun（2000, 2005, 2006）對學業情緒的分類，用以分析華語學習者從事學習活動時所產生的情緒，依據學生對學業所產生的情緒區分為「享受」、「希望」、「自豪」、「放鬆」、「生氣」、「焦慮」、「羞愧」、「無望」、「厭煩」等9種學業情緒。

第二節　量表設計

本研究旨在探討北臺灣桃園地區大學國際生以華語為第二語言之學業成敗歸因與學業情緒關聯，採用問卷調查方式以蒐集資料。所使用的研究工具包括：「國際生華語學業成敗歸因」、「國際生華語學業情緒」兩個量表作為量化的研究工具；「國際生華語學習經驗與學習情形之訪談」則作為質化的研究工具。此外，根據229位國際生的問卷回饋[2]，就其在上述兩種量表上的作答反應，進行項目分析及信度、效度的檢驗。本研究所呈現的問卷內容詳述如下：

一　個人基本資料

問卷的第一部分是「個人基本資料」，旨在蒐集國際生的國籍別、年齡別、性別、是否為僑生、華語水平等背景資料，以作為本研究分析的基礎，協助分析不同背景的國際生華語學業成敗歸因與華語學業情緒上的現況及差異情形。

二　國際生華語學習經驗

（一）華語學業成敗歸因量表的編製

問卷的第二部分是「國際生華語學習經驗」，即本研究「國際生華語學業成敗歸因量表」。為了避免學生填寫問卷時受到量表名稱之干擾，因此在施測問卷上以「國際生華語學習經驗」取代之。

本量表係研究者根據 Weiner（1972, 1985）的歸因理論、陳永發

2　本研究已於2021年2月到6月進行線上及紙本問卷測試。

（1996）「國小學童學業成敗歸因量表」等文獻，藉由自編以適合大學部國際生。量表內容包含「考試運氣」、「用功努力」、「個人能力」、「考題難度」等4個層面，每個層面10題，共有40題，如附錄一、二。以下就4個層面分述之：

1　考試運氣

指考試時運氣的好或壞。量表得分越高，代表個人傾向將成績好壞歸因於考試運氣。

2　用功努力

指成績好壞乃因著學生個人對課業準備及用功努力的程度所影響。量表得分越高，代表個人傾向將成績好壞歸因於用功努力。

3　個人能力

指成績好壞乃因著學生個人認為主要是受到個人能力的影響。量表得分越高，代表個人傾向將成績好壞歸因於個人能力。

4　考題難度

指成績好壞乃因著學生個人認為主要是受到考題難度的影響。量表得分越高，代表個人傾向將成績好壞歸因於考題難度。

（二）填答與計分方式

本量表採 Likert（1932）五點式量表計分，由受試者對自己以主觀的態度解釋或推論自己華語學業成就所歸因的情況來作答。每題各有5個選項，計分方式「完全同意」5分、「大部分同意」4分、「一半同意」3分、「少部分同意」2分、「完全不同意」1分。受試者在華語學業成敗歸因各層面的得分越高，代表受試學生所歸因層面的程度越高；得分越低，代表受試學生所歸因層面的程度越低。本量表 40 題包含正反向題。反向題則包括第二部分「用功努力」的第2題，第三部分「個人能力」的第1、4、5、9題和第四部分「考題難度」的第6題[3]；其餘則是正向題。關於完整的「國際生華語學習經驗」中英文問卷請參考附錄一與附錄二。

三　國際生華語學習情形

（一）華語學業情緒量表的編製

問卷的第三部分是是「國際生華語學習情形」，即本研究「國際生華語學業情緒量表」。為了避免學生填寫問卷時受到量表名稱之干擾，因此在施測問卷上以「國際生華語學習情形」取代之。華語學業情緒量表的編製主要參考 Pekrun 等人（2011）的學業情緒量表（Achievement Emotions Questionnaire, AEQ）、董妍和俞國良（2007）等文獻；再加以編製修訂以適合大學部國際生。

此外，根據 Pekrun 等人（2002）的研究成果，學業情緒是指學生在學習過程中，因學業情境的事件透過自我認知評估後所產生的情緒。學業情境包括課堂聽課、閱讀教科書、寫作業、考試等學習過程中因為學業成敗而產生的各種情緒。基於一系列無論是質性和量化的學業情緒研究，多數研究皆採用 Pekrun 等人（2002）的9種情緒類型，包

3　例如：學業成敗歸因量表【第二部分：用功努力】2. 我學華語不夠努力，因為要考試，才會讀書。此反向題算法，若問卷填「1」（完全不同意）要算5分。若問卷填「2」（少部分同意）要算4分。若問卷填「3」（一半同意）要算3分。若問卷填「4」（大部分同意）要算2分。若問卷填「5」（完全同意）要算1分。

括享受、希望、自豪、放鬆、生氣、焦慮、羞愧、無望、厭煩（Shao et al., 2019）；因此本研究也同大部分的研究者一樣地採用此9種情緒類型。另外，Shao 等人（2019）呼籲將學業情緒的研究納入第二語言習得（SLA）框架的第二語（L2）教育研究新趨勢，並強調這種努力的潛在好處。儘管本研究所採用之學業情緒類型雖為 Pekrun 等（2002）國外學者所及，但學業情緒的概念融入 L2 課堂亦僅有少量的相關文獻，例如 Lee（2019）在韓國和德國的中學分別選取250位和200位中學生的英文課堂進行研究；Shao、Pekrun、March 與 Loderer（2020）選取550位中國大學生的英文課堂進行研究等。而本研究對象則以北臺灣桃園地區大學學習華語的國際生為主，同樣亦屬於學業情緒概念融入 L2 課堂的研究；因此這些情緒類型不僅適用於各個國家當地的本國籍學生，也適用於當地國際生作為受試者的身分。本量表係研究者根據文獻探討中 Pekrun 等人（2002）並綜合國內外專家學者研究學業情緒的成果自編而成。量表內容包含「享受」、「希望」、「自豪」、「放鬆」、「生氣」、「焦慮」、「羞愧」、「無望」、「厭煩」等9個層面，每個層面5題，共有45題，如附錄三、四。本量表採 Likert 五點式量表形式作答，受試者分數越高，表示所持該種學業情緒越強。

（二）填答與計分方式

本量表採 Likert 五點式量表計分，由受試者對自己以主觀的態度解釋或推論自己在學習華語時的實際情緒來作答。每題各有5個選項，計分方式「完全同意」5分、「大部分同意」4分、「一半同意」3分、「少部分同意」2分、「完全不同意」1分。受試者在華語學業情緒各層面的得分越高，代表受試者學習華語時所產生的該項情緒越強烈；得分越低，代表受試者學習華語時所產生的該項情緒越微弱。關於完整的「國際生華語學習情形」中英文問卷請參考附錄三與附錄四。

第三節　研究模型與研究假設

本研究目的在於建構北臺灣桃園地區大學國際生以華語為第二語言之學業成敗歸因與學業情緒關聯模式。本研究植基於影響模式的探討，根據相關文獻探討歸納出研究假設（H1-H11），以便進行驗證並建構模式。

H1：不同「區域別」的背景變項在國際生的華語學業成敗歸因上有顯著差異。

H2：不同「年齡別」的背景變項在國際生的華語學業成敗歸因上有顯著差異。

H3：不同「性別」的背景變項在國際生的華語學業成敗歸因上有顯著差異。

H4：「是否為僑生」的背景變項在國際生的華語學業成敗歸因上有顯著差異。

H5：不同「華語水平」的背景變項在國際生的華語學業成敗歸因上有顯著差異。

H6：不同「區域別」的背景變項在國際生的華語學業情緒上有顯著差異。

H7：不同「年齡別」的背景變項在國際生的華語學業情緒上有顯著差異。

H8：不同「性別」的背景變項在國際生的華語學業情緒上有顯著差異。

H9：「是否為僑生」的背景變項在國際生的華語學業情緒上有顯著差異。

H10：不同「華語水平」的背景變項在國際生的華語學業情緒上有顯著差異。

H11：國際生的華語學業成敗歸因與華語學業情緒之間有顯著關聯性。

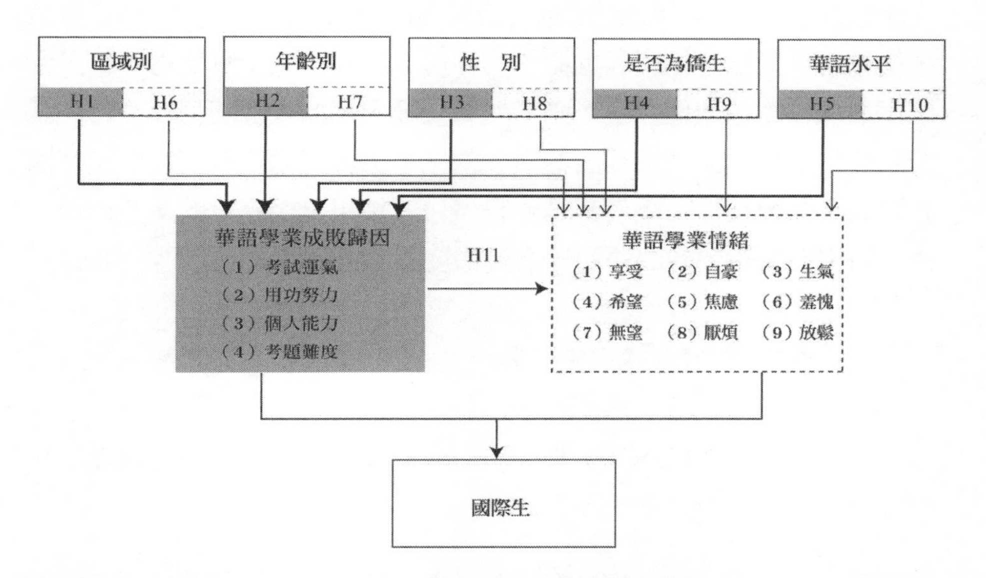

圖4　在臺國際生之5個社會人口變項在華語學業成敗歸因與華語學業情緒的平均差異架構圖[4]

第四節　計量方法

問卷調查法是教育研究中廣泛採用的調查方法，乃根據調查目的調查問卷，是問卷調查取得訊息的工具；其質量的高低對調查結果的適用性、真實性等具決定性的作用。為了確保問卷具較高的有效性及

4　資料來源：研究者自行整理製作。

可靠性，在形成正式問卷之前，需針對問卷進行包含效度和信度的分析。信度（Reliability）是指所使用的問卷調查測量工具所衡量出來的結果之穩定性及一致性。效度（Validity）是指衡量工具是否能衡量出研究目的，一般衡量標準有3種：「內容效度」、「效標關聯效度」及「構念效度」；本研究即採用構念效度（Construct Validity）。構念效度指衡量工具所能衡量到理論概念的程度，若將衡量工具所得的結果中之兩組或多組題型結合，而兩者間有某種預期的相關關係存在時，就表示衡量工具具有某種程度的構念效度。信度與效度為研究中良好測量工具之必備要件，兩者都是資料與研究結果是否確實的重要依據，故本研究乃針對問卷的適切性進行信度與效度檢驗。

一　量表的效度與信度分析

問卷回收後，以 SPSS for Windows 18.0 統計軟體進行效度、信度分析。本段分析共分成兩部分：

- 因素分析：效度檢驗決定正式量表的題目。
- 信度分析：透過 Cronbach's α 係數作信度分析。

（一）因素分析

藉由 KMO 取樣適切量數來檢驗是否適合進行因素分析。吳明隆（2009）認為，KMO 值達到 .70 便可進行因素分析。因素分析的目的在於取得量表的「建構效度」（Construct Validity）。若研究者在原先問卷編製過程中，已根據相關理論探究結果，量表層面的架構已確定，在因素分析時，不需要將量表裡所有的題目納入因素分析。而是透過

「分層面」，即是以分量表的題目個別進行因素分析，而每個層面再選一個構念出來（吳明隆，2009）。

（二）信度分析

問卷回收後，以 SPSS for Windows 18.0 統計軟體進行信度分析。本研究之信度分析主要採 Cronbach's α 係數，求其內部一致性係數。一份信度佳的問卷或量表，其總量表的信度最好達到 .80以上，而分量表的信度係數則最好能達到 .70 以上（吳明隆，2009）。根據因素分析，刪除部分題項後，計算本研究量表之 α 係數。

本研究待全部的正式問卷共237份回饋資料收集後，先剔除8份無效問卷，回收有效問卷229份，可用率達96.62%。再將所有有效問卷資料加以編號，接著把問卷資料輸入電腦建立檔案，再運用 SPSS for Windows 18.0 統計軟體進行統計與分析，之後再進行訪談。研究過程所需之資料分析方法，見以下之說明。

二　受訪者之基本資料

問卷的第一部分為「個人基本資料」，旨在蒐集受試國際生的國籍別、年齡別、性別、是否為僑生和華語水平等背景資料，作為研究分析之基礎，以協助了解以上5種不同背景變項的國際生在華語學業成敗歸因與華語學業情緒上的現況和差異情形。

三　描述性統計與敘述統計

（一）描述性統計

本研究以描述性統計算出各量表的平均數、標準差、信賴區間等，以了解國際生華語學業成敗歸因現況，包括「考試運氣」、「用功努力」、「個人能力」、「考題難度」4個層面及「享受」、「希望」、「自豪」、「放鬆」、「生氣」、「焦慮」、「羞愧」、「無望」、「厭煩」9個層面的華語學業情緒現況；以此回應研究問題1和2。此外，描述性統計同樣用來分析研究對象的相關背景變項或自變項，如「區域別」、「年齡別」、「性別」、「是否為僑生」、「華語水平」等5種。

（二）敘述統計

敘述統計最基本的目的在於彙總與描述一群統計資料的特徵，其彙總與描述的方式不外利用統計表、統計圖或統計量數。而這些資料又可分為質的資料（Qualitative Data）與量的資料（Quantitative Data）：

1.質的資料：依據資料的屬性或類別之尺度區分的資料。
2.量的資料：依據數字尺度所衡量的資料。

本研究主要做質的資料，質的資料可以用長條圖、圓形圖、次數分配、相對次數分配做為研究之圖表，本研究分析主要以次數分配為分析的圖表，針對次數分配分析國際生華語學業成敗歸因排名及華語學業情緒排名，進行如下說明：次數分配（Frequency Distribution）是將資料依數量大小或類別而分成若干組，並計算各組的資料個數（次數），次數分配表是將變數相同（屬於同一類別者）逐一歸併彙總而得，適用於質的資料或規模不大的資料。

四　單一樣本 *t* 考驗

以單一樣本 *t* 考驗檢定國際生華語學業成敗歸因4個層面之平均得分與中間值[5]是否有所差異，作為區分國際生華語學業成敗歸因程度的標準。另外，再以單一樣本 *t* 考驗檢定國際生華語學業情緒9個層面之平均得分與中間值是否有所差異，作為區分國際生華語學業情緒程度的標準。以此回應研究問題1和2。

五　單因子多變量變異數分析

為探討不同區域別、年齡別、性別、是否為僑生、華語水平等背景變項（自變項）對國際生華語學業成敗歸因與華語學業情緒的影響，本研究以單因子多變量變異數分析（One-Way Multivariate Analysis of Variance, One-Way MANOVA）進行分析，以了解不同區域別、年齡別、性別、是否為僑生、華語水平等背景變項之國際生華語學業成敗歸因與華語學業情緒之差異情形，並考驗其在各層面得分之差異情形。另外，國際生背景變項與華語學業成敗歸因量表各小題之差異分析、國際生背景變項與華語學業情緒量表各小題之差異分析亦透過單因子多變量變異數分析，以了解不同區域別、年齡別、性別、是否為僑生、華語水平等背景變項之國際生華語學業成敗歸因量表各小題與華語學業情緒量表各小題之差異情形，並考驗其在同一層面各小題得分之差異情形。使用 One-Way MANOVA 在於比較兩個以上母體平均數在多個依變數間的差異性，其自變數必須為類別變數，多個依變數則均需為量化變數，以檢定出具有顯著差異的組別。以此回應研究問題3和4，亦作為驗證研究假設1到10。

5　李克特五分量表的中間值為3。

六　單因子單變量變異數分析

在利用單因子多變量變異數分析探討背景變項影響國際生華語學業成敗歸因、華語學業情緒之差異情形後，針對有顯著之背景變項，進行單因子單變量變異數分析，以檢定背景變項影響國際生華語學業各層面成敗歸因與華語學業各情緒之差異情形。以此回應研究問題3和4，亦作為驗證研究假設1到10。

七　多重比較分析

為探討不同區域別、年齡別、性別、是否為僑生、華語水平等背景變項各水準對國際生華語學業各層面成敗歸因與華語學業各層面情緒的影響，以及其兩種量表同一層面各小題之差異分析；在使用單因子單變量變異數分析之後，接著便採用多重比較分析（Multiple Comparison），即雪費（Scheffé）事後比較，逐一比較各類別與各小題之差異，以分析各背景變項之水準與各小題之差異情形。採用雪費法進行多重比較，若雪費多重比較結果未達顯著，則判定該檢定為無顯著差異。以此回應研究問題3和4，亦作為驗證研究假設1到10。

八　皮爾森積差相關分析

為探討國際生之華語學業成敗歸因是否與華語學業情緒有關，本研究使用皮爾森積差相關分析（Pearson Correlation）進行研究分析，以了解其華語學業成敗歸因與華語學業情緒之關聯性。皮爾森積差相關分析用於探討兩連續變數之間的線性相關，若兩變數同時提升，即為正相關；若某一變數提升而另一變數下降，則為負相關，以此檢定兩變數間之關聯性。以此回應研究問題5，亦作為驗證研究假設11。

九　結構方程式模型因果分析

若皮爾森積差相關分析中顯示變項中有顯著之相關，本文將進一步探討國際生之華語學業成敗歸因是否顯著地影響其華語學業情緒，以結構方程式模型進行分析來確立兩構面之間的因果關聯。結構方程式模型主要是探討構面（潛在變項）之間的因果關聯，估計時有測量模型與結構模型，前者建構潛在變項與觀察變項之間的相關，而後者分析構面之間的因果關聯。良好的模型配適度是後續分析的必要條件，配適度指標中，至少整體配適度卡方值要小（其 *p* 值>.1），RMR<.1，GFI>.9。

第五節　國際生華語學習經驗與華語學習情形之訪談

一　訪談說明

本研究旨在考察北臺灣桃園地區大學國際生以華語為第二語言之學業成敗歸因與學業情緒關聯。為了針對在臺國際生學習華語的過程中，對自己學習華語的成敗所歸因的傾向，以及學習華語的當下所產生的情緒作深入的探討，故研究者依據相關文獻擬定出「國際生華語學習經驗與學習情形訪談」問卷。本訪談設計成為半開放式問卷，隨機抽取5位男國際生和5位女國際生進行深入訪談。訪談問卷題目乃是依據文獻探討及量化研究結果擬定題目。

依據 Pekrun 等人（2002）強調學業情緒並非只有焦慮，而是具多樣性。國際生可藉由學習過程或學習任務之中經歷豐富學業情緒的校園生活，故擬定題目1，以探討國際生學華語時所產生的各種情緒。Weiner（1972）依個人行為成敗的表現將努力、能力、運氣及工作難度等4種歸因因素。其中努力、能力屬內控層面，在影響個人有關4種成敗歸因，其中努力和能力這兩種內在歸因對個人情緒的影響最重要（梁茂森，1996）。因此，擬定題目2、3以探討國際生對其華語學業成敗所作的歸因傾向以及其所產生的情緒。根據相關文獻及研究結果發現，學習者的學業歸因傾向除了影響其學業成績之外，學業情緒亦是影響其學業成績的因素，故擬定題目4，以探討國際生對其華語成績的成敗所作的歸因傾向。根據相關研究發現：學生的學業歸因類型與其學業成績相關（王大延，1986；陳世文，2003；涂淑娟，2003；林吉祥，2005；吳聰秀，2006；陳佩娟，2007；潘姿吟，2008），而學生對其學業表現之歸因傾向應與其產生的學業情緒相關（莊曜嘉、黃光國，1981；葛建志，2005；林吉祥，2005；吳聰秀，2006；陳秋利，2007；Soric & Palekcic, 2009）。顯然學習成就、學業成敗歸因和學業情緒三者是相互影響的，而從題目5、6可深入了解國際生的華語學業成就、華語學業成敗歸因和華語學業情緒三者之關聯性及其內涵。

二　國際生華語學習經驗與學習情形訪談問卷題目

（1）你喜歡學華語嗎？上華語課的情緒如何？
Do you enjoy learning Mandarin Chinese? How do you feel about taking a Mandarin Chinese class?

（2）你認為只要努力，華語能力就可以進步嗎？為什麼？
Do you believe that if you work hard, your Mandarin Chinese ability will improve? Why?

（3）你對學華語充滿信心嗎？為什麼？
Do you feel confident about learning Mandarin Chinese? Why?

（4）影響你華語成績最大的因素是什麼？為什麼？
What is the biggest factor affecting your Mandarin Chinese performance? Why?

（5）若是你的華語成績表現良好，你認為是什麼原因？為什麼？當你的華語成績表現良好，你的情緒如何？
If your Mandarin Chinese performance is good, what do you think the main reason is? Why? What emotion do you primarily feel when you do well in Mandarin Chinese?

（6）若是你的華語成績表現不好，你認為是什麼原因？為什麼？當你的華語成績表現不好，你的情緒如何？
If your Mandarin Chinese performance is not good, what do you think the main reason is? Why? What emotion do you primarily feel when you do poorly in Mandarin Chinese?

為了深入探討國際生華語學業成敗歸因與華語學業情緒的關聯，本研究以半開放式問卷進行相關考察，包含單選題、複選題與簡答題。問卷回收完畢後以編碼的方式保存，以便事後分析。資料編碼方面，第一位受試男性國際生以「M1」表示；第一位受試女性國際生以「F1」表示。後面再加訪談日期，如 M1211225表示西元2021年12月25日第一位受試的男性國際生。關於完整的「國際生華語學習經驗與學習情形」中英文訪談問卷請參考附錄五與附錄六。

第四章
研究結果分析與討論

本章首先呈現華語學業成敗歸因量表和華語學業情緒量表的因素分析與信度分析結果，再依據問卷調查之實證資料，針對本文的研究目的、研究問題及研究假設，以闡述研究結果。

第一節　華語學業成敗歸因量表和華語學業情緒量表的因素分析與信度分析結果

一　華語學業成敗歸因量表

（一）因素分析

本量表架構乃依據相關理論探究結果編製，故以分層面單獨進行因素分析，將40個題目分成「考試運氣」、「用功努力」、「個人能力」、「考題難度」等4個層面進行 KMO 值檢定。4個層面的 KMO 值分別為 .892、.852、.808、.778，皆大於 .70，表示變項間有共同因素存在，即可判定適合進行因素分析。再以主成分分析法進行因素分析，各層面設定1個因素並選取因素負荷量。因素分析結果，如表7呈現，4個因素的特徵值分別是4.196、3.876、3.531、3.387，特徵值均大於1。然而，其解釋變異量分別是41.96%、38.76%、35.31%、33.87%。本量表所有題目除了有8題的因素負荷量均小於 .4，其餘因素負荷量均大於 .4，題目仍皆予以保留，刪除「考試運氣」第7、10題、「用功努力」第2、5題、「個人能力」、第2、9題、「考題難度」第6、8題；故剩下共32個題目。因此，本量表已具有良好的效度。

表7　「國際生華語學業成敗歸因量表」──問卷因素分析摘要表（n=229）

因素	KMO	特徵值	解釋變異量	題號	因素負荷量	刪除情形
考試運氣	.892	4.196	41.96%	1	.824	保留
				2	.706	保留
				3	.809	保留
				4	.770	保留
				5	.685	保留
				6	.573	保留
				7	.289	刪除
				8	.738	保留
				9	.588	保留
				10	-.014	刪除
用功努力	.852	3.876	38.76%	1	.608	保留
				2	.299	刪除
				3	.604	保留
				4	.732	保留
				5	-.023	刪除
				6	.671	保留
				7	.706	保留
				8	.744	保留
				9	.706	保留
				10	.717	保留

因素	KMO	特徵值	解釋變異量	題號	因素負荷量	刪除情形
個人能力	.808	3.531	35.31%	1	.425	保留
				2	.055	刪除
				3	.587	保留
				4	.731	保留
				5	.540	保留
				6	.725	保留
				7	.809	保留
				8	.699	保留
				9	.207	刪除
				10	.682	保留
考題難度	.778	3.387	33.87%	1	.347	保留
				2	.741	保留
				3	.757	保留
				4	.755	保留
				5	.701	保留
				6	.122	刪除
				7	.560	保留
				8	.220	刪除
				9	.671	保留
				10	.505	保留

(二)信度分析

問卷回收後，以 SPSS for Windows 18.0 統計軟體進行信度分析。本研究之信度分析主要採 Cronbach's α 係數，求其內部一致性係數。一份信度佳的問卷或量表，其總量表的信度最好達到 .80以上，而分量表的信度係數則最好能達到 .70以上（吳明隆，2009）。由以上之因素分析，刪除部分題項後，本研究量表之 α 係數為 .853，已超過 .80 的標準。而各分量表之 α 係數介於 .790至 .860之間。本量表保留共32題，其信度分析如表8，從分析資料發現，本研究所編製的量表具有良好的信度。

表8　「國際生華語學業成敗歸因量表」之問卷信度分析摘要表（*n*=229）

因素	題號	Cronbach's α	整體信度
考試運氣	1,2,3,4,5,6,8,9	.860	
用功努力	1,3,4,6,7,8,9,10	.840	.853
個人能力	1,3,4,5,6,7,8,10	.807	
考題難度	1,2,3,4,5,7,9,10	.790	

二　華語學業情緒量表

（一）因素分析

藉由 KMO 取樣適切量數來檢驗是否適合進行因素分析。吳明隆（2009）認為，KMO 值達到 .70便可進行因素分析。因素分析的目的在於取得量表的「建構效度」（Construct Validity）。若研究者在原先問卷編製過程中，已根據相關理論探究結果，量表層面的架構已確定，在因素分析時，不需要將量表裡所有的題目納入因素分析。而是透過「分層面」，即是以分量表的題目個別進行因素分析，而每個層面再選1個構念出來（吳明隆，2009）。

本量表架構乃依據相關理論探究結果編製，故以分層面單獨進行因素分析，將45個題目分成「享受」、「自豪」、「生氣」、「希望」、「焦慮」、「羞愧」、「無望」、「厭煩」、「放鬆」等9個層面進行 KMO 值檢定。9個層面的 KMO 值分別為 .852、.838、.883、.839、.835、.840、.875、.843、.664。除了「放鬆」層面的 KMO 值 .664[1]，其餘皆大於 .70，表示變項間有共同因素存在，適合進行因素分析。再以主成分分析法進行因素分析，各層面設定1個因素並選取因素負荷量。因素分析結果如表9，9個因素的特徵質均大於1，其解釋變異量分別是 72.62%、73.60%、73.47%、60.98%、66.82%、73.97%、71.73%、66.36%、49.72%。本量表所有題目因素負荷量均大於 .4，因此所有題目皆予以保留，從分析資料發現本量表已具良好的效度。

表9　「國際生華語學業情緒量表」——問卷因素分析摘要表（*n*=229）

因素	KMO	特徵值	解釋變異量	題號	因素負荷量	刪除情形
享受	.852	3.631	72.62%	1	.837	保留
				2	.880	保留
				3	.882	保留
				4	.878	保留
				5	.779	保留
自豪	.838	3.680	73.60%	6	.823	保留
				7	.881	保留
				8	.878	保留
				9	.908	保留
				10	.795	保留

1　作四捨五入後也能達到 .70，且KMO值也不是非常低。

因素	KMO	特徵值	解釋變異量	題號	因素負荷量	刪除情形
生氣	.883	3.67	73.47%	11	.767	保留
				12	.884	保留
				13	.890	保留
				14	.870	保留
				15	.868	保留
信心	.839	3.049	60.98%	16	.756	保留
				17	.785	保留
				18	.718	保留
				19	.839	保留
				20	.801	保留
焦慮	.835	3.341	66.82%	21	.768	保留
				22	.846	保留
				23	.848	保留
				24	.811	保留
				25	.812	保留
羞愧	.840	3.698	73.97%	26	.882	保留
				27	.863	保留
				28	.828	保留
				29	.898	保留
				30	.826	保留
無望	.875	3.587	71.73%	31	.822	保留
				32	.799	保留
				33	.847	保留
				34	.892	保留
				35	.871	保留

因素	KMO	特徵值	解釋變異量	題號	因素負荷量	刪除情形
厭煩	.843	3.318	66.36%	36	.834	保留
				37	.756	保留
				38	.774	保留
				39	.857	保留
				40	.847	保留
放鬆	.664	2.486	49.72%	41	.658	保留
				42	.738	保留
				43	.556	保留
				44	.816	保留
				45	.731	保留

（二）信度分析

問卷回收後，以 SPSS for Windows 18.0 統計軟體進行信度分析。本研究之信度分析主要採 Cronbach's α 係數，求其內部一致性係數。一份信度佳的問卷或量表，其總量表的信度最好達到 .80以上，而分量表的信度係數則最好能達到 .70以上（吳明隆，2009）。本研究總量表之 α 係數為 .943，各分量表之 α 係數介於 .739至 .911之間，可見本量表信度良好，故本量表保留全部共45題；其信度分析如表10，從分析資料發現，本研究所編製的量表具有良好的信度。

表10　「國際生華語學業情緒量表」問卷信度分析摘要表（n=229）

因素	題號	Cronbach's α	整體信度
享受	1,2,3,4,5	.904	
自豪	6,7,8,9,10	.909	
生氣	11,12,13,14,15	.909	
希望	16,17,18,19,20	.837	
焦慮	21,22,23,24,25	.875	.943
羞愧	26,27,28,29,30	.911	
無望	31,32,33,34,35	.901	
厭煩	36,37,38,39,40	.871	
放鬆	41,42,43,44,45	.739	

第二節　研究對象背景資料

以描述性統計來分析相關背景變項，如區域別、年齡別、性別、是否為僑生、華語水平。研究對象來自38個不同國家，將受試者38種不同國籍分成美洲、亞洲、歐洲、非洲、大洋洲等5組華語學習者進行華語學業成敗歸因與華語學業情緒的比較，依此進行歸類樣本數。原則上歸類樣本數的標準，每組的個數不能太少。由於本研究樣本的特殊性，例如非洲、大洋洲兩區域的國際生雖然皆只有個位數而已，但是又必須特別區分出來，此即本研究「區域別」分組的考量。亞洲187位人數最多，占81.66%；美洲人數22位次之，占9.61%。年齡方面，18-20歲有118位，人數最多，占51.53%；21-25歲有94位，次之，占41.05%。性別分布，女性多於男性，分別是女性133名，占58.08%；男性96名，占41.92%。僑生有90名，占39.3%；非僑生139名，占

60.70%。華語水平，初級有109名，占47.60%；中級104名，占45.41%；高級16名，占6.99%。

表11　國際生背景資料——描述性統計

背景變項	水準	人數	%
區域別	大洋洲	3	1.31%
	亞洲	187	81.66%
	非洲	6	2.62%
	美洲	22	9.61%
	歐洲	11	4.80%
年齡別	18-20	118	51.53%
	21-25	94	41.05%
	26以上	17	7.42%
性別	女	133	58.08%
	男	96	41.92%
是否為僑生	否	139	60.70%
	是	90	39.30%
華語水平	中級	104	45.41%
	初級	109	47.60%
	高級	16	6.99%

第三節　回應研究問題1：國際生以華語作為第二語言之學業成敗歸因現況為何？

為了解國際生華語學業成敗歸因的現況，茲就問卷調查結果，以描述性統計求出標準差、各層面平均得分及單一樣本 t 檢定來說明國際生華語學業成敗歸因現況，以回答研究問題一。本研究「華語學業成敗歸因量表」為五點量表，每題最高得5分，最低得1分，全距為4分，單題平均得分的中間值為3分。採用單一樣本 t 檢定，以中間值3為檢定值，用來檢定國際生華語學業成敗歸因各層面單題平均得分與中間值是否有顯著差異，作為劃分國際生華語學業成敗歸因程度的標準。若 t 值之絕對值小於雙尾檢定的臨界點時（p 值大於顯著水準 $\alpha=.05$），則代表國際生華語學業成敗歸因的程度為「中等程度」。若 t 值大於雙尾檢定的右尾臨界點時（p 值小於顯著水準 $\alpha=.05$），而其各層面平均得分高於中間值3，則代表國際生華語學業成敗歸因的程度為「中高程度」。若 t 值小於雙尾檢定的左尾臨界點時（p 值小於顯著水準 $\alpha=.05$），而其各層面平均得分低於中間值3，則代表國際生華語學業成敗歸因的程度為「中低程度」。以下依此標準作分析，並以標準差、各層面平均得分進行描述統計分析，統計結果如表12所示，用以回應問題一。

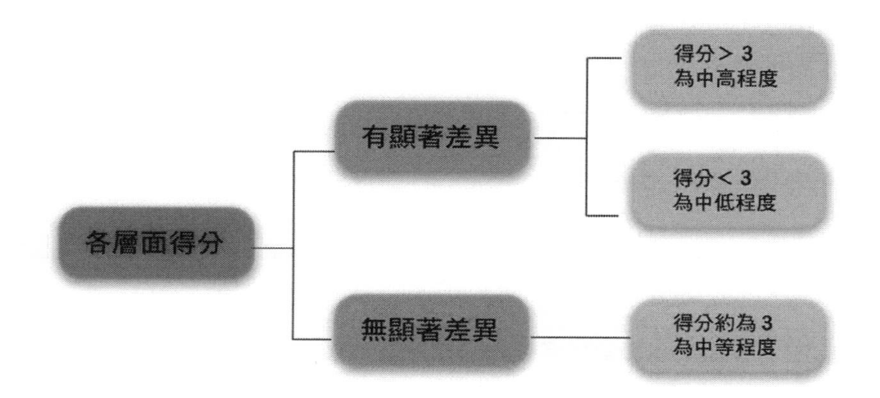

圖5　劃分國際生華語學業成敗歸因與華語學業情緒程度標準圖[2]

2　資料來源：研究者自行整理製作。

表12　國際生之華語學業成敗歸因現況分析摘要表（n=229，**檢定值**=3）

成敗歸因層面	單題平均得分	標準差	平均數95%信賴區間		題數	t值	顯著性
			下限	上限			
考試運氣	2.32	.803	2.22	2.43	8	-12.72	.00***
用功努力	3.49	.709	3.40	3.58	8	10.45	.00***
個人能力	2.51	.708	2.41	2.60	8	-10.58	.00***
考題難度	2.97	.735	2.87	3.06	8	-.65	.52

註：*p＜.05，** p＜.01，*** p＜.001

由表12得知，就華語學業成敗歸因各層面而言，各層面平均得分以用功努力為最高3.49分，其餘依序為考題難度2.97分、個人能力2.51分、最低為考試運氣2.32分。以上結果顯示，國際生在學業成敗歸因各層面中，歸因傾向最高的是用功努力，而最低的是考試運氣。此研究結果亦與研究者先前的前導研究結果相同（胡瑞雪，2020）。而依據95%信心水準估計信賴區間，各層面得分區間估計為考試運氣[2.22, 2.43]、用功努力[3.40, 3.58]、個人能力[2.41, 2.60]、考題難度[2.87, 3.06]。根據表12得知，在華語學業成敗歸因層面中，用功努力的層面平均得分顯著高於中間值3（p＜.05），表示國際生歸因於用功努力的程度為「中高程度」。而考試運氣和個人能力等層面平均得分顯著低於中間值（p＜.05），表示國際生歸因於考試運氣和個人能力的程度為「中低程度」。考題難度的層面平均得分與中間值3無顯著差異，表示國際生歸因於考題難度的程度為「中等程度」。

本研究顯示，國際生華語學業成敗歸因於用功努力的程度最高，與梁森茂（1996）和陳秋利（2007）的研究結果相同；其次為考題難度。此外，本研究亦顯示，國際生華語學業成敗歸因於用功努力，用功努力為內在且穩定可控制的因素，這說明了國際生已了解學業成就可藉由自己的努力來達成目標，而「用功努力」則屬於自己所能控制的因素。然而，在所有歸因因素中，唯有「用功努力」是可憑個人意願掌控的，其他項則非個人所能控制。若個人將學業成敗歸因於「用功努力」，那麼面對接下來的種種考試，會更「用功努力」以爭取佳績。

本研究顯示，國際生華語學業成敗歸因於「考試運氣」的程度最低，與李冠儀（2008）的研究有相同結果。「考試運氣」屬外在、不穩定、不可控制的因素。可見國際生並非傾向於外在控制的信念，即認為華語學業成敗非透過運氣、命運、環境或他人所掌控的。

綜合上述，本研究顯示，國際生華語學業成敗歸因各層面中，歸因給分大於3之平均數最高的是「用功努力」，最低的則是「考試運氣」。國際生歸因於「用功努力」為「中高程度」，「考試運氣」和「個人能力」的程度為「中低程度」，考題難度則為「中等程度」。

第四節　回應研究問題2：國際生以華語作為第二語言之學業情緒現況為何？

為了解國際生華語學業情緒的現況，茲就問卷調查結果中「享受」、「希望」、「自豪」、「放鬆」、「生氣」、「焦慮」、「羞愧」、「無望」、「厭煩」等9個層面作分析，透過描述性統計求出標準差、各層面平均得分及單一樣本 t 檢定來說明國際生華語學業情緒的現況，以回應研究問題二。作分析。本研究「國際生華語學業情緒量表」為五點量表，每題最高得5分，最低得1分，全距為4分，單題平均得分的中間值為3分[3]。採用單一樣本 t 檢定，以中間值3為檢定值，用來檢定國際生

3　參圖5。

華語學業情緒各層面之單題平均得分與中間值是否有顯著差異，作為劃分國際生華語學業情緒程度的標準。若 t 值之絕對值小於雙尾檢定的臨界點時（p 值大於顯著水準 $\alpha=.05$），則代表國際生知覺該層面之華語學業情緒的程度為「中等程度」[4]。若 t 值大於雙尾檢定的右尾臨界點時（p 值小於顯著水準 $\alpha=.05$），而其單題平均得分高於中間值3，則代表國際生知覺該層面之華語學業情緒的程度為「中高程度」[5]。若 t 值小於雙尾檢定的左尾臨界點時（p 值小於顯著水準 $\alpha=.05$），而其單題平均得分低於中間值3，則代表國際生知覺該層面之華語學業情緒的程度為「中低程度」[6]。此外，為了讓現況分析更具合理性，因此本研究更進一步採用以平均數的95%信賴區間判別各情緒層面之得分現況。以下依此標準作分析，並以平均數、標準差、平均數95%信賴區間進行描述統計分析，統計結果如表13所示。

表13　國際生之華語學業情緒現況分析摘要表（n=229，檢定值=3）

情緒層面	各層面平均得分	標準差	平均數95%信賴區間		題數	t 值	顯著性
			下限	上限		H0：mu=3	
享受	3.56	.92	3.44	3.68	5	9.13	.00***
自豪	3.82	.96	3.70	3.95	5	12.95	.00***
生氣	2.60	1.05	2.47	2.74	5	-5.73	.00***
希望	3.49	.81	3.38	3.59	5	9.12	.00***
焦慮	2.73	.97	2.60	2.85	5	-4.24	.00***
羞愧	2.51	1.06	2.37	2.64	5	-7.09	.00***
無望	2.47	1.03	2.33	2.60	5	-7.86	.00***

4　同上。

5　同上。

6　同上。

情緒層面	各層面平均得分	標準差	平均數95%信賴區間		題數	t 值	顯著性
			下限	上限		H0：mu=3	
厭煩	2.40	.96	2.27	2.53	5	-9.42	.00***
放鬆	3.32	.79	3.21	3.42	5	6.04	.00***

註：$*p<.05$，$** p<.01$，$*** p<.001$

由表13得知，就華語學業情緒各層面而言，各層面平均得分以「自豪」為最高3.82分，其餘依序為「享受」3.56、「希望」3.49分、「放鬆」3.32分、「焦慮」2.73分、「生氣」2.60分、「羞愧」2.51分、「無望」2.47分、最低為「厭煩」2.40分。以上結果顯示國際生在華語學業情緒各層面中，感受情緒程度最高的是「自豪」，最低的是「厭煩」。依據95%信心水準估計信賴區間，各層面得分區間估計為「享受」[3.44, 3.68]、「自豪 」[3.70, 3.95]、「生氣 」[2.47, 2.74]、「希望 」[3.38, 3.59]、「焦慮 」[2.60, 2.85]、「羞愧 」[2.37, 2.64]、「無望 」[2.33, 2.60]、「厭煩 」[2.27, 2.53]、「放鬆 」[3.21,3.42]。根據表13得知，在華語學業情緒層面中，「自豪」、「享受」、「希望」、「放鬆」等層面平均得分顯著高於中間值3（p 值＜.05），表示國際生感受到「自豪」、「享受」、「希望」、「放鬆」的程度為「中高程度」。而「焦慮」、「生氣」、「羞愧」、「無望」和「厭煩」等層面平均得分低於中間值3（p 值＜.05），表示國際生感受到「焦慮」、「生氣」、「羞愧」、「無望」和「厭煩」的程度為「中低程度」。

本研究顯示國際生感受到的華語學業情緒程度以「自豪」的平均數最高，其次為「享受」。與 Goetz 等人（2006）研究發現，在特定領域中「喜悅」佔最多的情緒的反應類似；但與李俊青（2007）、蔡旻真（2008）、吳淑娟（2009）的研究發現，學生的學業情緒以「放心」得分最高的結果不同。其中，吳淑娟（2009）指出學生對英語的學習感到壓力，因此學生表示當其完成教師的課業、通過考試或能順利上完課程，就感到其壓力釋放，即產生「放心」的學業情緒。

綜合上述，可見學業情緒在一般學習，尤其是外語 FL 或第二語言 L2 學習中起著至關重要的作用。由於學業情緒具有情境依賴的本質，故在不同的學習脈絡（Learning Context）下會衍生出不同的學業情緒（Goetz et al., 2003; Govaerts & Grégoire, 2008）。國際生的華語學業情緒以「自豪」最多，「厭煩」最少。前者屬於積極情緒，可以促進學生的學習動力、注意力、深度學習策略的使用和提升學業成就；後者屬於消極情緒，對學習則有負面的影響（Pekrun & Perry, 2014; Dewaele et al., 2018）。國際生感受到「自豪」、「享受」、「希望」、「放鬆」等4種華語學業情緒皆為「中高程度」；而「焦慮」、「生氣」、「羞愧」、「無望」、「厭煩」等 5 種華語學業情緒則皆為「中低程度」。

第五節　回應研究問題3：不同區域別、年齡別、性別、是否為僑生、華語水平等背景變項對國際生華語學業成敗歸因之影響？

本段旨在探討國際生不同背景，包括「區域別」、「年齡別」、「性別」、「是否為僑生」和「華語水平」等5種自變項，以「考試運氣」、「用功努力」、「個人能力」、「考題難度」等4種層面為依變項，進行單因子多變量變異數分析、單因子單變量變異數分析及多重比較分析，以回應研究問題3及驗證研究假設1至5，並了解不同研究對象的背景變項在華語學業成敗歸因上的差異情形。

從表14得知，國際生背景變項之「年齡別」與「華語水平」在華語學業成敗歸因上有顯著差異（p 值＜.05）；而「區域別」、「性別」、「是否為僑生」等層面則未達顯著差異（p 值>.05）。

一　研究假設1：不同「區域別」的背景變項在國際生的華語學業成敗歸因上有顯著差異

本研究結果「區域別」的背景變項未達顯著差異，與其他相關文獻不同。以「區域別」來說，不同的區域文化在外語或二語學業歸因中扮演重要的角色，例如 Chen 和 Graham（2018）考察美國加州的3,546名白人、黑人、拉丁裔和亞裔美籍八年級學生的學業成就、自尊和學業失敗歸因（即能力不足、努力不足），研究結果顯示：四大種族中，亞裔學生的學業平均成績最高，但自尊心（Self-Esteem）最低；亞裔和拉丁裔比白人、黑人更能認可其能力不足的學業失敗歸因；由於對能力不足的更多認可，是造成亞裔學生與其他種族之間自尊差距的主因之一。此研究結果亦與研究者先前的前導研究結果不同：不同「國籍」與國際生在「考題難度」上具有顯著差異（p 值＜.05）。南非籍學生歸因於「考題難度」的程度最高，南韓學生次之，越南和蒙古籍學生則最低（胡瑞雪，2020）。

二　研究假設2：不同「年齡別」的背景變項在國際生的華語學業成敗歸因上有顯著差異

本研究結果「年齡別」的背景變項達顯著差異，與其他相關文獻相同。例如蔡婷伊（2013）研究發現，國小生的「能力歸因」與「努力歸因」得分顯著高於國中生，而國中生的「難度歸因」與「運氣歸因」得分顯著高於國小生。

由表14，「年齡別」之 p 值趨近於0，小於顯著水準 α=.05，進一步由表15可看出背景變項之「年齡別」在「用功努力」和「個人能力」等兩種層面達顯著差異（p 值＜.05），在「考試運氣」和「考題難度」等兩種層面則沒有差異（p 值>.05）。接著以多重比較作為後續分析「年齡別」背景變項。

由表15，以國際生的「年齡別」背景變項來說，在「用功努力」的層面達顯著差異（p 值＜.05）。表示不同「年齡別」的國際生在「用功努力」的學業成敗歸因層面上達顯著差異。透過多重比較看出21到25歲與26歲以上皆達顯著差異（p 值＜.05），且26歲以上的平均數高於21到25歲，表示26歲以上的國際生華語學業成敗歸因於「用功努力」顯著多於21到25歲。

此外，由表15可知，國際生的「年齡別」背景變項亦在「個人能力」的層面達顯著差異（p 值＜.05）。表示不同「年齡別」的國際生在「個人能力」學業成敗歸因層面上達顯著差異。透過多重比較看出國際生「年齡別」的背景變項，18到20歲與21到25歲皆達顯著差異（p 值＜.05），且21到25歲的平均數高於18到20歲，表示21到25歲的國際生華語學業成敗歸因於「個人能力」顯著多於18到20歲。

三　研究假設3：不同「性別」的背景變項在國際生的華語學業成敗歸因上有顯著差異

本研究結果「性別」的背景變項未達顯著差異，與其他相關文獻不同。例如 Fennema 等人（1979）研究發現，數學學業成就高的男生歸因於能力好，數學學業成就高的女生歸因於努力；數學學業成就低的男生歸因於努力不夠，數學學業成就低的女生歸因於能力不夠、學業難度。此研究結果與研究者先前的前導研究結果不同：男國際生歸因於「用功努力」的程度顯著高於女國際生（胡瑞雪，2020）[7]。

7　其他「考試運氣」、「個人能力」、「考題難度」等三層面則無顯著差異。

四　研究假設4：「是否為僑生」的背景變項在國際生的華語學業成敗歸因上有顯著差異

本研究結果「是否為僑生」的背景變項未達顯著差異。

五　研究假設5：不同「華語水平」的背景變項在國際生的華語學業成敗歸因上有顯著差異

由表14，本研究結果「華語水平」的背景變項達顯著差異（p 值＜.05），與其他相關文獻相同。例如以「語言水平」來說，Paker 和 Özkardeş-Döğüş（2017）針對223名初中級和中級大學英語課堂調查英語學習者的成就屬性與性別、語文水平之間是否存在顯著差異關係；研究結果顯示，中級學習者更傾向於將學習英語視為一件輕鬆容易的事，而初中水平的學習者似乎更多地依賴任課教師。

從表15得知，國際生「華語水平」的背景變項在「考試運氣」、「個人能力」和「考題難度」等三種層面達顯著差異（p 值＜.05），而在「用功努力」的層面則沒有差異（p 值=.812>.05）。接著以多重比較作為後續分析「華語水平」的背景變項。

由表15，以國際生的「華語水平」背景變項來說，無論是初級、中級與高級者在「考試運氣」的層面達顯著差異（p 值趨近於0，小於顯著水準 α=.05）。表示不同「華語水平」的國際生在「考試運氣」學業成敗歸因層面上皆達顯著差異。透過多重比較分析，看出初級、中級與高級者皆達顯著差異（p 值＜.05），而初級者的平均數皆高於中級與高級者，表示初級者的華語學業成敗歸因於「考試運氣」顯著多於中級與高級者。

國際生的「華語水平」背景變項無論是初級、中級與高級者亦在「個人能力」的層面達顯著差異（p 值趨近於0，小於顯著水準α=.05）。表示不同「華語水平」的國際生在「個人能力」學業成敗歸因層面上皆達顯著差異。透過多重比較看出初級、中級與高級者皆達顯著差異（p 值＜.05），而初級者的平均數高於中級與高級者，表示初級者的華語學業成敗歸因於「個人能力」顯著多於中級與高級者。

國際生的「華語水平」背景變項無論是初級與高級者亦在「考題難度」的層面達顯著差異（p 值=.016＜.05）。表示「華語水平」之初級與高級者的國際生在「考題難度」學業成敗歸因層面上皆達顯著差異。透過多重比較看出，初級與高級者皆達顯著差異（p 值＜.05），而初級者的平均數高於高級者，表示初級者的華語學業成敗歸因於「考題難度」顯著多於高級者。

表14　單因子多變量變異數分析：不同背景變項的國際生華語學業成敗歸因差異分析摘要表

背景變項	Wilks' Lambda 顯著性
區域別	.060
年齡別	.000***
性別	.876
是否為僑生	.071
華語水平	.000***

註：n=229，*p＜.05，** p＜.01，*** p＜.001

表15　不同背景變項對國際生華語學業成敗歸因的影響

背景變項／成敗歸因	年齡（1,2,3）單因子變異數分析	年齡（後續比較）多重比較分析	華語水平（1,2,3）單因子變異數分析	華語水平（後續比較）多重比較分析
考試運氣	.066		.000***	初級>中級, 初級>高級
用功努力	.008**	26以上>21-25	.812	
個人能力	.001*	21-25>18-20	.000***	初級>中級, 初級>高級
考題難度	.381		.016*	初級>高級

註：n=229，*p＜.05，** p＜.01，*** p＜.001

第六節　延伸回應研究問題3：國際生背景變項與華語學業成敗歸因量表各小題之差異分析

本節為了了解國際生背景變項與華語學業成敗歸因各小題之差異，亦可延伸對研究問題3更深入的回應。首先對成敗歸因單一層面採用單因子多變量變異數分析，之後針對有顯著性差異的背景變項，由單因子單變量變異數分析細看哪些小題有顯著性，接著再做多重比較（雪費事後比較）分析差異情形。

一　考試運氣

根據表16和表17，「考試運氣」與國際生背景變項中的「華語水平」有顯著差異（p 值＜.05）。第1題「華語考試很需要運氣。」、第2題「我的運氣不好，經常在華語考試的時候猜錯答案。」、第3題「華語考試時，我只靠運氣，不靠實力。」、第5題「我華語考試考不好，是因為老師都考我不會的題目。」、第6題「華語考試時，我常猜中答案。」和第8題「華語考試時，我經常猜答案。」在不同的「中文水平」背景變項有顯著差異。透過多重比較看出第一題之初級者的平均值高於中級及高級者，且中級者也高於高級者；表示初級者歸因於「華語考試很需要運氣。」顯著多於中級和高級者，而中級者也多於高級者。第2題之初級者的平均值高於高級者；表示初級者華語學業失敗歸因於「我的運氣不好，經常在華語考試的時候猜錯答案。」顯著多於高級者。第3題之初級者的平均值高於高級者；表示初級者華語學業歸因於「華語考試時，我只靠運氣，不靠實力。」顯著多於高級者。第5題之初級者的平均值皆高於中級者及高級者；表示初級者華語學業失敗歸因於「我華語考試考不好，是因為老師都考我不會的題目。」顯著多於中級者及高級者。第6題之初級者的平均值皆高於中級者及高級者；表示初級者華語學業成功歸因於「華語考試時，我常猜中答案。」顯著多於中級者及高級者。第8題之初級者的平均值皆高於中級者及高級者；表示初級者華語學業成敗歸因於「華語考試時，我經常猜答案。」顯著多於中級者及高級者。

表16　國際生背景變項與華語學業成敗歸因「考試運氣」之差異分析

背景變項	Wilks' Lambda 顯著性
區域別	.362
年齡別	.432
性別	.494
是否為僑生	.431
華語水平	.002**

註：n=229，*p＜.05，** p＜.01，*** p＜.001

表17　國際生背景變項與華語學業成敗歸因「考試運氣」——雪費事後比較

背景變項	中文水平	中文水平（後續比較）
1. 華語考試很需要運氣。	.000***	初級＞中級＞高級
2. 我的運氣不好，經常在華語考試的時候猜錯答案。	.001**	初級＞高級
3. 華語考試時，我只靠運氣，不靠實力。	.004**	初級＞高級
4. 我華語考試考很好，是因為運氣好。	.034	
5. 我華語考試考不好，是因為老師都考我不會的題目。	.002**	初級＞中級, 初級＞高級
6. 華語考試時，我常猜中答案。	.001**	初級＞中級, 初級＞高級
8. 華語考試時，我經常猜答案。	.001**	初級＞中級,
9. 別人的成績比我好，是因為他們運氣好。	.078	初級＞高級

註：n=229，*$p<.05$，** $p<.01$，*** $p<.001$

二　用功努力

根據表18和表19，「用功努力」在國際生背景變項中的「區域別」和「年齡別」有顯著差異（p 值＜.05）。第3題在不同的「區域別」背景變項有顯著差異，透過多重比較看出亞洲國際生的平均數大於非洲國際生；表示亞洲國際生華語學業成功歸因於「上華語課時，遇到不清楚的地方，我會想去了解。」顯著多於非洲國際生。第1題「上華語課時，我會努力做筆記。」、第4題「上華語課時，都能專心學習。」、第6題「我會去問華語老師關於課程內容不清楚的地方。」、第7題「我努力做完華語作業。」和第8題「我上華語課很用心。」在不同的年齡背景變項皆有顯著差異。透過多重比較看出第1題26歲以上國際生的平均值高於18到20歲及21到25歲的國際生；表示26歲以上的國際生華語學業成功歸因於「上華語課時，我會努力做筆記。」顯著多於18到20歲及21到25歲的國際生。第4題26歲以上的國際生平均值高於18到20歲及21到25歲的國際生；表示26歲以上的國際生華語學業成功歸因於「上華語課時，都能專心學習。」顯著多於18到20歲及21到25歲的國際生。第6題18到20歲國際生的平均值高於21到25歲的國際生；表示18到20歲國際生華語學業成功歸因於「我會去問華語老師關於課程內容不清楚的地方。」顯著多於 21到25歲的國際生。第7題18到20歲國際生的平均值高於21到25歲的國際生；表示18到20歲國際生華語學業成功歸因於「我努力做完華語作業。」顯著多於 21到25歲的國際生。第8題26歲以上國際生的平均值高於21到25歲的國際生；表示26歲以上的國際生華語學業成功歸因於「我上華語課很用心。」顯著多於21到25歲的國際生。

表18　國際生背景變項與華語學業成敗歸因「用功努力」之差異分析

背景變項	Wilks' Lambda 顯著性
區域別	.045*
年齡別	.002**
性別	.681
是否為僑生	.101
華語水平	.129

註：n=229，*p＜.05，** p＜.01，*** p＜.001

表19　國際生背景變項與華語學業成敗歸因「用功努力」——雪費事後比較

背景變項	區域別	區域別（後續比較）	年齡	年齡（後續比較）
1. 上華語課時，我會努力做筆記。	.356		.023*	26以上＞18-20 26以上＞21-25
3. 上華語課時，遇到不清楚的地方，我會想去了解。	.018*	亞州＞非洲	.292	
4. 上華語課時，都能專心學習。	.338		.002**	26以上＞18-20 26以上＞21-25
6. 我會去問華語老師關於課程內容不清楚的地方。	.106		.027*	18-20＞21-25
7. 我努力做完華語作業。	.226		.005**	18-20＞21-25
8. 我上華語課很用心。	.421		.014*	26以上＞21-25
9. 我常練習華語題目。	.200		.809	
10.因為我很用功學華語，所以成績好。	.026		.090	

註：n=229，*p＜.05，** p＜.01，*** p＜.001

三　個人能力

根據表20和表21，「個人能力」在國際生背景變項中的「年齡別」和「華語水平」有顯著差異（p 值＜.05）。第4題「上華語課時，我能回答老師的問題。」、第5題「我覺得華語課本的內容是簡單的。」和第8題「老師上華語課的速度太快，我聽不懂。」在不同的「年齡別」背景變項有顯著差異。透過多重比較看出第4題21到25歲國際生的平均值高於18到20歲的國際生；表示21到25歲國際生華語學業成功歸因於「上華語課時，我能回答老師的問題。」顯著多於 18到20歲的國際生。第5題21到25歲國際生的平均值高於18到20歲的國際生；表示21到25歲國際生華語學業成功歸因於「我覺得華語課本的內容是簡單的。」顯著多於18到20歲的國際生。第8題之21到25歲國際生的平均值高於18到20歲的國際生；表示21到25歲國際生華語學業失敗歸因於「老師上華語課的速度太快，我聽不懂。」顯著多於18到20歲的國際生。而第3題「在寫華語作業時，常有不會的題目。」、第4題「上華語課時，我能回答老師的問題。」、第6題「華語老師教的句型太難，所以我不會使用。」、第7題「我不知道怎麼準備華語考試。」和第8題「老師上華語課的速度太快，我聽不懂。」在不同的「華語水平」背景變項有顯著差異。透過多重比較看出第3題之初級者的平均值高於中級者；表示初級者的華語學業失敗歸因於「在寫華語作業時，常有不會的題目。」顯著多於中級者。第4題初級者的平均值高於中級及高級者；表示初級者的華語學業成功歸因於「上華語課時，我能回答老師的問題。」顯著多於中級者和高級者。第6題初級者的平均值高於中級者；表示初級者的華語學業失敗歸因於「華語老師教的句型太難，所以我不會使用。」顯著多於中級者。第7題之初級者的平均值高於中級者；表示初級者的華語學業失敗歸因於「我不知道怎麼準備華語考試。」顯著多於中級者。第8題之初級者的平均值高於中級及高級者；表示初級者的華語學業失敗歸因於「老師上華語課的速度太快，我聽不懂。」顯著多於中級及高級者。

表20　國際生背景變項與華語學業成敗歸因「個人能力」之差異分析

背景變項	Wilks' Lambda 顯著性
區域別	.224
年齡別	.009**
性別	.422
是否為僑生	.153
華語水平	.000***

註：n=229，*p＜.05，** p＜.01，*** p＜.001

表21　國際生背景變項與華語學業成敗歸因「個人能力」──雪費事後比較

背景變項	年齡	年齡（後續比較）	華語水平	華語水平（後續比較）
1. 我的能力很好，所以華語考試可以考很好。	.056		.077	
3. 在寫華語作業時，常有不會的題目。	.691		.001**	初級>中級
4. 上華語課時，我能回答老師的問題。	.005**	21-25>18-20	.000***	初級>中級, 初級>高級
5. 我覺得華語課本的內容是簡單的。	.002**	21-25>18-20	.188	
6. 華語老師教的句型太難，所以我不會使用。	.088		.001**	初級>中級
7. 我不知道怎麼準備華語考試。	.161		.001**	初級>中級
8. 老師上華語課的速度太快，我聽不懂。	.007**	21-25>18-20	.000***	初級>中級, 初級>高級

背景變項	年齡	年齡（後續比較）	華語水平	華語水平（後續比較）
10.華語考試總是考不好，我認為自己沒有語言天分。	.009		.060	

註：n=229，*p＜.05，** p＜.01，*** p＜.001

四　考題難度

根據表22和表23，「考題難度」與國際生背景變項中的「華語水平」有顯著差異（p 值＜.05）。

第2題「如果華語考題太難，我就考不好。」、第3題「華語考題看不懂，會造成我作答錯誤。」、第4題「如果華語考試題目太多，我就無法寫完。」在不同的「華語水平」背景變項有顯著差異。透過多重比較分析，看出第2題初級者的平均值高於高級者；表示初級者的華語學業失敗歸因於「如果華語考題太難，我就考不好。」顯著多於高級者。第3題初級者的平均值高於高級者，而中級者的平均值亦高於高級者；表示初級者和中級者的華語學業失敗歸因於「華語考題看不懂，會造成我作答錯誤。」顯著多於高級者。第4題之初級者的平均值高於高級者，而中級者的平均值亦高於高級者；表示初級者和中級者的華語學業失敗歸因於「如果華語考試題目太多，我就無法寫完。」顯著多於高級者。

表22　國際生背景變項與華語學業成敗歸因「考題難度」之差異分析

背景變項	Wilks' Lambda 顯著性
區域別	.063
年齡別	.301
性別	.887
是否為僑生	.477
華語水平	.002**

註：n=229，*p＜.05，** p＜.01，*** p＜.001

表23　國際生背景變項與華語學業成敗歸因「考題難度」——雪費事後比較

背景變項	華語水平	
1. 如果華語考題簡單，我就比較容易考得好。	.178	
2. 如果華語考題太難，我就考不好。	.008**	初級>高級
3. 華語考題看不懂，會造成我作答錯誤。	.002**	初級>高級, 中級>高級
4. 如果華語考試題目太多，我就無法寫完。	.004**	初級>高級, 中級>高級
5. 我覺得華語考試都很難，所以成績不好。	.142	
7. 我華語考不好，是因為考題有課本之外的內容。	.110	
9. 我不會回答的華語考題，一定是很難的。	.158	
10.我可以回答的華語考題，一定是很簡單的。	.346	

註：n=229，*p＜.05，** p＜.01，*** p＜.001

第七節　回應研究問題4：不同區域別、年齡別、性別、是否為僑生、華語水平等背景變項對國際生華語學業情緒的影響？

本節旨在探討國際生不同背景，包括「區域別」、「年齡別」、「性別」、「是否為僑生」和「華語水平」等，在華語學業情緒上是否有顯著差異存在。以上5種背景變項，再以「享受」、「希望」、「自豪」、「放鬆」、「生氣」、「焦慮」、「羞愧」、「無望」、「厭煩」等9個層面，進行單因子多變量變異數分析、單因子單變量變異數分析及多重比較分析，以回應研究問題4及驗證研究假設6到10，並了解研究對象不同的背景變項在華語學業情緒上的差異情形。

透過單因子多變量變異數分析，從表24得知，「區域別」、「年齡別」、「性別」、「是否為僑生」和「華語水平」等5種背景變項中，「是否為僑生」和「華語水平」等背景變項皆達顯著差異（p 值＜.05）；而「區域別」、「年齡別」、「性別」等層面則未達顯著差異（p 值 >.05）。

一　研究假設6：不同「區域別」的背景變項在國際生華語學業情緒上有顯著差異

本研究結果「區域別」的背景變項未達顯著差異，與其他國外相關文獻不同。以「區域別」來說，不同的區域文化在外語或二語學習的情感體驗過程中起著關鍵性的作用，例如中國大學生的學業情緒與加拿大大學生的學業情緒存在顯著差異（趙淑媛，2013）。又如 Lee（2019）比較德國和韓國中學生的英語課堂，研究結果發現，德籍學生有較高的「享受」、「希望」、「自豪」、「生氣」、「厭煩」等學業情緒；而韓籍學生則有較高的「焦慮」、「無望」、「羞恥」等學業情緒。

二　研究假設7：不同「年齡別」的背景變項在國際生的華語學業情緒上有顯著差異

本研究結果「年齡別」的背景變項未達顯著差異，與其他國外相關文獻不同。例如趙淑媛（2013）的研究，大學生學業情緒在不同年齡有顯著差異，理工科學生消極學業情緒的強度隨著年齡或年級的升高而顯著減弱；而文科生消極學業情緒的強度隨著年齡或年級的升高而顯著增強。

三　研究假設8：不同「性別」的背景變項在國際生的華語學業情緒上有顯著差異

本研究結果顯示，「性別」的背景變項未達顯著差異，與 Pekrun 和 Stephens（2009）的研究結果一致。但與其他國內相關文獻不同。例如女生的負面學業情緒高於男生（董妍、俞國良，2007；蔡旻真，2008；林雅鳳，2010）。又如，國際男大生的「羞愧」華語學業情緒顯著高於國際女大生（胡瑞雪，2020）。

四　研究假設9：「是否為僑生」的背景變項在國際生的華語學業情緒上有顯著差異

由表24，「是否為僑生」之 p 值為 .047，所以「是否為僑生」在華語學業情緒上有顯著差異，進一步從表17得知，國際生當中，「是否為僑生」的背景變項在「焦慮」、「羞愧」兩個情緒層面皆達顯著差異（p 值＜.05）。接著以多重比較作為後續分析「是否為僑生」的背景變項。

以「是否為僑生」的背景變項來說，在「焦慮」與「羞愧」的情緒層面中，僑生與非僑生皆達顯著差異（p 值＜.05），且非僑生的平均數高於僑生，顯示非僑生在學習華語時的「焦慮」與「羞愧」的學業情緒顯著多於僑生。此研究結果說明：一般而言，僑生因原生家庭的影響，已具備華語基礎聽與說的能力，比非僑生在華語的學習上具優勢。此外，國際生「是否為僑生」的背景變項在「享受」、「自豪」、「生氣」、「希望」、「無望」、「厭煩」、「放鬆」等7種華語學業情緒上皆未達顯著差異（p 值>.05），表示國際生不管是僑生或非僑生在學習華語時的「享受」、「自豪」、「生氣」、「希望」、「無望」、「厭煩」、「放鬆」等7種學業情緒均無明顯差異存在。

非僑生國際生在學習華語時的「焦慮」是種學習外語的焦慮（Foreign Language Anxiety, FLA），是第二語言習得中研究最廣泛的學業情緒（Shao et al., 2019）。尤其，當非僑生國際生華語口說一直沒辦法進步、學習華語的程度跟不上同學、無法回答老師華語的問題、在臺灣同學面前說華語、陌生的華語學習環境等情況都易使其造成焦慮的學業情緒。另外，特別是當非僑生國際生考試考得比別人差、同學的華語能力較好、華語口音與其他同學不同、聽不懂同學說華語的內容、無法完成華語作業等情況都易使其造成羞愧的學業情緒。然而，Peng 等人（2020）研究 L2 課堂，結果發現，「焦慮」、「羞愧」和學業成就呈正相關；即學生的「焦慮」、「羞愧」等兩種學業情緒越多，其學業成就越高。因此，儘管「焦慮」、「羞愧」雖屬負面學業情緒，但研究者認為，適度的「焦慮」或「羞愧」的學業情緒可視為學習過程中一種必要的創傷（Necessary Trauma）。學生若能從過去因學習而造成的心理創傷，找到學業情緒的出路；透過這樣的過程，往往能促使學生更努力學習，以爭取更高的學業成就。

五　研究假設10：不同「華語水平」的背景變項在國際生的華語學業情緒上有顯著差異

由表24，「華語水平」之 p 值趨近於0，小於顯著水準 $\alpha=.05$，從表25得知，國際生當中，「華語水平」的背景變項在「生氣」、「焦慮」、「羞愧」、「無望」、「厭煩」等5個情緒層面皆達顯著差異（p 值＜.05）。接著以多重比較作為後續分析「華語水平」的背景變項。

以「華語水平」的背景變項來說，「生氣」、「焦慮」、「羞愧」、「無望」、「厭煩」等5種華語學業情緒皆達顯著差異（p 值＜.05）。在「無望」的華語學業情緒中，初級與中級華語學習者達顯著差異（p 值＜.05），且初級者的平均數高於中級者，表示初級者在「無望」的情緒層面顯著多於中級者。在「焦慮」、「厭煩」兩種華語學業情緒中，初級、中級與高級者皆達顯著差異（p 值＜.05），其中初級者的平均數皆高於中級與高級者，表示初級者在這兩種華語學業情緒皆顯著多於中級與高級者。在「生氣」、「羞愧」等兩種華語學業情緒中，無論是初級、中級與高級者皆達顯著差異（p 值＜.05），其中初級者的平均數皆高於中級者，而中級者的平均數亦高於高級者，表示初級者在這兩種華語學業情緒皆顯著多於中級者，而中級者在這兩種華語學業情緒皆顯著多於高級者。國際生不同「華語水平」的背景變項在「享受」、「自豪」、「希望」、「放鬆」等4種華語學業情緒上皆未達顯著差異（p 值>.05），表示不同「華語水平」的國際生在學習華語時的「享受」、「自豪」、「希望」、「放鬆」等4種學業情緒皆沒有顯著差異。

SLA 中的外語享受（Foreign Language Enjoyment, FLE）與教師的專業、情感技能以及支持性同儕群體的存在相關；而良好的語言能力可能是提高學習時享受的來源，因為更高的語言程度與更強的控制力知有關，尤其是當學習者將價值歸因於所學習的語言（Piechurska-Kuciel, 2017）。依此推論，本研究結果發現，初級者比其程度更高的學習者更易產生「生氣」、「焦慮」、「羞愧」、「無望」、「厭煩」等5種負面的華語學業情緒是可以理解且符合邏輯的。

表24　單因子多變量變異數分析：不同背景變項的國際生華語學業情緒差異分析摘要表

背景變項	Wilks' Lambda 顯著性
區域別	.151
年齡別	.206
性別	.105
是否為僑生	.047*
華語水平	.000***

註：n=229，*p＜.05，** p＜.01，*** p＜.001

表25　不同背景變項對國際生華語學業情緒的影響

背景變項／學業情緒	是否為僑生（0,1）單因子變異數分析	是否為僑生（後續比較）多重比較分析	華語水平（1,2,3）單因子變異數分析	華語水平（後續比較）多重比較分析
享受	.507		.082	
自豪	.716		.945	
生氣	.215		.000***	初級>中級>高級
希望	.663		.109	
焦慮	.005**	否>是	.000***	初級>中級,初級>高級

背景變項 / 學業情緒	是否為僑生（0,1）單因子變異數分析	是否為僑生（後續比較）多重比較分析	華語水平（1,2,3）單因子變異數分析	華語水平（後續比較）多重比較分析
羞愧	.016*	否>是	.000***	初級>中級>高級
無望	.669		.003**	初級>中級
厭煩	.082		.000***	初級>中級,初級>高級
放鬆	.569		.122	

註：n=229，*p＜.05，** p＜.01，*** p＜.001

第八節　延伸回應研究問題4：國際生背景變項與華語學業情緒量表各小題之差異分析

本節為了瞭解國際生背景變項與華語學業情緒各小題之差異，亦可延伸對研究問題4更深入的回應。首先對學業情緒各單一層面採用單因子多變量變異數分析，後針對有顯著性的背景變項，由單因子單變量變異數分析細看哪些小題有顯著性，再接著做多重比較（雪費事後比較）分析差異情形。

一　享受

根據表26及表27，國際生背景變項的「年齡」與「華語水平」在「享受」的學業情緒中有顯著差異。第2題「我很享受在校內華語班的華語學習環境。」與第3題「我很享受學習華語的過程。」在「年齡」的背景變項有顯著差異。由後續比較可看出，26歲以上的國際生在第2題顯著高於18到20歲與21到25歲；表示26歲以上的國際生在「我很享受在校內華語班的華語學習環境。」的情境產生「享受」的華語學業情緒顯著多於18到20歲與21到25歲的國際生。26歲以上之國際生在第3題顯著高於21到25歲；表示26歲以上的國際生在「我很享受學習華語的過程。」的情境產生「享受」的華語學業情緒顯著多於21到25歲的國際生。

而第5題「上華語課的時候，我很享受用華語發表自己意見。」在不同「華語水平」背景變項達到顯著差異（p 值$<.01$）。透過多重比較看出初級者的平均數顯著高於中級者和高級者，表示初級者在「上華語課的時候，我很享受用華語發表自己意見。」的情境產生「享受」的華語學業情緒顯著多於中級者和高級者。而第1到第4題在多重比較（雪費事後比較）結果顯示在「華語水平」這個背景變項中並無顯著差異（p 值$>.05$）。

表26　國際生背景變項與華語學業情緒「享受」之差異分析

背景變項	Wilks' Lambda 顯著性
區域別	.106
年齡別	.012*
性別	.224
是否為僑生	.712
華語水平	.017*

註：n=229，*$p<.05$，** $p<.01$，*** $p<.001$

表27　國際生背景變項與華語學業情緒「享受」──雪費事後比較

享受各小題	年齡	年齡（後續比較）	華語水平	華語水平（後續比較）
1.我很享受與同學互相討論華語課業的過程。	.567		.218	
2.我很享受在校內華語班的華語學習環境。	.004**	26以上>18-20 26以上>21-25	.419	
3.我很享受學習華語的過程。	.013*	26以上>21-25	.505	
4.上華語課的時候，我很享受用華語與老師溝通。	.058		.012	
5.上華語課的時候，我很享受用華語發表自己意見。	.707		.006**	初級>中級, 初級>高級

註：n=229，*p＜.05，** p＜.01，*** p＜.001

二　自豪

根據表28、29，國際生背景變項的「區域別」在「自豪」學業情緒中有顯著差異（p 值＜.05）。第1題「當我華語考試考得好，我會感到很自豪。」、第2題「我會因為可以使用華語與同學溝通而感到自豪。」與第4題「我很自豪自己在班上使用華語的表現。」在「區域別」的背景變項有顯著差異（p 值＜.05），但多重比較中，無法顯著看出「區域別」之差異情形，故判定自豪層面各小題與「區域別」無顯著差異（p 值>.05）。

表28　國際生背景變項與華語學業情緒「自豪」之差異分析

背景變項	Wilks' Lambda 顯著性
區域別	.012*
年齡別	.153
性別	.363
是否為僑生	.072
華語水平	.370

註：n=229，*p＜.05，** p＜.01，*** p＜.001

表29　國際生背景變項與華語學業情緒「自豪」——雪費事後比較

自豪各小題	區域別	區域別（後續比較）
1.當我華語考試考得好，我會感到很自豪。	.022	
2.我會因為可以使用華語與同學溝通而感到自豪。	.006	
3.能夠閱讀華語教科書時，我會感覺很自豪。	.295	
4.我很自豪自己在班上使用華語的表現。	.013	
5.我很自豪上課能透過華語來表達。	.355	

註：n=229，*p＜.05，** p＜.01，*** p＜.001

三　　生氣

根據表30及表31，國際生背景變項的「華語水平」在「生氣」的華語學業情緒中有顯著差異（p 值＜.01）。所有「生氣」學業情緒各小題在華語水平的背景變項皆有顯著差異（p 值＜.05）。由後續比較可看出，初級者和中級者的平均數在第1題、第2題及第4題皆顯著高於高級者；表示初級者和中級者在「我在學習華語遇到困難時，我會對自己生氣。」、「我會因為沒能力參與同學用華語討論作業而感到生氣。」、「我會因為沒辦法在上課時使用流利的華語而感到生氣。」等情境產生「生氣」的華語學業情緒顯著多於高級者。初級者的平均數在第3題顯著高於中級者和高級者；表示初級者在「我會因為無法回答老師華語的問題而感到生氣。」的情境產生「生氣」的華語學業情緒顯著多於中級者和高級者。初級者的平均數在第 5題顯著高於高級者；表示初級者在「上華語課時，我會因為表達不出我的想法而感到生氣。」的情境產生「生氣」的華語學業情緒顯著多於高級者。

表30　國際生背景變項與華語學業情緒「生氣」之差異分析

背景變項	Wilks' Lambda 顯著性
區域別	.092
年齡別	.182
性別	.061
是否為僑生	.260
華語水平	.001**

註：n=229，*p < .05，** p < .01，*** p < .001

表31　國際生背景變項與華語學業情緒「生氣」——雪費事後比較

生氣各小題	華語水平	華語水平（後續比較）
1.我在學習華語遇到困難時，我會對自己生氣。	.001**	初級>高級, 中級>高級
2.我會因為沒能力參與同學用華語討論作業而感到生氣。	.000***	初級>高級, 中級>高級
3.我會因為無法回答老師華語的問題而感到生氣。	.000***	初級>中級, 初級>高級
4.我會因為沒辦法在上課時使用流利的華語而感到生氣。	.000***	初級>高級, 中級>高級
5.上華語課時，我會因為表達不出我的想法而感到生氣。	.011*	初級>高級

註：n=229，*p＜.05，** p＜.01，*** p＜.001

四　希望

根據表32及33，國際生背景變項的「區域別」、「是否為僑生」與「華語水平」在「希望」學業情緒中有顯著差異（p 值＜.001）。第5題「老師上課多用華語講課，我會感到對學習華語更有信心。」在「區域別」的背景變項有顯著差異（p 值＜.001）。由後續比較可看出亞洲、美洲和歐洲國際生在第5題顯著高於非洲之國際生；表示亞洲、美洲和歐洲國際生在「老師上課多用華語講課，我會感到對學習華語更有信心。」的情境產生「希望」的華語學業情緒顯著多於非洲國際生。第3題「如果可以增加華語課，我對學習華語更是充滿希望。」與第5題「老師上課多用華語講課，我會感到對學習華語更有信心。」在「是否為僑生」背景變項達到顯著差異（p 值＜.05）。透過後續比較看出僑生的平均數在第3題與第5題顯著高於非僑生；表示僑生在「如果可以增加華語課，我對學習華語更是充滿希望。」、「老師上課多用華語講課，我會感到對學習華語更有信心。」等情境產生「希望」的華語學業情緒顯著多於非僑生。而第1題、第2題與第5題在「華語水平」背景變項達到顯著差異（p 值＜.05）。透過後續比較看出中級者的平均數在第 1題顯著高於初級者；表示中級者在「學習進步，讓我對學習華語的過程充滿希望。」的情境產生「希望」的華語學業情緒顯著多於初級者。高級者的平均數在第2題顯著高於初級者；表示高級者在「在學習華語的過程中，我感到很有信心。」的情境產生「希望」的華語學業情緒顯著多於初級者。中級者和高級者的平均數在第5題皆顯著高於初級者；表示中級者和高級者在「老師上課多用華語講課，我會感到對學習華語更有信心。」的情境產生「希望」的華語學業情緒顯著多於初級者。

表32　國際生背景變項與華語學業情緒「希望」之差異分析

背景變項	Wilks' Lambda 顯著性
區域別	.000***
年齡別	.642
性別	.352
是否為僑生	.000***
華語水平	.000***

註：n=229，*p＜.05，** p＜.01，*** p＜.001

表33　國際生背景變項與華語學業情緒「希望」——雪費事後比較

希望各小題	區域別	區域別（後續比較）	是否為僑生	是否為僑生（後續比較）	華語水平	華語水平（後續比較）
1.學習進步，讓我對學習華語的過程充滿希望。	.385		.873		.036*	中級>初級
2.在學習華語的過程中，我感到很有信心。	.369		.584		.029*	高級>初級
3.如果可以增加華語課，我對學習華語更是充滿希望。	.334		.000***	是>否	.110	
4.當我完成華語作業，我感到對學習華語更有信心。	.153		.512		.242	
5.老師上課多用華語講課，我會感到對學習華語更有信心。	.000***	亞洲>非洲, 美洲>非洲, 歐洲>非洲	.019*	是>否	.001**	中級>初級, 高級>初級

註：n=229，*p＜.05，** p＜.01，*** p＜.001

五　焦慮

根據表34及35，國際生背景變項的「是否為僑生」與「華語水平」在「焦慮」的學業情緒中有顯著差異（p 值<.001）。第1題、第4題與第5題在「是否為僑生」背景變項皆達到顯著差異（p 值<.05）。透過後續比較看出非僑生的平均數在第1題、第4題與第5題皆顯著高於僑生；表示非僑生在「我的華語口說一直沒辦法進步，讓我感到很焦慮。」、「在臺灣同學面前說華語會讓我覺得焦慮。」、「我會因為到這陌生的華語學習環境而感到焦慮。」等情境產生「焦慮」的華語學業情緒顯著多於僑生。所有「焦慮」華語學業情緒的各小題在「華語水平」的背景變項皆有顯著差異（p 值<.01）。透過後續比較看出初級者的平均數在第1題和第3題皆顯著高於高級者；表示初級者在「我的華語口說一直沒辦法進步，讓我感到很焦慮。」、「當我無法回答老師華語的問題，我會感到很焦慮。」等情境產生「焦慮」的華語學業情緒顯著多於高級者。而初級者的平均數在第2題、第4題與第 5題皆顯著高於中級者和高級者；表示初級者在「我會因為學習華語的程度跟不上同學而感到焦慮。」、「在臺灣同學面前說華語會讓我覺得焦慮。」、「我會因為到這陌生的華語學習環境而感到焦慮。」等情境產生「焦慮」的華語學業情緒顯著多於中級者和高級者。

表34　國際生背景變項與華語學業情緒「焦慮」之差異分析

背景變項	Wilks' Lambda 顯著性
區域別	.645
年齡別	.558
性別	.273
是否為僑生	.000***
華語水平	.000***

註：n=229，*p<.05，** p<.01，*** p<.001

表35　國際生背景變項與華語學業情緒「焦慮」——雪費事後比較

焦慮各小題	是否為僑生	是否為僑生（後續比較）	華語水平	華語水平（後續比較）
1.我的華語口說一直沒辦法進步，讓我感到很焦慮。	.000***	否>是	.000***	初級>高級
2.我會因為學習華語的程度跟不上同學而感到焦慮。	.589		.002**	初級>中級,初級>高級
3.當我無法回答老師華語的問題，我會感到很焦慮。	.171		.007**	初級>高級
4.在臺灣同學面前說華語會讓我覺得焦慮。	.011*	否>是	.000***	初級>中級,初級>高級
5.我會因為到這陌生的華語學習環境而感到焦慮。	.001**	否>是	.000***	初級>中級,初級>高級

註：n=229，*p＜.05，** p＜.01，*** p＜.001

六　羞愧

根據表36及37，國際生背景變項的「華語水平」在「羞愧」的華語學業情緒中有顯著差異（p 值＜.01）。所有「羞愧」的華語學業情緒的各小題在「華語水平」的背景變項皆有顯著差異（p 值＜.01）。透過後續比較看出初級者的平均數在第1題和第5題皆顯著高於高級者；表示初級者在「我華語考試永遠考得比別人差，讓我感到很羞愧。」、「我會感到很羞愧，因為我無法完成華語作業。」等情境產生「羞愧」的華語學業情緒顯著多於高級者。而初級者的平均數在第3題與第4題皆顯著高於中級者和高級者；表示初級者在「我會因為自己的華語口音與其他同學不同而感到羞愧。」、「聽不懂同學說華語的內容會讓我感到羞愧。」等情境產生「羞愧」的華語學業情緒顯著多於中級者和高級者。此外，初級者、中級者的平均數在第2題皆顯著高於高級者；表示初級者、中級者在「我會因為同學的華語能力比我好而感到羞愧。」的情境產生「羞愧」的華語學業情緒顯著多於高級者。

表36　國際生背景變項與華語學業情緒「羞愧」之差異分析

背景變項	Wilks' Lambda 顯著性
區域別	.229
年齡別	.322
性別	.743
是否為僑生	.057
華語水平	.002**

註：n=229，*p＜.05，** p＜.01，*** p＜.001

表37　國際生背景變項與華語學業情緒「羞愧」——雪費事後比較

羞愧各小題	華語水平	華語水平（後續比較）
1.我華語考試永遠考得比別人差，讓我感到很羞愧。	.002**	初級>高級
2.我會因為同學的華語能力比我好而感到羞愧。	.000***	初級>高級, 中級>高級
3.我會因為自己的華語口音與其他同學不同而感到羞愧。	.002**	初級>中級, 初級>高級
4.聽不懂同學說華語的內容會讓我感到羞愧。	.000***	初級>中級, 初級>高級

羞愧各小題	華語水平	華語水平（後續比較）
5.我會感到很羞愧，因為我無法完成華語作業。	.006**	初級>高級

註：n=229，*p＜.05，** p＜.01，*** p＜.001

七　無望

根據表38及39，國際生背景變項的「華語水平」在「無望」的華語學業情緒中有顯著差異（p 值＜.001）。第2題「我會因為同儕能力比我好，而降低我學習華語的意願。」、第3題「我會因為挫折，對學習華語感到無望。」和第5題「我會因為沒辦法完成華語作業而感到無助。」在「華語水平」的背景變項皆有顯著差異（p 值＜.01）。透過後續比較看出初級者的平均數在第2題和第5題皆顯著高於中級者；表示初級者在「我會因為同儕能力比我好，而降低我學習華語的意願。」、「我會因為沒辦法完成華語作業而感到無助。」等情境產生「無望」的華語學業情緒顯著多於中級者。而初級者的平均數在第3題顯著高於中級者和高級者；表示初級者在「我會因為挫折，對學習華語感到無望。」的情境產生「無望」的華語學業情緒顯著多於中級者和高級者。

表38　國際生背景變項與華語學業情緒「無望」之差異分析

背景變項	Wilks' Lambda 顯著性
區域別	.163
年齡別	.364
性別	.403
是否為僑生	.425
華語水平	.000***

註：n=229，*p＜.05，** p＜.01，*** p＜.001

表39　國際生背景變項與華語學業情緒「無望」——雪費事後比較

無望各小題	華語水平	華語水平（後續比較）
1.當我華語考試考得不好，我會感到很無望。	.099	
2.我會因為同儕能力比我好，而降低我學習華語的意願。	.001**	初級>中級
3.我會因為挫折，對學習華語感到無望。	.001**	初級>中級, 初級>高級
4.因為華語考試考得不好，我會感到很無望。	.349	
5.我會因為沒辦法完成華語作業而感到無助。	.002**	初級>中級

註：n=229，*p＜.05，** p＜.01，*** p＜.001

八　厭煩

根據表40及41，國際生背景變項的「年齡」與「華語水平」在「厭煩」的華語學業情緒中有顯著差異（p 值＜.01）。第1題「看到我的分數，我會很厭煩不想學習華語。」、第3題「我會因為上課無趣，而對學習華語感到厭煩。」與第5題「我在學習華語的過程經常會感到厭煩。」在年齡的背景變項有顯著差異（p 值＜.05）。由後續比較可看出18至20歲和21至25歲之國際生在第3題和第5題皆顯著高於26歲以上之國際生；表示18至20歲和21至25歲國際生在「我會因為上課無趣，而對學習華語感到厭煩。」、「我在學習華語的過程經常會感到厭煩。」等情境產生「厭煩」的華語學業情緒顯著多於26歲以上之國際生。而21-25歲之國際生在第1題顯著高於18至20歲和26歲以上之國際生；表示21-25歲國際生在「看到我的分數，我會很厭煩不想學習華語。」的情境產生「厭煩」的華語學業情緒顯著多於於18至20歲和26歲以上之國際生。

而第1題、第2題、第4題與第5題在不同「華語水平」背景變項達到顯著差異（p 值＜.05）。透過後續比較看出初級者的平均數在第1題、第2題和第4題顯著高於中級者；表示初級者在「看到我的分數，我會很厭煩不想學習華語。」、「我會因為回答不出老師華語的問題而覺得很厭煩。」、「我會因為華語一直無法進步而感到厭煩。」等情境產生「厭煩」的華語學業情緒顯著多於中級者。此外，初級者的平均數在第5題顯著高於中級和高級者；表示初級者在「我在學習華語的過程經常會感到厭煩。」的情境產生「厭煩」的華語學業情緒顯著多於中級者和高級者。

表40　國際生背景變項與華語學業情緒「厭煩」之差異分析

背景變項	Wilks' Lambda 顯著性
區域別	.129
年齡別	.004**
性別	.742
是否為僑生	.152
華語水平	.000***

註：$n=229$，$^{*}p<.05$，$^{**}p<.01$，$^{***}p<.001$

表41　國際生背景變項與華語學業情緒「厭煩」——雪費事後比較

厭煩各小題	年齡	年齡（後續比較）	華語水平	華語水平（後續比較）
1.看到我的分數，我會很厭煩不想學習華語。	.002**	21-25>18-20, 21-25>26+	.006**	初級>中級
2.我會因為回答不出老師華語的問題而覺得很厭煩。	.594		.000***	初級>中級
3.我會因為上課無趣，而對學習華語感到厭煩。	.002**	18-20>26+, 21-25>26+	.263	
4.我會因為華語一直無法進步而感到厭煩。	.186		.010*	初級>中級
5.我在學習華語的過程經常會感到厭煩。	.015*	18-20>26+, 21-25>26+	.000***	初級>中級, 初級>高級

註：$n=229$，$^{*}p<.05$，$^{**}p<.01$，$^{***}p<.001$

九　放鬆

根據表42及43，國際生背景變項的「是否為僑生」與「華語水平」在「放鬆」的華語學業情緒中有顯著差異（*p* 值＜.01）。第5題在「是否為僑生」背景變項達到顯著差異（*p* 值＜.01）。透過後續比較看出僑生的平均數在第5題顯著高於非僑生；表示僑生在「我在上課使用華語時覺得很放鬆。」的情境產生「放鬆」的華語學業情緒顯著多於非僑生。而第5題同樣在「華語水平」的背景變項亦有顯著差異（*p* 值＜.001），透過後續比較看出中級和高級者的平均數在第5題顯著高於初級者；表示中級和高級者在「我在上課使用華語時覺得很放鬆。」的情境產生「放鬆」的華語學業情緒顯著多於初級者。

表42　國際生背景變項與華語學業情緒「放鬆」之差異分析

背景變項	Wilks' Lambda 顯著性
區域別	.165
年齡別	.385
性別	.313
是否為僑生	.007**
華語水平	.004**

註：n=229，*p＜.05，** p＜.01，*** p＜.001

表43　國際生背景變項與華語學業成敗情緒「放鬆」──雪費事後比較

放鬆各小題	是否為僑生	是否為僑生（後續比較）	華語水平	華語水平（後續比較）
1.華語考試考得不好時，老師的鼓勵令我感到放鬆。	.126		.969	
2.老師上課說華語故事讓我感到放鬆。	.855		.413	
3.用華語歌來學習華語會令我感到放鬆。	.766		.510	
4.我在上華語課時感到很放鬆。	.696		.073	
5.我在上課使用華語時覺得很放鬆。	.006**	是>否	.000***	中級>初級, 高級>初級

註：n=229，*p＜.05，** p＜.01，*** p＜.001

根據以上分析可再次驗證學業情緒具有情境依賴（Context-dependent）的本質，故在不同的學習脈絡（Learning Context）下會衍生出不同的學業情緒。此外，再根據以上實證之總結：不同的背景變項影響華語學業情緒的得分有顯著差異，表44中以打勾區塊呈現有顯著差異的項目。

表44　不同背景變項影響華語學業情緒得分有顯著差異的項目

不同的背景變項使得華語學業情緒得分有顯著差異的項目									
背景變項	享受	自豪	生氣	希望	焦慮	羞愧	無望	厭煩	放鬆
區域別		✓		✓					
年齡別	✓							✓	
性別									
是否為僑生				✓	✓				✓
華語水平	✓		✓	✓	✓	✓	✓	✓	✓

此外，國際生華語學業成敗歸因與華語學業情緒中個別題項前五名排名、後五名排名的分析，詳見附錄七。由於該附錄的呈現意義乃是透過受試者所回饋「國際生華語學習經驗問卷」與「華語學習情形問卷」的統計其答題頻率前五名和後五名排名；即研究者額外提供另一個不同的視角得知國際生針對華語學業成敗歸因與華語學業情緒的傾向，亦作為對此學業歸因現象和學業情緒現象的理解提供另一種形式的補充與參考；故將之置於附錄。例如由此分析可得知：考題難度第1題「如果華語考題簡單，我就比較容易考得好。」不僅是國際生華語學業成敗歸因答題頻率的前一名，亦是亞洲和歐洲國際生歸因程度答題頻率前一名、18-20歲和21-25歲國際生歸因答題頻率的前一名、男女兩組國際生歸因答題頻率的前一名、僑生及非僑生兩組國際生歸因答題頻率的前一名、華語水平初級、中級和高級3組國際生歸因答題頻率的前一名。若以個別題項來說，可見考題難度第1題是國際生華語學業成敗歸因答題頻率的前一名。

第九節　回應研究問題5：國際生以華語作為第二語言之學業成敗歸因與學業情緒關聯為何？

本節旨在探討國際生以華語作為第二語言之學業成敗歸因與學業情緒之間的關聯，以皮爾森積差相關（Pearson Correlation）分析國際生之「考試運氣」、「用功努力」、「個人能力」、「考題難度」等4個層面的華語學業成敗歸因與華語的「享受」、「自豪」、「生氣」、「希望」、「焦慮」、「羞愧」、「無望」、「厭煩」、「放鬆」等9個層面學業情緒之間的關聯，皮爾森積差相關分析結果如表45所示，用以回應研究問題5及驗證研究假設11。

表45　華語學業成敗歸因與華語學業情緒相關性之分析

	考試運氣	用功努力	個人能力	考題難度
享受	-.138*	.609**	-.381**	-.158*
自豪	-.041	.411**	-.197**	-.053
生氣	.232**	.211**	.232**	.149*
希望	-.164*	.581**	-.351**	-.194**
焦慮	.307**	.143*	.340**	.237**
羞愧	.326**	.159*	.295**	.196**
無望	.378**	.155*	.322**	.222**
厭煩	.412**	-.026	.408**	.303**
放鬆	-.059	.391**	-.192**	-.071

註：n=229，*$p<.05$，** $p<.01$

由表45可知，國際生之華語學業成敗歸因與華語學業情緒之間的關聯情形，茲將結果分析如下：

一　「考試運氣」層面

(一)「考試運氣」與「生氣」、「焦慮」、「羞愧」、「無望」、「厭煩」等5種華語學業情緒之間皆有顯著正相關

本研究顯示，國際生歸因於「考試運氣」與「生氣」、「焦慮」、「羞愧」、「無望」、「厭煩」等5種華語學業情緒之間皆有顯著正相關（p 值＜.05）。亦即國際生歸因於「考試運氣」的程度越高，在學習華語時的「生氣」、「焦慮」、「羞愧」、「無望」、「厭煩」等5種華語學業情緒亦越多。反之，國際生歸因於「考試運氣」的程度越低，在學習華語時的「生氣」、「焦慮」、「羞愧」、「無望」、「厭煩」等5種華語學業情緒亦越少。在這5種華語學業情緒中，「考試運氣」與「厭煩」的正向關聯性最高，為 r=.412；與「生氣」的正向關聯性最低，為 r=.232。亦即是國際生歸因於「考試運氣」的程度越高，對未來的學習較容易產生「生氣」、「焦慮」、「羞愧」、「無望」、「厭煩」等5種華語學業情緒。

(二)「考試運氣」與「享受」、「希望」等兩種華語學業情緒皆有顯著負相關

「考試運氣」與「享受」、「希望」等兩種華語學業情緒之間皆有顯著負相關（p 值＜.05）。亦即國際生歸因於「考試運氣」的程度越高，在學習華語時的「享受」、「希望」等兩種華語學業情緒則越少。反之，國際生歸因於「考試運氣」的程度越低，在學習華語時的「享受」、「希望」等兩種華語學業情緒亦越多。在這兩種華語學業情緒中，「考試運氣」與「希望」的負向關聯性最高，為 r=-.164；與「享受」的負向關聯性最低，為 r=-.138。

（三）「考試運氣」與「自豪」、「放鬆」等兩種華語學業情緒皆無顯著相關

本研究顯示，國際生歸因於「考試運氣」與「自豪」、「放鬆」等兩種華語學業情緒皆無顯著相關（p 值>.05）。顯示出國際生歸因於「考試運氣」的程度與學習華語時的「自豪」、「放鬆」等兩種學業情緒的多寡程度無顯著相關。

二　「用功努力」層面

（一）「用功努力」與「享受」、「自豪」、「生氣」、「希望」、「焦慮」、「羞愧」、「無望」、「放鬆」等8種華語學業情緒之間皆有顯著正相關

本研究顯示，國際生歸因於「用功努力」與「享受」、「自豪」、「生氣」、「希望」、「焦慮」、「羞愧」、「無望」、「放鬆」等8種華語學業情緒之間皆有顯著正相關（p 值＜.05）。亦即國際生歸因於「用功努力」的程度越高，在學習華語時的「享受」、「自豪」、「生氣」、「希望」、「焦慮」、「羞愧」、「無望」、「放鬆」等8種華語學業情緒亦越多。反之，國際生歸因於「用功努力」的程度越低，在學習華語時的「享受」、「自豪」、「生氣」、「希望」、「焦慮」、「羞愧」、「無望」、「放鬆」等8種華語學業情緒亦越少。在這8種華語學業情緒中，「用功努力」與「享受」的正向關聯性最高，為 r=.609；與「焦慮」的正向關聯性最低，為 r=.143。亦即是國際生歸因於「用功努力」的程度越高，也越能享受學習華語的樂趣，對未來的學習感覺有希望，對自己的學習成果感到自豪，面對考試越有放鬆的感覺，在學習時越能體驗到越多正向的學業情緒。當國際生感到用功不足的時候，較容易產生

「生氣」、「焦慮」、「羞愧」、「無望」等情緒。

(二)「用功努力」與華語學業情緒中的「厭煩」無顯著相關

本研究顯示，國際生歸因於「用功努力」與華語學業情緒中的「厭煩」無顯著相關（*p* 值>.05）。顯示出國際生歸因於「用功努力」的程度與學習華語時的「厭煩」學業情緒的多寡程度無顯著相關。

三　「個人能力」層面

(一)「個人能力」與「生氣」、「焦慮」、「羞愧」、「無望」、「厭煩」等5種華語學業情緒皆有顯著正相關

本研究顯示，國際生歸因於「個人能力」與「生氣」、「焦慮」、「羞愧」、「無望」、「厭煩」等5種華語學業情緒皆有顯著正相關（*p* 值＜.05）。亦即國際生歸因於「個人能力」的程度越高，在學習華語時的「生氣」、「焦慮」、「羞愧」、「無望」、「厭煩」等5種華語學業情緒亦越多。反之，國際生歸因於「個人能力」的程度越低，在學習華語時的「生氣」、「焦慮」、「羞愧」、「無望」、「厭煩」等5種華語學業情緒亦越少。「個人能力」與「厭煩」的正向相關性最高，為 r=.408；與「生氣」的正向關聯性最低，為 r=.232。亦即是國際生將華語學業失敗歸因於個人能力不足的程度越高，亦較有厭煩的情緒。

(二)「個人能力」與「享受」、「自豪」、「希望」、「放鬆」等4種華語學業情緒皆有顯著負相關

本研究顯示，國際生歸因於「個人能力」與「享受」、「自豪」、「希望」、「放鬆」等4種華語學業情緒皆有顯著負相關（*p* 值＜.05）。

亦即國際生歸因於「個人能力」的程度越高，在學習華語時的「享受」、「自豪」、「希望」、「放鬆」等4種華語學業情緒則越少。反之，國際生歸因於「個人能力」的程度越低，在學習華語時的「享受」、「自豪」、「希望」、「放鬆」等4種華語學業情緒則越多。在這4種情緒中，「個人能力」與「享受」的負向相關性最高，為 r=-.381；與「放鬆」的負向關聯性最低，為 r=-.192。亦即是國際生歸因於「個人能力」的程度越高，在學習華語時的「享受」、「自豪」、「希望」、「放鬆」4等種情緒則越少。

四　「考題難度」層面

（一）「考題難度」與「生氣」、「焦慮」、「羞愧」、「無望」、「厭煩」等5種華語學業情緒皆有顯著正相關

本研究顯示，國際生歸因於「考題難度」與「生氣」、「焦慮」、「羞愧」、「無望」、「厭煩」等5種華語學業情緒皆有顯著正相關（p值＜.05）。亦即國際生歸因於「考題難度」的程度越高，在學習華語時的「生氣」、「焦慮」、「羞愧」、「無望」、「厭煩」等5種華語學業情緒亦越多。反之，國際生歸因於「考題難度」的程度越低，在學習華語時的「生氣」、「焦慮」、「羞愧」、「無望」、「厭煩」等5種華語學業情緒亦越少。「考題難度」與「厭煩」的正向相關性最高，為 r=.303；與「生氣」的正向關聯性最低，為 r=.149。亦即是國際生將華語學業成敗歸因於「考題難度」的程度越高，亦較有「厭煩」的情緒。此外，國際生對於華語學習亦較容易產生不確定的「焦慮」、「羞愧」、「無望」和「生氣」等情緒。

（二）「考題難度」與「享受」、「希望」等兩種華語學業情緒皆有顯著負相關

本研究顯示，國際生歸因於「考題難度」與「享受」、「希望」等兩種華語學業情緒皆有顯著負相關（p 值＜.05）。亦即國際生歸因於「考題難度」的程度越高，在學習華語時的「享受」、「希望」等兩種華語學業情緒則越少。反之，國際生歸因於「考題難度」的程度越低，在學習華語時的「享受」、「希望」等兩種華語學業情緒則越多。在這兩種情緒中，「考題難度」與「希望」的負向相關性最高，為 r=-.194；與「享受」的負向關聯性較低，為 r=-.158。亦即是國際生歸因於「考題難度」的程度越高，在學習華語時的「享受」、「希望」等兩種正向情緒則越少。

（三）「考題難度」與「自豪」、「放鬆」等兩種華語學業情緒皆無顯著相關

本研究顯示，國際生歸因於「考題難度」與「自豪」、「放鬆」等兩種華語學業情緒皆無顯著相關（p 值>.05）。顯示出國際生歸因於「考題難度」的程度與學習華語時的「自豪」、「放鬆」等兩種學業情緒的多寡程度無顯著相關。

總之，根據以上研究結果顯示：除了「用功努力」與厭煩無顯著相關，其他所有學業成敗歸因都與負向情緒呈現顯著正相關，只有歸因於「用功努力」與正向情緒呈現顯著正相關。

第十節　延伸回應研究問題5：國際生華語學業成敗歸因與華語學業情緒的關聯

本研究欲深入探討國際生華語學業成敗歸因與華語學業情緒之間的關係，在第四章第九節中進行了皮爾森積差相關分析，數據顯示：除了「用功努力」與厭煩無顯著相關，其他所有學業成敗歸因都與負向情緒呈現顯著正相關，只有歸因於「用功努力」與正向情緒呈現顯著正相關，有直線相關的性質。所以本文欲進一步探討學業成敗歸因與學業情緒之間是否有因果關係。本文呼應以上的推論，將9種情緒分組簡化為正向與負向情緒兩個構面，以結構方程式模型進行因果關係的估計。

STATA 的 SEM 初步的估計結果見圖6，模型的整體配適度不甚理想（卡方值6890.260，對應之 p 值為 .000，一般要求 p 值>.1），因此不能確立華語學業成敗歸因（4個歸因）與華語學業情緒（正向與負向兩種情緒）其間的因果關聯。其估計係數（只顯示具統計顯著性者）顯示：考試運氣、考題難度的學業成敗歸因與情學業緒無因果關係。於是進行模型修正，刪除考試運氣、考題難度兩個歸因後得估計結果，見圖7，但兩個歸因對兩種情緒之模型的整體配適度亦不理想（卡方值5031.959，對應之 p 值為 .000），因此不能確立華語學業成敗歸因（4個歸因）其間的因果關聯。其估計係數（只顯示具統計顯著性者）顯示：「用功努力」之學業成敗歸因與正向與負向情緒為正相關，「個人能力」之學業成敗歸因只與負向情緒有正相關。這個正向、負向關係與皮爾森積差相關分析的結果一致，變項之間具有相關性。但因結構方程式的估計模型配適度不好，無法用來推論兩構面間的因果關係。因兩變項間若有相關，其前提是兩變數背後有共同因子，或是兩變數之間有因果關係，由以上的估計結果，可推論國際生的華語學業成敗歸因與華語學業情緒兩構面之間雖有直線相關，但4

個歸因與兩種情緒之間無法確立有因果關係，兩個歸因與兩種情緒亦無法確立有因果關係。此外，華語學業成敗歸因與華語學業情緒兩構面之間的結構方程式模型估計無法收斂，所以後續研究應加入其他構面為中介變數或干擾變數，找出背後的共同因子，例如：自我效能感、學習策略、學習動機、學習脈絡、學習成就、自我調整學習歷程等。

此外，本研究顯示，不同的背景在國際生的華語學業成敗歸因與華語學業情緒上的表現是有差異的。所以本研究將樣本按性別分類估計兩個學業成敗歸因（「用功努力」歸因與「個人能力」歸因）對兩種學業情緒（正向情緒與負向情緒）之間的關聯，其中，模型的整體配適度亦不理想（卡方值8446.70，對應之 *p* 值為 .000），但模型配適度指標中的 SRMR 值 .127趨近於0，而 CD 值為 .9825趨近於1，模型配適度高[8]。由圖8，男國際生中，「個人能力」與正向情緒呈現負相關。由圖9，但女國際生中，「個人能力」與正向情緒之間無因果關係。所以，國際生的華語學業成敗歸因與華語學業情緒兩構面之間的關係會受到樣本特性差異的影響。進一步檢定兩分類參數的相同性時，檢定由「個人能力」歸因到負向情緒之間的路徑係數無差異的 *p* 值為 .0574，在顯著水準為 .01時，此一路徑係數在兩分類中是有差異的，此外還有5個衡量變數的變異數亦有顯著差異。所以現有這個模型的測量不變性也未得肯定。

綜合以上的分析，單一樣本的模型中，無法確立國際生的華語學業成敗歸因（兩個歸因）與華語學業情緒（兩種情緒）之間的因果關係，往後應該視樣本的分類變數為新增構面建構多構面的結構方程式模型，更深入分析國際生華語學業成敗歸因與華語學業情緒兩構面之間的因果關係。

---

8 參考StataCorp. (2021). *Stata Statistical Software: Release 17*. College Station, TX: StataCorp LLC.。

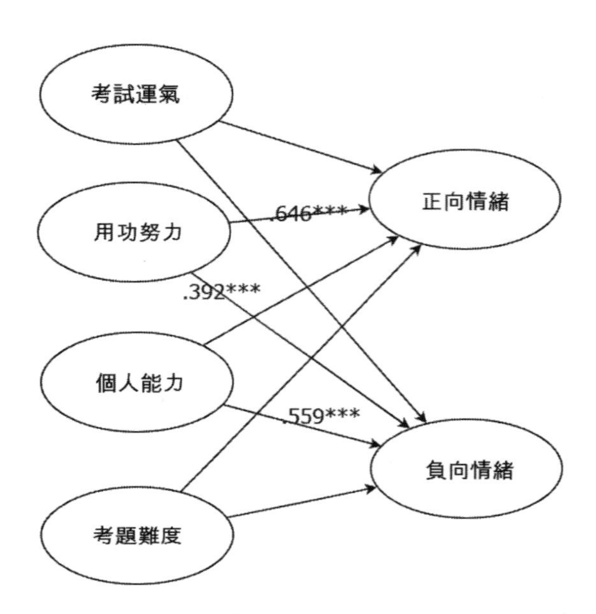

圖6 4個華語學業成敗歸因與兩種華語學業情緒關係之結構方程式估計結果簡圖

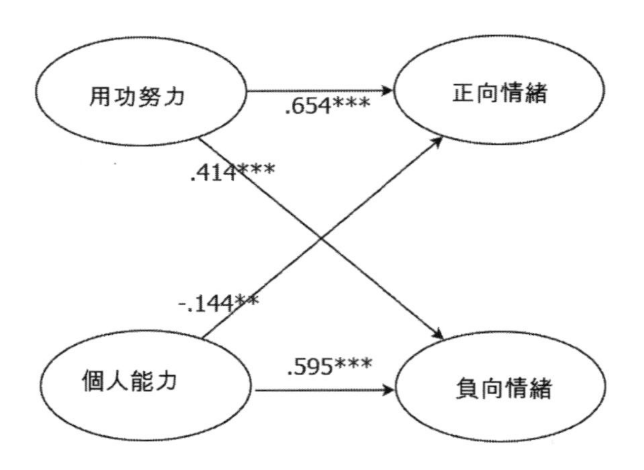

圖7 兩個華語學業成敗歸因與兩種華語學業情緒關係之結構方程式估計結果簡圖

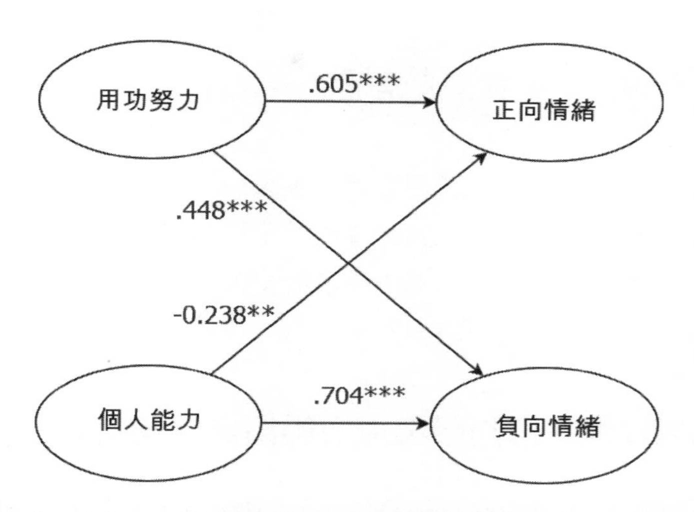

圖8　兩個華語學業成敗歸因與兩種華語學業情緒關係之結構方程式估計結果簡圖——男國際生

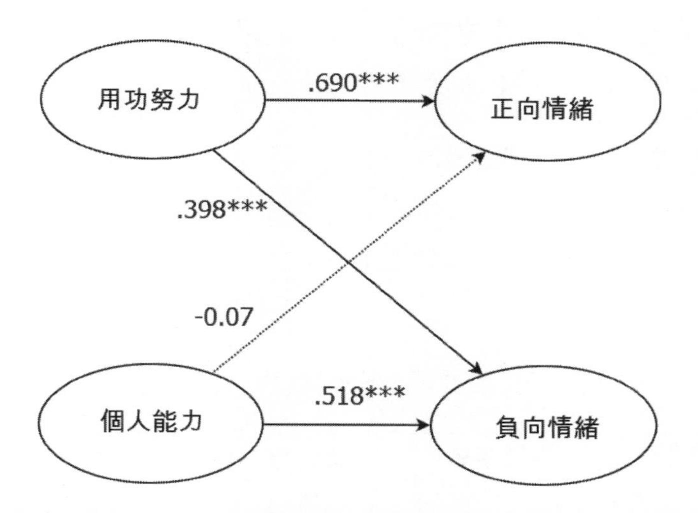

圖9　兩個華語學業成敗歸因與兩種華語學業情緒關係之結構方程式估計結果簡圖——女國際生

第十一節　調查後的訪談

訪談的目的除了主要是與實證結果驗證是否一致之外，乃是為了更深入了解北臺灣桃園地區大學國際生以華語為第二語言之學業成敗歸因與學業情緒關聯。透過十位國際生，包含五位男生和五位女生進行訪談後，將訪談結果歸納如下。

一　男國際生華語學業成敗歸因之訪談結果

本研究訪談採半開放式問卷，包含單選題、複選題與簡答題；其中華語學業成敗歸因為單選題，華語學業情緒為複選題，其餘則是簡答題。

（一）大部分的男國際生將華語學業成敗歸因（單選題）歸因於「用功努力」

根據「國際生華語學業成敗歸因量表」針對性別的調查結果，透過實證分析應亦可得出大部分的男國際生將華語學業成敗歸因歸因於「用功努力」的特性，以此增加列表說明樣本中229人的平均評分，如表46。

表46　「國際生華語學業成敗歸因量表」針對性別的調查結果

學業成敗歸因／性別	考試運氣	用功努力	個人能力	考題難度
男	2.30	3.45	2.54	2.97
女	2.34	3.52	2.48	2.96

本調查研究國際生將華語學業成敗歸因於「用功努力」層面的程度最高，此訪談結果符合本調查研究結果：國際生歸因於「用功努力」層面的比例最高，認為「用功努力」是影響華語個人成績的最大因素；亦與國內外相關研究結果相同（張潔妤，2010；Moket al., 2011）。根據訪談研究結果顯示，大部分的男國際生，五位男生中有三位認為「用功努力」是影響華語學業個人成績的最大因素。例如國際生 M4210606 表示：「用功努力的學生成績比較好」。又如國際生 M5210615說：「如果想考高分的話，用功努力是好的方法」。

部分的男國際生將華語學業成敗歸因歸因於「個人能力」，五位男生中有兩位男生認為「個人能力」是影響華語個人成績的最大因素；他們認為個人能力的高低如聰明智力可決定學生成績的好壞。

在「個人能力」方面，國內外研究男性比女性較傾向歸因於能力因素（李冠儀，2008；陳佩娟，2007；葛建志，2005；Deaux & Farris, 1977；Feather, 1969）。然而，本訪談結果、本調查研究與男性比女性較傾向歸因於能力因素的相關研究結果不符。因本次訪談十位當中，無論男女皆各有三位國際生將華語學業成敗歸因於「用功努力」；各有兩位國際生將華語學業成敗歸因於「個人能力」。因此，本訪談結果和本調查研究在不同「性別」的背景變項在國際生的華語學業成敗歸因上未達顯著差異相同。

（二）歸因於「用功努力」的男國際生感受到（複選題）「享受」、「希望」、「自豪」、「焦慮」、「無望」、「羞愧」等情緒

部分男國際生將華語學業成敗歸因於「用功努力」會產生「享受」、「希望」、「自豪」等正面情緒，如國際生 M4210314 說：「因為我

花時間知道如何使用單字和語法[9]」。亦有些男國際生則有「焦慮」、「無望」、「羞愧」等負面情緒，如國際生 M5210314 說：「……懶惰，上課注意力不集中[10]」。由此可見歸因於「用功努力」的男國際生表現出享受、希望等正面情緒，若用功不足有些則有焦慮、無望、羞愧等負面情緒。顯然歸因於「用功努力」的男國際生易產生享受、希望、自豪、焦慮、無望、羞愧等華語學業情緒。

（三）歸因於「個人能力」的男國際生感受到（複選題）「希望」、「享受」、「自豪」、「焦慮」、「無望」、「生氣」等情緒

歸因於「個人能力」的男國際生中，在學習華語上呈現較多的「希望」、「享受」、「自豪」等情緒；其中希望的情緒最多，其次為享受的情緒。McQuillan（2000）與 Nicholls（1976）亦指出男性在面對事情成敗時，通常易高估自己能力的歸因型態，多把成功歸因於自己的能力。例如國際生 M2210615 說：「個人能力好的話，不但學得快，而且成績較好；有些人很努力學，但是他們的成績不一定好」。而男學生也將成績好壞歸因於個人能力。有些男國際生則有「焦慮」、「無望」、「生氣」等負面情緒，例如國際生 M1210606 表示：「用功努力雖然很重要，儘管你用功努力，如果你的基本聽力理解是你的弱點，你的進步將是有限的[11]」。顯然歸因於「個人能力」的男國際生易產生「希望」、「享受」、「自豪」、「焦慮」、「無望」、「生氣」等華語學業情緒。

---

9 英文原文如下：Because I spend time knowing how to use words and grammar.

10 英文原文如下：…lazy, not focus enough for class.

11 英文原文如下：Hard work is very important but if despite your effort, your basic aural comprehension is your weakness, your progress will be limited.

二　女國際生華語學業成敗歸因之訪談結果

（一）大部分的女國際生將華語學業成敗歸因（單選題）歸因於「用功努力」

根據訪談研究結果顯示，本次訪談共五位女國際生，其中亦有三位認為「用功努力」是影響華語學業個人成績的最大因素。例如國際生 F1210606 表示：「用功努力的學生成績比較好」。又如國際生 F2210615說：「如果想考高分的話，用功努力是好的方法」。符合本調查研究結果，學生歸因於「用功努力」層面的比例最高。

（二）歸因於「用功努力」的女國際生感受到（複選題）「享受」、「放鬆」、「生氣」、「無望」等情緒

成績較好的女國際生將華語學業成敗歸因於「用功努力」會產生享受、放鬆等正面情緒。例如女國際生 F2210314 說：「因為我覺得用功努力很重要，讓我的中文變得更好[12]」。又如女國際生 F1210410 說：「因為學語言，我愛它，努力學，所以我的中文能力就可以提升」。有些成績較差的女國際生則有生氣、無望等負面情緒。如國際生 F3210314說：「因為努力不足，就會覺得中文很難，我就更不能理解」。顯然歸因於「用功努力」的女國際生易產生「享受」、「放鬆」、「生氣」、「無望」等華語學業情緒。

---

12 英文原文如下：Because I think studying hard is important to make my Chinese to be better.

(三)歸因於「個人能力」的女國際生感受到(複選題)「享受」、「放鬆」、「焦慮」、「羞愧」、「生氣」、「厭煩」等情緒

歸因於「個人能力」的女國際生中,成績較好的女學生,在學習華語上呈現較多的享受、放鬆等情緒。如學生 F2210510 說:「華語很容易學,因為華語和越語非常像,覺得上華語課很放鬆[13]」。有些成績較差的女國際生則有「焦慮」、「羞愧」、「生氣」、「厭煩」等負面情緒,例如國際生 F5210510 表示:「如果我記不好單字,成績似乎很低。我認為記單字是提升華語最重要的事情[14]」。顯然歸因於「個人能力」的女國際生易產生「享受」、「放鬆」、「焦慮」、「羞愧」、「生氣」、「厭煩」等華語學業情緒。

三　調查與訪談綜合討論

(一)國際生在華語學業成敗大多歸因於「用功努力」層面

國際生10人中有6人歸因於「用功努力」層面,因此「用功努力」被視為影響華語學業成敗最主要的因素。國際生針對華語學業,通常用功努力就可獲得好成績。顯然國際生在華語學業成敗歸因於「用功努力」層面之訪談結果與本研究之調查結果相呼應。

---

13 英文原文如下:Chinese is very easy to learn, because Chinese is quite similar to Vietnamese, I feel that taking Chinese classes is very relaxing.

14 英文原文如下:If I don't memorize the words well, the grades seem to be low. I think memorizing words is the most important thing to improve Chinese.

（二）男生歸因於「用功努力」、「個人能力」的程度與女生相當

本次訪談十位當中，無論男女皆各有三位國際生將華語學業成敗歸因於「用功努力」；無論男女皆各有兩位國際生將華語學業成敗歸因於「個人能力」。因此，本訪談結果和本調查結果針對不同「性別」的背景變項在國際生的華語學業成敗歸因上未達顯著差異相互呼應。

（三）歸因於「用功努力」的國際生表現出「享受」、「希望」、「自豪」、「放鬆」、「生氣」、「焦慮」、「羞愧」、「無望」等情緒

如受訪者 F1210606 和所有受訪的國際生皆呈現歸因於「用功努力」，表現出「享受」、「希望」、「自豪」、「放鬆」、「生氣」、「焦慮」、「羞愧」、「無望」等情緒。可見國際生歸因於「用功努力」的訪談結果與本研究之調查結果有相呼應的趨勢。顯示出國際生歸因於「用功努力」的程度與學習華語時的「厭煩」學業情緒的多寡程度較無顯著相關的特性。

（四）歸因於「個人能力」的國際生表現出「享受」、「希望」、「自豪」、「放鬆」、「生氣」、「焦慮」、「羞愧」、「無望」、「厭煩」等情緒

如受訪者 M1210606和所有受訪的國際生皆呈現歸因於「個人能力」，表現出「享受」、「希望」、「自豪」、「放鬆」、「生氣」、「焦慮」、「羞愧」、「無望」、「厭煩」等情緒。可見國際生歸因於「個人能力」的訪談結果與本研究之調查結果有相呼應的趨勢。可見，把華語學業成敗歸因於「個人能力」的國際生皆可能感受以上9種不同的情緒。

顯示出國際生歸因於「個人能力」的程度與學習華語時的9種學業情緒的多寡程度較有顯著相關的特性。

（五）國際生在不同的學習脈絡下會衍生出不同的華語學業情緒

根據本次訪談結果顯示，國際生在不同的學習脈絡（Learning Context）下會衍生出不同的華語學業情緒。例如 M2210510 表示：「我喜歡學中文，因為很多人講中文，我覺得很自豪」。F1210510 表示：「我喜歡學華語，因為我感受到自己的進步，覺得上華語課很享受」。又 F4210510則表示：「我喜歡學華語，因為學習另一種語言對我來說很有趣，覺得上華語課充滿希望[15]」。M5210606 則表示：「我不喜歡學華語，因為華語和英語差別很大，覺得上華語課很焦慮、無望[16]」。顯然，國際生在不同的學習脈絡下會衍生出不同的華語學業情緒，故本訪談結果與本調查研究結果有相呼應的趨勢。

15 英文原文如下：I like learning Chinese, because learning another language is interesting and fun for me, I feel hopeful for taking Chinese classes.

16 英文原文如下：I don't like learning Chinese, because Chinese is extremely diverse from English, I feel anxious and hopeless in Chinese class.

第五章
結論

本章旨在回應本文的5個研究問題，分別為：

（1）國際生以華語作為第二語言之學業成敗歸因現況為何？
（2）國際生以華語作為第二語言之學業情緒現況為何？
（3）不同區域別、年齡別、性別、是否為僑生、華語水平等背景變項對國際生華語學業成敗歸因之影響？
（4）不同區域別、年齡別、性別、是否為僑生、華語水平等背景變項對國際生華語學業情緒之影響？
（5）國際生以華語作為第二語言之學業成敗歸因與學業情緒關聯為何？

回應本文的5個研究問題共分以下三大方向：

（1）國際生華語學業成敗歸因分成兩大部分：國際生華語學業成敗歸因的現況與不同背景變項對國際生華語學業成敗歸因的影響；前者用以簡明回應第一個研究問題，後者則簡明回應第三個研究問題。

（2）國際生華語學業情緒亦分成兩大部分：國際生華語學業情緒的現況與不同背景變項對國際生華語學業情緒的影響，前者用以簡明回應第二個研究問題，後者則簡明回應第四個研究問題。

（3）國際生華語學業成敗歸因與華語學業情緒之關聯，用以簡明回應第五個研究問題。

以下依照各方向說明研究結果所作成的結論與建議如下：

第一節　本研究的發現與貢獻

為了探討國際生以華語作為第二語言之學業成敗歸因與學業情緒關聯，本研究在學業成敗歸因方面主要參考 Weiner（1972, 1985）的歸因理論、陳永發（1996）「國小學童學業成敗歸因量表」等文獻，而學業情緒方面則主要參考 Pekrun 等人（2011）的學業情緒量表（Achievement Emotions Questionnaire, AEQ）、董妍和俞國良（2007）等文獻；藉由自編或加以編製修訂以適合大學部國際生，並建置了具有效度與信度的「國際生華語學業成敗歸因量表」與「國際生華語學業情緒量表」，奠定未來建構華語學習成效模式的基礎。

一　實證分析

包含華語學業成敗歸因、華語學業情緒、華語學業成敗歸因與華語學業情緒的關聯等3個主題。

（一）國際生華語學業成敗歸因

1　國際生華語學業成敗歸因現況

研究結果發現，由表12可知，國際生華語學業成敗歸因各層面中，歸因傾向最高的是「用功努力」，最低的則是「考試運氣」。國際生歸因於「用功努力」為「中高程度」;「個人能力」和「考試運氣」的程度為「中低程度」;「考題難度」則屬「中等程度」。差異的部分，其研究結果重點歸納如下：

2　不同背景變項對國際生華語學業成敗歸因的影響

由表14可知，國際生的華語學業成敗歸因受到「年齡別」與「華語水平」等背景變項的影響；而「區域別」、「性別」、「是否為僑生」等背景變項對國際生的華語學業成敗歸因則不造成影響。

（1）年齡別

由表15可知，以「年齡別」的背景變項來說：

a. 在「用功努力」和「個人能力」等兩種層面達顯著差異。
b. 26歲以上的國際生華語學業成敗歸因於「用功努力」顯著多於21到25歲。
c. 21到25歲的國際生華語學業成敗歸因於「個人能力」顯著多於18到20歲。

（2）華語水平

由表15可知，以「華語水平」的背景變項來說：

a. 國際生「華語水平」的背景變項在「考試運氣」、「個人能力」和「考題難度」等3種層面達顯著差異。
b. 初級者的華語學業成敗歸因於「考試運氣」顯著多於中級與高級者。
c. 初級者的華語學業成敗歸因於「個人能力」顯著多於中級與高級者。
d. 初級者的華語學業成敗歸因於「考題難度」顯著多於高級者。

3　國際生背景變項與華語學業成敗歸因量表各小題之差異

（1）考試運氣

由表16和可知，以「考試運氣」的層面來說，在國際生背景變項中的「華語水平」有顯著差異；而根據表17則可得知此層面各小題之差異：

a. 初級者歸因於第1題「華語考試很需要運氣。」顯著多於中級和高級者，而中級者也多於高級者。
b. 初級者華語學業失敗歸因於第2題「我的運氣不好，經常在華語考試的時候猜錯答案。」顯著多於高級者。
c. 初級者華語學業歸因於第3題「華語考試時，我只靠運氣，不靠實力。」顯著多於高級者。
d. 初級者華語學業失敗歸因於第5題「我華語考試考不好，是因為老師都考我不會的題目。」顯著多於中級者及高級者。
e. 初級者華語學業成功歸因於第6題「華語考試時，我常猜中答案。」顯著多於中級者及高級者。
f. 初級者華語學業成敗歸因於第8題「華語考試時，我經常猜答案。」顯著多於中級者及高級者。

以上所有分析結果亦再次印證第三個研究問題的回應：初級者的華語學業成敗歸因於「考試運氣」顯著多於中級與高級者。

（2）用功努力

由表18可知，以「用功努力」的層面來說，在國際生背景變項中的「區域別」和「年齡別」有顯著差異；而根據表19則可得知此層面各小題之差異：

a. 亞洲國際生華語學業成功歸因於第3題「上華語課時，遇到不清楚的地方，我會想去了解。」顯著多於非洲國際生。
b. 26歲以上的國際生華語學業成功歸因於第1題「上華語課時，我會努力做筆記。」顯著多於18到20歲及21到25歲的國際生。
c. 26歲以上的國際生華語學業成功歸因於第4題「上華語課時，都能專心學習。」顯著多於18到20歲及21到25歲的國際生。
d. 18到20歲國際生華語學業成功歸因於第6題「我會去問華語老師關於課程內容不清楚的地方。」顯著多於21到25歲的國際生。
e. 18到20歲國際生華語學業成功歸因於第7題「我努力做完華語作業。」顯著多於21到25歲的國際生。
f. 26歲以上的國際生華語學業成功歸因於第8題「我上華語課很用心。」顯著多於21到25歲的國際生。

以上 b,c,f 之分析結果亦再次印證第三個研究問題的回應：26歲以上的國際生華語學業成敗歸因於「用功努力」顯著多於21到25歲。

（3）個人能力

由表20可知，以「個人能力」的層面來說，在國際生背景變項中的「年齡別」和「華語水平」有顯著差異；而根據表21則可得知此層面各小題之差異：

a. 21到25歲國際生華語學業成功歸因於第4題「上華語課時，我能回答老師的問題。」顯著多於18到20歲的國際生。
b. 21到25歲國際生華語學業成功歸因於第5題「我覺得華語課本的內容是簡單的。」顯著多於18到20歲的國際生。

c. 21到25歲國際生華語學業失敗歸因於第8題「老師上華語課的速度太快，我聽不懂。」顯著多於18到20歲的國際生。
d. 初級者的華語學業失敗歸因於3題「在寫華語作業時，常有不會的題目。」顯著多於中級者。
e. 初級者的華語學業成功歸因於第4題「上華語課時，我能回答老師的問題。」顯著多於中級者和高級者。
f. 初級者的華語學業失敗歸因於第6題「華語老師教的句型太難，所以我不會使用。」顯著多於中級者。
g. 初級者的華語學業失敗歸因於第7題「我不知道怎麼準備華語考試。」顯著多於中級者。
h. 初級者的華語學業失敗歸因於第8題「老師上華語課的速度太快，我聽不懂。」顯著多於中級及高級者。

以上 a,b,c 之分析結果亦再次印證第三個研究問題的回應：21到25歲的國際生華語學業成敗歸因於「個人能力」顯著多於18到20歲。此外，從 d 到 h 之分析結果亦再次印證第三個研究問題的回應：初級者的華語學業成敗歸因於「個人能力」顯著多於中級與高級者。

（4）考題難度

由表22可知，以「考題難度」的層面來說，國際生背景變項中的「華語水平」有顯著差異；而根據表23則可得知此層面各小題之差異：

a. 初級者的華語學業失敗歸因於第2題「如果華語考題太難，我就考不好。」顯著多於高級者。
b. 初級者和中級者的華語學業失敗歸因於第3題「華語考題看不懂，會造成我作答錯誤。」顯著多於高級者。

c. 初級者和中級者的華語學業失敗歸因於第4題「如果華語考試題目太多，我就無法寫完。」顯著多於高級者。

以上 a,b,c 之分析結果亦再次印證第三個研究問題的回應：初級者的華語學業成敗歸因於「考題難度」顯著多於高級者。

（二）國際生華語學業情緒

1　國際生華語學業情緒現況

本研究所設計的9種國際生華語學業情緒在研究結果皆有所呈現，包括「享受」、「希望」、「自豪」、「放鬆」、「生氣」、「焦慮」、「羞愧」、「無望」、「厭煩」。

由表13可知，國際生在華語學業情緒各層面中，情緒傾向最高的是「自豪」，而最低的是「厭煩」。國際生感受到「自豪」、「享受」、「希望」、「放鬆」的程度為「中高程度」，而「焦慮」、「生氣」、「羞愧」、「無望」和「厭煩」的程度則為「中低程度」。

2　不同背景變項對國際生華語學業情緒的影響

由表24得知：國際生的華語學業情緒會受到「是否為僑生」和「華語水平」等背景變項的影響；而「區域別」、「年齡別」、「性別」等背景變項對國際生的華語學業情緒則不造成影響。

(1)「是否為僑生」的背景變項

以「是否為僑生」的背景變項來說，由表25可知：

a. 非僑生在學習華語時的「焦慮」與「羞愧」的學業情緒顯著多於僑生。

b. 國際生不管是僑生或非僑生在學習華語時的「享受」、「自豪」、「生氣」、「希望」、「無望」、「厭煩」、「放鬆」等7種學業情緒皆沒有顯著差異。

(2)「華語水平」的背景變項

以「華語水平」的背景變項來說，由表25可知：

a. 「生氣」、「焦慮」、「羞愧」、「無望」、「厭煩」等5種華語學業情緒皆達顯著差異。
b. 初級者在「無望」的華語學業情緒顯著多於中級者。
c. 初級者在「焦慮」、「厭煩」兩種華語學業情緒皆顯著多於中級與高級者。
d. 初級者在「生氣」、「羞愧」兩種華語學業情緒皆顯著多於中級者，而中級者在這兩種華語學業情緒皆顯著多於高級者。
e. 國際生在學習華語時的「享受」、「自豪」、「希望」、「放鬆」等4種學業情緒皆沒有顯著差異。

3 國際生背景變項與華語學業情緒量表各小題之差異

(1)「年齡」、「華語水平」與「享受」

由表26可知，國際生背景變項中的「年齡」與「華語水平」在「享受」的學業情緒中有顯著差異；而根據表27則可得知此層面各小題之差異：

a. 26歲以上的國際生在第2題「我很享受在校內華語班的華語學習環境。」的情境產生「享受」的華語學業情緒顯著多於18到

20歲與21到25歲的國際生。

b. 26歲以上的國際生在第3題「我很享受學習華語的過程。」的情境產生「享受」的華語學業情緒顯著多於21到25歲的國際生。

c. 初級者在第5題「上華語課的時候，我很享受用華語發表自己意見。」的情境產生「享受」的華語學業情緒顯著多於中級者和高級者。

以上之分析結果可補充回應第四個研究問題。

(2)「華語水平」與「生氣」

由表30可知，國際生背景變項的「華語水平」在「生氣」的華語學業情緒中有顯著差異；而根據表31則可得知此層面各小題之差異：

a. 初級者和中級者在第1題「我在學習華語遇到困難時，我會對自己生氣。」、第2題「我會因為沒能力參與同學用華語討論作業而感到生氣。」、第4題「我會因為沒辦法在上課時使用流利的華語而感到生氣。」等情境產生「生氣」的華語學業情緒顯著多於高級者。

b. 初級者在第3題「我會因為無法回答老師華語的問題而感到生氣。」的情境產生「生氣」的華語學業情緒顯著多於中級者和高級者。

c. 初級者在第5題「上華語課時，我會因為表達不出我的想法而感到生氣。」的情境產生「生氣」的華語學業情緒顯著多於高級者。

以上之分析結果亦再次印證第四個研究問題的回應：初級者產生「生氣」的華語學業情緒顯著多於中級者，而中級者顯著多於高級者。

(3)「區域別」、「是否為僑生」與「華語水平」與「希望」

由表32可知，國際生背景變項的「區域別」、「是否為僑生」與「華語水平」在「希望」的學業情緒中有顯著差異；而根據表33則可得知此層面各小題之差異：

a. 亞洲、美洲和歐洲國際生在第5題「老師上課多用華語講課，我會感到對學習華語更有信心。」的情境產生「希望」的華語學業情緒顯著多於非洲國際生。
b. 僑生國際生在第3題「如果可以增加華語課，我對學習華語更是充滿希望。」、第5題「老師上課多用華語講課，我會感到對學習華語更有信心。」等情境產生「希望」的華語學業情緒顯著多於非僑生國際生。
c. 中級者在第1題「學習進步，讓我對學習華語的過程充滿希望。」的情境產生「希望」的華語學業情緒顯著多於初級者。
d. 高級者在第2題「在學習華語的過程中，我感到很有信心。」的情境產生「希望」的華語學業情緒顯著多於初級者。
e. 中級者和高級者在第5題「老師上課多用華語講課，我會感到對學習華語更有信心。」的情境產生「希望」的華語學業情緒顯著多於初級者。

以上之分析結果可補充回應第四個研究問題。

(4)「是否為僑生」與「華語水平」與「焦慮」

由表34可知，國際生背景變項的「是否為僑生」與「華語水平」在「焦慮」的華語學業情緒中有顯著差異；而根據表35則可得知此層面各小題之差異：

a. 非僑生在第1題「我的華語口說一直沒辦法進步，讓我感到很焦慮。」、第4題「在臺灣同學面前說華語會讓我覺得焦慮。」、第5題「我會因為到這陌生的華語學習環境而感到焦慮。」等情境產生「焦慮」的華語學業情緒顯著多於僑生。
b. 初級者在第1題「我的華語口說一直沒辦法進步，讓我感到很焦慮。」、第3題「當我無法回答老師華語的問題，我會感到很焦慮。」等情境產生「焦慮」的華語學業情緒顯著多於高級者。
c. 初級者在第2題「我會因為學習華語的程度跟不上同學而感到焦慮。」、第4題「在臺灣同學面前說華語會讓我覺得焦慮。」、第5題「我會因為到這陌生的華語學習環境而感到焦慮。」等情境產生「焦慮」的華語學業情緒顯著多於中級者和高級者。

以上分析結果亦再次印證第四個研究問題的回應：非僑生的「焦慮」學業情緒顯著多於僑生；初級者的「焦慮」學業情緒顯著多於中級者和高級者。

(5)「華語水平」與「羞愧」

由表36可知，國際生背景變項的「華語水平」在「羞愧」的華語學業情緒中有顯著差異；而根據表37則可得知此層面各小題之差異：

a. 初級者在第1題「我華語考試永遠考得比別人差，讓我感到很羞愧。」、第5題「我會感到很羞愧，因為我無法完成華語作業。」等情境產生「羞愧」的華語學業情緒顯著多於高級者。
b. 初級者在第3題「我會因為自己的華語口音與其他同學不同而感到羞愧。」、第4題「聽不懂同學說華語的內容會讓我感到羞愧。」等情境產生「羞愧」的華語學業情緒顯著多於中級者和高級者。
c. 初級者、中級者在第2題「我會因為同學的華語能力比我好而感到羞愧。」的情境產生「羞愧」的華語學業情緒顯著多於高級者。

以上分析結果亦再次印證第四個研究問題的回應：初級者的「羞愧」學業情緒顯著多於中級者和高級者。

(6)「華語水平」與「無望」

由表38可知，國際生背景變項的「華語水平」在「無望」的華語學業情緒中有顯著差異；而根據表39則可得知此層面各小題之差異：

a. 初級者在第2題「我會因為同儕能力比我好，而降低我學習華語的意願。」、第5題「我會因為沒辦法完成華語作業而感到無助。」等情境產生「無望」的華語學業情緒顯著多於中級者。
b. 初級者在第3題「我會因為挫折，對學習華語感到無望。」的情境產生「無望」的華語學業情緒顯著多於中級者和高級者。

以上分析結果亦再次印證及補充第四個研究問題的回應：初級者的「羞愧」學業情緒顯著多於中級者和高級者。

(7)「年齡」、「華語水平」與「厭煩」

由表40可知，國際生背景變項的「年齡」與「華語水平」在「厭煩」的華語學業情緒中有顯著差異；而根據表41則可得知此層面各小題之差異：

a. 18至20歲和21至25歲國際生在第3題「我會因為上課無趣，而對學習華語感到厭煩。」、第5題「我在學習華語的過程經常會感到厭煩。」等情境產生「厭煩」的華語學業情緒顯著多於26歲以上之國際生。
b. 21-25歲國際生在第1題「看到我的分數，我會很厭煩不想學習華語。」的情境產生「厭煩」的華語學業情緒顯著多於18至20歲和26歲以上之國際生。
c. 初級者在第1題「看到我的分數，我會很厭煩不想學習華語。」、第2題「我會因為回答不出老師華語的問題而覺得很厭煩。」、第4題「我會因為華語一直無法進步而感到厭煩。」等情境產生「厭煩」的華語學業情緒顯著多於中級者。
d. 初級者在第5題「我在學習華語的過程經常會感到厭煩。」的情境產生「厭煩」的華語學業情緒顯著多於中級者和高級者。

以上 a 和 b 的分析結果可補充第四個研究問題的回應，而 c 和 d 的分析結果可亦再次印證第四個研究問題的回應：初級者的「厭煩」學業情緒顯著多於中級者和高級者。

(8)「是否為僑生」、「華語水平」與「放鬆」

由表42可知，國際生背景變項的「是否為僑生」與「華語水平」在「放鬆」的華語學業情緒中有顯著差異；而根據表43則可得知此層面各小題之差異：

a. 僑生在第5題「我在上課使用華語時覺得很放鬆。」的情境產生「放鬆」的華語學業情緒顯著多於非僑生。
b. 中級和高級者在第5題「我在上課使用華語時覺得很放鬆。」的情境產生「放鬆」的華語學業情緒顯著多於初級者。

以上之分析結果可補充回應第四個研究問題。

(三) 皮爾森積差相關分析之國際生華語學業成敗歸因與華語學業情緒的關聯

1 考試運氣

以「考試運氣」的層面來說，由表45之皮爾森積差相關分析可知：

(1) 國際生歸因於「考試運氣」的程度越高，在學習華語時的「生氣」、「焦慮」、「羞愧」、「無望」、「厭煩」等5種華語學業情緒亦越多。
(2) 「考試運氣」與「厭煩」的正向關聯性最高，與「生氣」的正向關聯性最低。
(3) 國際生歸因於「考試運氣」的程度越高，在學習華語時的「享受」、「希望」等兩種華語學業情緒則越少。
(4) 國際生歸因於「考試運氣」的程度與學習華語時的「自豪」、

「放鬆」等兩種學業情緒的多寡程度無顯著相關。

2　用功努力

以「用功努力」的層面來說，由表45可知：

（1）國際生歸因於「用功努力」的程度越高，在學習華語時的「享受」、「自豪」、「生氣」、「希望」、「焦慮」、「羞愧」、「無望」、「放鬆」等8種華語學業情緒亦越多。
（2）「用功努力」與「享受」的正向關聯性最高，與「焦慮」的正向關聯性最低。
（3）國際生歸因於「用功努力」的程度與學習華語時的「厭煩」學業情緒的多寡程度無顯著相關。

3　個人能力

以「個人能力」的層面來說，由表45可知：

（1）國際生歸因於「個人能力」的程度越高，在學習華語時的「生氣」、「焦慮」、「羞愧」、「無望」、「厭煩」等5種華語學業情緒亦越多。
（2）「個人能力」與「厭煩」的正向相關性最高，與「生氣」的正向關聯性最低。即國際生歸因於「個人能力」的程度越高，在學習華語時的「享受」、「自豪」、「希望」、「放鬆」等4種華語學業情緒則越少。
（3）「個人能力」與「享受」的負向相關性最高，與「放鬆」的負向關聯性最低。

4 考題難度

以「考題難度」的層面來說，由表45可知：

（1）國際生歸因於「考題難度」的程度越高，在學習華語時的「生氣」、「焦慮」、「羞愧」、「無望」、「厭煩」等5種華語學業情緒亦越多。

（2）考題難度」與「厭煩」的正向相關性最高，與「生氣」的正向關聯性最低。

（3）國際生歸因於「考題難度」的程度越高，在學習華語時的「享受」、「希望」等兩種華語學業情緒則越少。

（4）「考題難度」與「希望」的負向相關性最高，與「享受」的負向關聯性較低。

（5）國際生歸因於「考題難度」的程度與學習華語時的「自豪」、「放鬆」等兩種學業情緒的多寡程度無顯著相關。

根據以上研究結果：顯示國際生華語學業成敗歸因與華語學業情緒之間有直線相關。

（四）結構方程式模型因果分析之國際生華語學業成敗歸因與華語學業情緒的關聯

由於結構方程式估計模型的整體配適度不甚理想（卡方值5031.959，對應之 p 值為 .000），因此無法確立華語學業成敗歸因對華語學業情緒的因果關聯。雖然估計係數（只顯示具統計顯著性者）顯示：用功努力之學業成敗歸因與正向與負向情緒為正相關，個人能力之學業成敗歸因只與負向情緒有正相關。這個正向、負向關係與皮爾森積差相關分析的結果一致，變項之間具有相關性。但因結構方程式的估計模型配適度不好，無法用來推論兩構面間的因果關係。

但若以性別為分類，在結構方程式模型的估計中，男國際生中，個人能力與正向情緒呈現負相關；但女國際生中，個人能力與正向情緒之間無因果關係。當顯著水準設定為 .01時，國際生華語學業成敗歸因（用功努力與個人能力兩個歸因）與華語學業情緒（正向與負向兩種情緒）之間的因果關係有性別差異。所以應考慮視樣本的分類變數為新增構面，建構多構面的結構方程式模型。

因此，國際生華語學業成敗歸因與華語學業情緒之間是有相關，但其中因果關係的確立需加入其他中介構面或干擾變項，建立多構面的模式才能完成。

二　訪談結果

本訪談結果與本調查研究結果有相呼應的趨勢，結論如下：

（1）國際生在華語學業成敗大多歸因於「用功努力」層面。

（2）男生歸因於「用功努力」、「個人能力」的程度與女生相當。

（3）歸因於「用功努力」的國際生表現出「享受」、「希望」、「自豪」、「放鬆」、「生氣」、「焦慮」、「羞愧」、「無望」等情緒。

（4）歸因於「個人能力」的國際生表現出「享受」、「希望」、「自豪」、「放鬆」、「生氣」、「焦慮」、「羞愧」、「無望」、「厭煩」等情緒。

（5）國際生在不同的學習脈絡下會衍生出不同的華語學業情緒。

以上無論是量化或質性的研究結果，皆印證了本研究的重要性，即國際生的華語學業成敗歸因與華語學業情緒對其華語學習的重要性及國際生的華語學業成敗歸因與華語學業情緒的關聯性。

第二節　建議

一　對教師教學及輔導之建議

根據本研究的發現，華語教師教學時可由以下的面向影響國際生的華語學業成敗歸因與華語學業情緒。

（一）華語水平與華語學業成敗歸因

由表15可知，針對不同「華語水平」的背景變項與國際生在「考試運氣」、「個人能力」、「考題難度」等3種層面達顯著差異，而初級者高於中級、高級的學習者。可見不同「華語水平」國際生在其學習華語過程當中所產生的學業成敗歸因有所不同。教師應多加強與國際生溝通的機會，試圖了解不同「華語水平」在華語學業成敗歸因的差異情形，盡可能依照國際生不同的「華語水平」，輔導國際生使其產生積極正向的華語學業歸因。

教師可以依據國際生對自己的華語學業成敗歸因來加以預測國際生未來的學習動機、學習狀況、學習情緒。教師可根據國際生的華語學業成敗歸因傾向及其特質加以適度引導。針對華語學業低成就的國際生，若不斷地出現「外歸因」傾向，這類的國際生也不會檢討自己，無法評估自己哪裡需要加強，屆時則需要為這類的國際生訓練其華語學業成敗歸因。透過練習華語學業歸因技巧，國際生若有積極正向的華語學業歸因，將有助於國際生日後學習的動機。在華語教與學的過程中，教師應指導國際生從華語學業成敗經驗中建立合理的歸因。例如成績好時，鼓勵國際生將成功歸因於「個人能力」。如此可產生如享受、自豪、希望和放鬆等正向學業情緒。反之，成績差時，教師更是要及時了解國際生的華語學業歸因傾向，正確地總結國際生的學習經驗、教訓，以便讓國際生順利進行其華語學業歸因，屆時教師需加強指導受挫的國際生將失敗歸因於努力不足。如此，國際生則可避免產生如羞愧、無望和生氣等負向的學業情緒。總之，積極正向的華語學業歸因是國際生勝不驕、敗不餒，進一步嚴格要求自己，能更加發奮努力，讓其華語學業自信更上一層樓的捷徑之一。

（二）是否為僑生、華語水平與華語學業情緒

本研究結果發現，國際生在華語學業情緒各層面中，感受情緒最多的是自豪，而最少的是厭煩。顯然國際生在學習華語過程中產生較多的正向情緒。這樣的結果讓臺灣的華語教師感到欣慰。相信只要教師持續關注學習者的華語學業情緒，規劃及提供學習者符合其程度的教材及課程，持續營造輕鬆合宜的華語學習環境。教師宜增加學習者對華語學習的動機與興趣，以增加學習者正向的學業情緒建議以學生為中心，設定符合其個人的學習目標，適切輔導學習者正確的學業情緒調節能力。

在華語學習者中，僑生國際生是一個不容忽視的群體。僑生國際生的華語習得與其家庭背景、生長環境、教育背景等息息相關，因其複雜的背景，而在語音、詞語和語法有不一樣的語言表現（曾金金、鄭淑均，2015）。然而，以「是否為僑生」的國際生背景層面來說，非僑生國際生在學習華語時的「焦慮」與「羞愧」的學業情緒顯著多於僑生國際生。建議僑生國際生與非僑生國際生可以分班教授。若僑生國際生與非僑生國際生混班教授，華語教師應針對僑生國際生與非僑生國際生的不同學習背景、特質、難點與需求，採用適性教學

（Adaptive Instruction）及合作學習（Cooperative Learning）方式的分組教學；程度較高的僑生國際生可以協助程度較低的非僑生國際生。僑生國際生因原生家庭的影響，通常已具備華語基礎的聽與說的能力，比非僑生國際生在華語的學習上具優勢。再者，根據蔡桓艮（2020）的研究結果，僑生聽得懂教師授課時使用的教室用語，其理解度高達83%。因此，教師應多鼓勵非僑生國際生，並提供相關的學習策略，避免其學習華語遇到困難時產生過度「焦慮」與「羞愧」的學業情緒。

以國際生不同「華語水平」的背景層面來說，初級者在學習華語時，較容易自我期望或自我要求過高，而產生以下負面的「生氣」、「焦慮」、「羞愧」、「無望」、「厭煩」等5種華語學業情緒。漢字這類的方塊字特別對非漢字圈的國際生來說有如無字天書般，其具有的基本特徵「三多五難」：字數多、筆畫多、讀音多，因而難認、難讀、難寫、難記、難用。可想而知，華語初級學習者學習華語時難免產生種種負面的情緒，建議教師應根據學習者不同背景與特質，多鼓勵初級學習者，並增加與其溝通的機會，輔導初級學習者使其產生積極正向的學業情緒，以利其往後學習動機的有效提升。

另外，語言是溝通的橋樑，語言的局限使得國際生在臺學習時，難以表達其需求和建立有效的人際溝通。透過華語更深入的學習，來臺國際生得以更準確地表達其需求，以建立有效的人際溝通，以及包容彼此的文化差異，並提供有效的溝通和解決問題的方式。華語發展的水平限制了來臺國際生與他人溝通和文化融入。特別是國際生剛進入臺灣那幾個月的時期，其華語能力是影響在臺國際生參與程度的關鍵因素之一，華語能力的發展是來臺國際生適應和學習中華文化的基礎。依照不同學生的華語程度，應制定適合來臺國際生需求的華語教育，以協助其適應在臺的留學生活。

二 研究限制與未來研究議題

（一）研究限制

已知國際生華語學業成敗歸因與華語學業情緒之間有直線關係，本研究欲更深入探討國際生華語學業成敗歸因與華語學業情緒之間的因果關係，將9種情緒分組簡化為正向與負向情緒單一樣本兩個構面以結構方程式模型進行估計。但模型的整體配適度不甚理想，因此無法確立國際生華語學業成敗歸因對華語學業情緒的因果關聯。因兩變項間若有相關，其前提是兩變數背後有共同因子，或是兩變數之間有因果關係，所以後續應加入其他構面為中介變數或干擾變數，例如：自我效能感、學習策略、學習動機、學習脈絡、學習成就、自我調整學習歷程等來探討學業成敗歸因與學業情緒之間的相關。

此外，本研究顯示，不同的背景在國際生華語學業成敗歸因與華語學業情緒上的表現是有差異的。所以本研究將樣本按性別分類估計兩個學業成敗歸因（「用功努力」與「個人能力」兩個歸因）對兩個學業情緒（正向與負向兩種情緒）之間的關聯，得知國際生華語學業成敗歸因與華語學業情緒兩構面之間的關係會受到樣本差異的影響。後續應該考慮新增分類變數為構面，建構多構面的結構方程式模型，更深入分析國際生華語學業成敗歸因與華語學業情緒兩構面之間的關係。

（二）未來研究議題

本研究所選取的研究對象以桃園地區大學以華語為第二語言的國際生為主。由於臺灣各校區或各國籍華語教育所採用的教材或許不同，學生學習華語的環境和情況亦有所差異。建議在未來沒有新冠肺炎（Covid-19）而國際生人數較穩定的情況下，可以特定國籍（例如越南、印尼、日本、韓國等國籍）比較國際生的華語學業成敗歸因與華語學業情緒。

再者，以往的實證研究已經證明學業情緒和自我效能感之間存在正相關的關係；即自我效能感越高的學生，其學業情緒越積極正向（Putwain et al., 2013, Zhen et al., 2017, Hayat et al., 2020）。此類研究已擴展到以英語為外語 EFL 或第二語（Wang et al., 2021），往後的研究可再多擴展到以中文為外語 CFL 或第二語。

此外，臺灣師大國語中心，以及前臺大校園內的「史丹福中心（Inter-University Program for Chinese Language Studies，簡稱 IUP）」高成就學生，能有傑出之華語學習成就、強烈的學習動機、高情緒智商與「家庭背景」（家長社經地位）有關。經濟合作發展組織也將此因素列為語言教育成功的重要「歸因」之一（OECD, 2007、2009）。因此，「家庭背景」變項在未來的研究應是值得加入，再深入研究與討論的核心之一。

最後，由於學業情緒不但會影響二語學習者的語言水平、語言學習策略使用和語言學習動機（Mohammadipour, 2017），而且也會影響學習者的注意力和學習的自我調節（Pekrun, 2014）。因此，研究者亦建議，在未來的研究中能更深入探討正面和負面的學業情緒，因為它們似乎對所有的二語學習者（包括華語學習者）皆有重要的影響。

總之，由於本研究在有限的時間、有限的人力之下，諸多問題仍未能深入探討。建議未來相關的研究能建構一個多樣本多構面的結構方程式模型，包含中介的結構方程式模型。然而，多樣本指的是受試者來自多種不同的國籍及家庭背景；多構面應可包含學業成敗歸因、學業情緒、自我效能感、學習策略、學習動機、學習脈絡、學習成就、自我調整學習歷程等。

參考文獻

中文書目

王大延（1986）。**國小學童歸因方式與學業成就期望關係之研究**。國立師範大學教育研究所碩士論文，臺北市。

王保進、林妍好（2010）。我國大學校院推動國際化之困境及其可行策略。**教育研究月刊，198**，89-102。

王淑俐（1995）。**青少年情緒的問題、研究與對策**。國立編譯館主編。

王暄博、林振興、蔡雅薰、洪榮昭（2018）。〔外籍生在臺文化涵化量表〕的信效度衡鑑與潛在剖面分析，**測驗學刊，65（1）**，1-28。

文永沁（2007）。**低成就學生的情緒調節對學業情緒與偏差行為的影響**。國立政治大學教育研究所碩士論文，未出版，臺北市。

巫博瀚、陸偉明、賴英娟（2011）。性別、自我效能及所知覺的學習環境對學習情緒之影響：線性混合模式在叢集資料之應用。**教育與心理研究，34（1）**，29-54。

李亦園（1992）。**文化的圖像（上）：文化發展的人類學探討**。臺北市：允晨文化。

李宜玫、蔡育嫻（2011）。知覺父母回饋與國小高年級學童數學科考試失敗歸因之研究。**科學教育學刊，19（2）**，123-141。

李俊青（2007）。**學業情緒歷程模式之分析**。國立成功大學教育研究所碩士論文，臺南市。

李冠儀（2008）。**國小學生依附關係、學業成敗歸因與自我概念之相關研究**。國立臺南大學教育學系諮商與輔導研究所碩士論文，臺南市。

林文樹（2013）。**國內外少子女化教育因應政策之比較分析研究結案報告**（國家教育研究院計畫）。臺北市，國家教育研究院。

林吉祥（2005）。**國中生外語焦慮、學業成敗歸因、學業自我概念與學業成就之關係研究——以英語科為例**。國立彰化師範大學教育研究所碩士論文，彰化縣。

林邦傑（1971）。國民中學學生學業成就測驗與人格特質關係之研究，**政治大學學報，23**，215-242。

林宴瑛、程炳林（2012）。環境目標結構與控制——價值信念對學業情緒之效果。**教育心理學報，44（1）**，49-72。

林雅鳳（2010）。**國小高年級學生知覺教師期望與數學學業情緒關係之研究——以臺南樂活國小為例**。臺南市：國立臺南大學碩士論文。

邱秀霞（2002）。**運動員性別類型目標取向對其成敗歸因與情緒影響之研究**。國立臺灣體育學院研究所碩士論文，桃園縣。

吳明清（1991）。**教育研究——基本觀念與方法分析**，臺北市：五南圖書出版公司。

吳明隆（2009）。SPSS 操作與應用：問卷統計分析實務（第二版）。臺北市：五南圖書出版公司。

吳淑娟（2009）。**國中生知覺父母管教方式、英語學業問情緒與英語學業成就之研究**。國立臺南大學教育學系課程與教學研究所碩士論文，臺南市。

吳聰秀（2006）。**國小高年級學生自我歸因型態與憂鬱傾向之相關研究**。國立臺東大學教育研究所碩士論文，臺東市。

信世昌（1995）。華語文教學的科「技」整合。**華文世界，78**，1-8。

洪光遠、楊國樞（1979）。歸因特質的測量與研究。**中央研究院民族學研究所集刊，48**，89-154。

胡建超、李美華（2020）。大學生成敗歸因與性格特徵相關性研究。**教育科學發展，11（2）**，47-49。

胡瑞雪（2020）。在臺國際大學生華語學業成敗歸因評量表制定與其自我評量之初步探究。**教育與家庭學刊，11**，62-82。

胡瑞雪（2021）。在臺國際大學生華語學業成敗歸因與華語學業情緒關聯之初步探究。**華文世界，127**，26-55。

涂淑娟（2003）。**國小高年級不同性別、科學成就學生與科學態度、科學歸因關係之研究**。國立嘉義大學國民教育研究所碩士論文，嘉義市。

孫得雄（2009）。臺灣少子女化的前因後果。**社區發展季刊，125**，44-55。

教育資料文摘（1997）。國中小學生最怕上數學課。**教育資料文摘，239**，29-30。

陳世文（2003）。**歸因遷移較學對原住民學童自然科自我效能與學習成就歸因之影響**。國立花蓮師範學院國小科學教育研究所碩士論文，花蓮縣。

陳永發（1996）。國小六年級學童學科學業成績，成敗歸因以及學科學業自我概念關係之研究。**測驗統計年刊**，（4），125-178。

陳秋利（2007）。**國小高年級學童性別、學業成就、學業成敗歸因與A 型行為之關係研究**。國立新竹大學教育心理與諮商學系研究所碩士論文，新竹市。

陳珮娟（2007）。**不同性別、學業成就高年級學童之失敗歸因與自我設限行為研究**。國立新竹教育大學教育心理與諮商學系研究所碩士論文，新竹市。

莊曜嘉、黃光國（1981）。國中學生的成敗歸因與無助感特徵。**中華心理學刊，23（2）**，155-164。

郭生玉（1972）。**國中低成就學生心理特質之分析研究**。臺北市：臺灣師範大學教育研究所碩士論文。

郭生玉（1983）。成功導向與失敗導向學童的學業成就及成就歸因比較研究，**國立臺灣師範大學教育心理學報，16**，47-60。

郭生玉（1984）。國小學童成敗歸因與學業成就、成就動機及成敗預期關係之研究，**教育心理學報，17**，51-72。

郭生玉（1995）。國中學生成敗歸因型態和學業冒險取向、學習失敗忍受力相關之研究。**教育心理學報，28**，59-75。

梁茂森（1996）。魏納歸因理論之研討，**高雄師大學報，7**，101-126。

馬惠霞（2008）。大學生一般學業情緒問卷的編制。**中國臨床心理學雜誌，6**，594-596。

程炳林、林清山（2000）。**中學生自我調整學習之研究**（1/2）。國科會專題研究計畫報告（NSC89-2413-H-035-001），未出版。

董妍、俞國良（2007）。學習不良青少年與一般青少年學習情緒特點的比較研究。**心理學報，29（4）**，811-814。

葉國安（1987）。**我國師專生家庭社經地位、成就動機、抱負水準與學業成就的關係**，臺北市：臺灣師範大學教育研究所碩士論文。

葉曉月（1994）。**運動學習目標與成就動機對運動學習結果的影響**，臺北市：文鶴。

張春興（1986）。**心理學**。臺北市：東華書局。

張春興（2013）。**教育心理學——三化取向的理論與實踐（重修二版）**。臺北市：東華書局。

張潔妤（2010）。**國中學生中文與英文學習成敗歸因之比較研究**。高雄：國立高雄第一科技大學碩士論文。

曾金金、鄭淑均（2015）。**海外華裔學習者華語口語樣本分析**。構建和諧的語言生活學術研討會。澳門理工學院。

曾淑容（1991）。普通班和資優班學生性別、年級、數學歸因和數學態度的相關研究。**特殊教育學報，6**，373-430。

雷靂、張欽、侯志瑾、周俊華（1998）。學習不良初中生的成敗歸因與學習動機。**心理發展與教育，14（4）**：37-40。

趙淑媛（2013）。**基於控制學業情緒之研究**。長沙市：中南大學博士論文。

蔡旻真（2008）。**不同性別、年級及家庭社經地位國小學童學業情緒之研究——以數學學習領域為例**。臺南市：國立臺南大學碩士論文。

蔡桓良（2020）。**高職建教僑生專班之華語學習研究——以高雄市某高職為例**。屏東市：國立屏東大學碩士論文。

蔡婷伊（2013）**國小學生自我統合、學習態度與學習歸因之研究**。高雄市：國立中山大學碩士論文。

蔡瓊月（2010）。**國小高年級學童的學習動機與數學學業情緒關係之研究——以臺南市快樂國民小學為例**。國立臺南大學教育學系課程與教學研究所碩士論文，未出版，臺南市。

葛建志（2005）。**國民小學五年級學生數學歸因信念、數學態度、數學焦慮及數學成就之相關研究**。國立臺南大學教育經營與管理研究所數學教學碩士班碩士論文，臺南市。

潘如珮（2003）。**高中生成就目標、成敗歸因、內隱理論、學生知覺教學態度、學業成就與自我跛足之關係**。國立政治大學數學教育研究所碩士論文，臺北市。

潘姿吟（2008）。**高中職二年級學生知覺教師期望、學業歸因、學業自我效能與學業成就之相關研究**。國立成功大學教育研究所碩士論文，臺南市。

鄭衣婷（2007）。**國中生學業情緒與學業成就之相關研究**。國立成功大學教育研究所碩士論文，臺南市。

鄭茂春（2000）。自我歸因論與學習動機的探討。**教師之友，41（2）**，10-15。

鄭慧玲、楊國樞（1977）。**國中生對學業成就的歸因與成就動機及學業成就的關係**，臺北市：國立臺灣大學心理學研究所碩士論文。

劉玉玲、沈淑芬（2015）。數學自我概念，數學學習策略，數學學業情緒與數學學業成就之研究——自我提升模式觀點。**教育心理學報，46（4）**，491-516。

劉炳輝（1999）。溫納歸因理論探討及教育的應用，**屏東師院國民教育研究所論文集，4**，355-373。

滿力、姜世昌、譚冬梅（2007）。歸因訓練對護生學業自我效能感、學業成績影響的實驗研究。**護理研究，11**，2992-2993。

蔡婷伊（2014）。**國中小學生自我統合、學習態度與學習歸因之研究**，高雄市：國立中山大學教育研究所碩士論文。

盧居福（1992）。**網球初學者之成就動機、自尊與正手拍擊球準確性初期學習及成就歸因的關係之探討**，臺北市：靖宇資訊科技出版社。

賴清標（1993）。魏納的歸因理論及其教育含意。**初等教育研究集刊，1**，77-89。

謝季宏（1973）。**智力、學習習慣、成就動機與家長社會地位與國中學業成就之關係**，臺北市：國立政治大學教育研究所碩士論文。

謝沛樺（2007）。**國中生英語學習動機信念、學習策略、學業情緒與學業成就關係之探討**。屏東科技大學技術及職業教育研究所碩士論文，屏東市。

簡嘉菱（2009）。**自我決定動機與學業情緒模式之探討**。國立成功大學教育研究所碩士論文，臺南市。

簡嘉菱、程炳林（2013）。環境目標結構、自我決定動機與學業情緒之關係。**教育心理學報，44（3）**，713-734。

魏麗敏、黃德祥（1995）。**諮商理論與技術**。臺北市：五南圖書出版公司。

英文書目

Ahmed, W., Minnaert, A., Werf, G., & Kuyper, H. (2010). Perceived social support and early adolescents' achievement: The mediational roles of motivational beliefs and emotions. *Journal of Youth & Adolescence*, *39*(1), 36-46.

Al-Hoorie, A. H. (2020). Motivation and the unconscious. In M. Lamb, K. Csizér, A. Henry, & S. Ryan (Eds.), *The Palgrave handbook of motivation for language learning*, 561-578. Palgrave Macmillan.

Ames, R. T. (2011). *Confucian role ethics: A vocabulary*. The Chinese University of Hong Kong Press.

Atkinson, J.W. (1964). An introduction to motivation. Van Nostrand.

Atkinson, J. W., & Feather, N. T. (Eds). (1966). *A Theory of Achievement Motivation* (Vol.66) New York:Wiley.

Bar-Tal, D & Darom, E. (1979). Pupil's attributions of sucess and failure. *Child Development*, 264-267.

Beedie, C.J., Jerry, P. C. & Lane, A. M. (2005). Distinctions between between emotion and mood. *Cognition and Emotion*, *19*(6), 847-878.

Berry, J. W. (1997). Immigration, acculturation, and adaptation. *Applied Psychology:An International Review, 46*, 5-68.

Berry, J.W. (2005). Acculturation: Living successfully in two cultures. *International Journal of Intercultural Relations, 29*, 697-712.

Berry, J.W., & Sam, D. L. (1997). Acculturation and adaptation. In J.W. Berry, M. H. Segall, & C. Kagitcibasi (Eds.), *Handbook of cross-cultural psychology(Vol. 3): Socialbehavior and applications(*pp. 291-326). Needham Heights, MA:Viacom.

Birdsong, D., & Molis, M. (2001). On the evidence for maturational effects in second language acquisition. *Journal of Memory and Language, 44*, 235-249.

Cabassa, L. J. (2003). Measuring acculturation:Where we are and where we need to go. *Hispanic Journal of Behavioral Sciences, 25*, 127-146.

Carolyn, B. S. (1982). An investigation of the relationships between attributions for success and failure, and academic achievement of fourth grade non-handicapped and learning disabled boys and girls. *Dissertation Abstracts Internationals*, *42*, 3547-A.

Chen, J. (2016). Understanding teacher emotions: The development of a teacher emotion inventory. *Teaching and Teacher Education*, *55*, 68-77.

Chen, J. (2017). Exploring primary teacher emotions in Hong Kong and Mainland China: A qualitative perspective. *Educational Practice and Theory*, *39*(2), 17-37.

Chen, J., & King, R. B. (Eds.). (2020). *Emotions in learning, teaching, and leadership: Asian perspectives*. Routledge.

Chen, X., & Graham, S. (2018). Doing better but feeling worse: an attributional account of achievement—self-esteem disparities in Asian American students. *Social Psychology of Education, 21*(4), 937-949.

Clément, R. (1986). Second language proficiency and acculturation: An investigation of the effects of language status and individual characteristics. *Journal of Language & Social Psychology, 5*, 271-290.

Clément, R., Gardner, R. C., & Smythe, P. C. (1980). Social and individual factors in second language acquisition. *Canadian Journal of Behavioural Science, 12*, 293-302.

Covington, M. V. (1984). The motive of self-worth. In R. E. Ames, & C. Ames (Eds.), *Motivation in education: student motivation* (Vol 1, pp. 77-113). San Diego, CA: Academic Press.

Covington, M.V. (2000). Goal theory, motivation, and school achievement: An integrative review, *Annual Review of Psychology, 51*, 171-200.

Csíkszentmihályi, M. (1985). Emergent motivation and the evolution of the self. In D. A. Kleiber & M. L. Maehr (Eds.), *Advances in motivation and achievement* (Vol. 4, pp.93-119). Greenwich, CT: JAI Press.

Csíkszentmihályi, M. (2020). *Finding Flow: The Psychology of Engagement With Everyday Life*, Hachette UK.

Daniels, L. M., Haynes, T. L., Stupnisky, R. H., Perry, R. P., Newall, N. E.,

& Pekrun, R. (2008). Individual differences in achievement goals:A longitudinal study of cognitive, emotional, and achievement outcomes. *Contemporary Educational Psychology*, *33*(4), 584-608.

Daniels, L. M., Stupnisky, R. H., Pekrun, R., Haynes, T. L., Perry, R. P., & Newall, N. E. (2009). A longitudinal analysis of achievement goals: From affective antecedents to emotional effects and achievement outcomes. *Journal of Educational Psychology*, *101*(4), 948-963.

Deaux, K., & Farris, E. (1977). Attributing causes for one's own performance: The effects of sex, norms, and outcome. *Journal of research in Personality*, *11*(1), 59-72.

Decuir-Gunby, J. T., Aultman, L. P., & Schutz, P. A. (2009). Investigating transactions among motives, emotional regulation related to testing, and test emotions. *Journal of Experimental Education*, *77*(4), 409-438.

Denzin, N. K. (1984). *On understanding emotion*. San Francisco: Jossey-Bass.

Dewaele, J. M., Witney, J., Saito, k.& Dewaele, L. (2018). Foreign language enjoyment and anxiety: The effect of teacher and learner variables. *Language Teaching Research*, *22*(6), 676-697.

Dörnyei, Z., & Clement, R. (2000). *Motivational characteristics of learning different target languages:Results of a nationwide survey.* Paper presented at the AAAL Convention, Vancouver, Canada, March.

Dörnyei, Z. (2001a.) *Teaching and Researching Motivation.* Harlow: Longman.

Dörnyei, Z., & Csizer, K. (2003). Some Dynamics of Language Attitudes and Motivation: Results of a Longitudinal Nationwide Survey. *Applied Linguistics*, *23*(4), 421-462.

Dörnyei, Z. (2005). *The psychology of the language learner: Individual differences in second language acquisition*. Lawrence Erlbaum.

Dörnyei, Z., Henry, A., & Muir, C. (2016). *Motivational currents in language learning: Frameworks for focused interventions*. London: Routledge.

Dörnyei, Z. (2020). *Innovations and Challenges in language learning motivation*. London: Routledge.

Dweck, C. S. (2006). *Mindset.* New York, NY: Random House.

Dweck, C. S., & Leggett, E. L. (1988). A social-cognitive approach to motivation and personality. *Psychological review*, *95*(2), 256.

Dworetsky, J. P. (1985). *Psychology*. St. Paul, MN: West Publishing Co.

Ekman, P. (2004). "Emotional and conversational nonverbal signals," in *Language, Knowledge, and Representation*, eds J. M. Larrazabal, and L. A. P. Miranda (Dordrecht: Springer), 39-50. doi:10.1007/978-1-4020-2783-3_3

Feather, N. T. (1969). Attribution of responsibility and valence of success and failure in relation to initial confidence and task performance. *Journal of Personality and Social Psychology*, *13*(2), 129.

Fennema, E., Wolleat, P. & Pedro, J. D. (1979). Mathematics attribution scale. JSAS: *Catalog of Selected Documents in Psychology*, *9*(5), 26.

Fong, R. W., & Cai, Y. Y. (2019). Perfectionism, self-compassion and test-related hope in Chinese primary school students. *The Asia-Pacific Education Researcher*.

Fredrickson, B. L. (1998). What good are positive emotions? *Review of General Psychology*, *2*(3), 300-319.

Fredrickson, B. L. (2001). The role of positive emotions in positive psychology:The broaden-and-build theory of positive emotions. *American Psychologist*, *56*, 218-226.

Fredrickson, B. L. (2003). The Value of Positive Emotions:The Emerging Science of Positive Psychology Is Coming to Understand Why It's Good to Feel Good. *American Scientist*, *91*, 330-335.

Fredrickson, B. L. (2004). Gratitude, like other positive emotions, broadens and builds. In R. A. Emmons & M. E. McCullough (Eds.), *The psychology of gratitude* (pp. 145-166). New York, NY: Oxford University Press.

Fredrickson, B. L. (2006). The broaden-and-build theory of positive emotions. In M. Csikszentmihalyi & I. S. Csikszentmihalyi (Eds.), *A life worth living:Contributions to positive psychology* (pp.85-103). New York, NY: Oxford University Press.

Frenzel, A. C., Pekrun, R., & Goetz, T. (2007a). Perceived learning environment and students' emotional experiences:A multilevel analysis of mathematics classrooms. *Learning and Instruction*, *17*(5), 478-493.

Frenzel, A. C., Pekrun, R., & Goetz, T. (2007b). Girls and mathematics—A "hopeless" issue? A control-value approach to gender differences in emotions towards mathematics. *European Journal of Psychology of Education*, *22*(4), 497-514.

Frenzel, A. C., Thrash, T. M., Pekrun, R., & Goetz, T. (2007c). Achievement emotions in Germany and China: A cross-cultural validation of the academic emotions questionnaire-mathematics. *Journal of Cross-Cultural Psychology, 38*(3), 302-309.

Frenzel, A. C., Goetz, T., Lüdtke, O., Pekrun, R., & Sutton, R. E. (2009). Emotional transmission in the classroom: exploring the relationship between teacher and student enjoyment. *Journal of educational psychology, 101*(3), 705.

Fullan, M. (2015). *Leadership from the middle:A system strategy*. Education Ontario, Canada: Canadian Education Association.

Fwu, B. J., Chen, S. W., Wei, C. F., & Wang, H. H. (2018). I believe; therefore, I work harder: The significance of reflective thinking on effort-making in academic failure in a Confucian-heritage cultural context. *Thinking skills and creativity, 30*, 19-30.

Fwu, B. J., Wei, C. F., Chen, S. W., & Wang, H. H. (2020). To work hard or not? The conflicting effects of negative emotions on persistence after academic failure in a Confucian heritage cultural context. In *Emotions in Learning, Teaching, and Leadership: Asian perspectives* (pp. 3-17). Routledge.

Ganotice, F. A., Datu, J. A. D., & King, R. B. (2016). Which emotional profiles exhibit the best learning outcomes? A person centered analysis of students' academic emotions. *School Psychology International, 37*, 498-518.

Gardner, R. C., & Lambert, W. E. (1972). Attitudes and motivation in second language learning. Rowley, MA: Newbury house.

Gardner, R. C. (1985). *Social psychology aspects of language learning: the role of attitude and motivation.* London: Edward Arnold.

Ghuman, P., & Wong, R. (1989). Chinese parents and English education. *Educational Research, 31*(2), 134-140.

Gobel, P., & Mori, S. (2007). Success and failure in the EFL classroom: Exploring students' attributional beliefs in language learning. EUROSLA Yearbook, *7*(1), 149-169.

Goetz, T., Zirngibl, A., Pekrun, R., & Hall, N. (2003). Emotions, learning, and achievement from an educational psychological perspective. In P. Mayring & C. V. Rhoeneck (Eds.), *Learning emotions: The influence of affective factors on classroom learning* (pp. 9-28). Frankfurt, Germany: Peter Lang.

Goetz, T., Frenzel, A. C., Pekrun, R., & Hall, N. C. (2006a). The domain specificity of academic emotional experiences. *Journal of Experimental Education*, *75*(1), 5-29.

Goetz, T., Pekrun, R., Hall, N. & Haag, L. (2006b). Academic emotions from a social-cognitive perspective: Antecedents and domain specificity of students' effect in the context of Latin instruction. *British Journal of Educational Psychology*, *76*(2), 289-308.

Goetz, T., Frenzel, A. C., & Hall, N. C. (2007). Between- and within domain relations of students' academic emotions. *Journal of Educational Psychology*, *99*(4), 715-723.

Goetz, T., Frenzel, A. C., Hall, N., & Pekrun, R. (2008). Antecedents of academic emotions: Testing the internal/external frame of reference model for academic enjoyment. *Contemporary Educational Psychology*, *33*(1), 9-33.

Goleman, D. (1995). *Emotional intelligence*. Bantam Books, Inc.

Govaerts, S. & Grégoire, J. (2008). Development and Construct Validation of an Academic Emotions Scale. *International Journal of Testing*, *8*:34-54.

Harvey, J. H. (1989). Fritz Heider (1896-1988). *American Psychologist*. March, 44(3): 570-571.

Hau, K. T., & Salili, F. (1996a). Achievement goals and causal attributions of Chinese students. In S. Lau (Ed.), *Growing up the Chinese way: Chinese child and adolescent development*. Hong Kong: Chinese University Press, 121-145.

Hau, K. T., & Salili, F. (1996b). Prediction of academic performance among Chinese students: Effort can compensate for lack of ability. *Organizational Behavior and Human Decision Processes*, *65*, 83-94.

Hayat, A. A., Shateri, K., Amini, M., & Shokrpour, N. (2020). Relationships between academic self-efficacy, learning-related emotions, and metacognitive learning strategies with academic performance in medical students: A structural equation model. *BMC Medical Education, 20*(1), 1-11.

Heider, F. (1958). *The Psychology of Interpersonal Relations*. New York: Wiley.

Hembree, R. (1998). Correlates, causes and treatment of test anxiety. *Review of Educational Research*. *58*(1) 47-77.

Henning, M., Hawken, S., Zhao, J., & Krägeloh, C. (2009). Quality of life and motivational issues for Asian medical students studying in New Zealand. In *Saturday October 24, 2009—Sunday October 25, 2009, Osaka, Japan Official Conference Proceedings* (p. 976).

Hosotani, R., & Imai-Matsumura, K. (2011). Emotional experience, expression, and regulation of high-quality Japanese elementary school teachers. *Teaching and Teacher Education*,27, 1039-1048.

Hsieh, P. H. (2004). *How college students explain their grades in a foreign language course: The interrelationship of attributions, self-Efficacy, language learning beliefs, and achievement*. The University of Texas at Austin.

Hsieh, P. H., & Schallert, D. L. (2008). Implications from self-efficacy and attribution theories for an understanding of undergraduates' motivation in a foreign language course. *Contemporary Educational Psychology*, *33*, 513-532.

Hwang, K. K. (1999). Filial piety and loyalty: Two types of social identification in Confucianism. *Asian Journal of Social Psychology*, *2*(1), 163-183.

Hwang, K. K. (2012). The deep structure of Confucianism. In *Foundations of Chinese Psychology*(pp. 99-131). Springer, New York, NY.

Jacob, B. (1996). *Achievement emotions in students' achievement in school students.* Unpublished Master's Thesis, University of Regensburg, Germany.

Jia, F., Gottardo, A., Koh, P. W., Chen, X., & Pasquarella, A. (2014). The role of acculturation in reading a second language: Its relation to English literacy skills in immigrant Chinese adolescents. *Reading Research Quarterly*, *49*(2), 251-261.

Jiang, M., Green, R. J., Henley, T. B., & Masten, W. G. (2009). Acculturation in relation to the acquisition of a second language. *Journal of Multilingual and Multicultural Development, 30*(6), 481-492.

Kang, H., & Larson, R. W. (2014). Sense of indebtedness toward parents: Korean American emerging adults' narratives of parental sacrifice. *Journal of Adolescent Research*, *29*(4), 561-581.

Kelly, H. H. (1967). *Attribution theory in social psychology*. In D Levine (ed), Nebraska symposium on motivation. Lincoln, Neb: University of Nebraska press.

King, R. B., & Areepattamannil, S. (2014). What students feel in school influences the strategies they use for learning: Academic emotions and cognitive/meta-cognitive strategies. *Journal of Pacific Rim Psychology*, *8*, 18-27.

King, R. B., & Datu, J. A. D. (2018). Grateful students are motivated, engaged, and successful: Cross-sectional, longitudinal, and experimental evidence. *Journal of School Psychology*, 70, 105-122.

King, R. B., McInerney, D. M., & Watkins, D. A. (2012). How you think about your intelligence determines how you feel in school: The role of theories of intelligence on academic emotions. *Learning and Individual Differences*, 22, 814-819.

Kreibig, S. D., Gendolla, G. H. E., & Scherer, K. R. (2010). Psychophysiological effects of emotional responding to goal attainment. *Biological Psychology*, *84*, 474-487.

Lazarus, R. S. (1991). Cognition and motivation in emotion. *American Psychologist*, *46*(4), 352.

Lazarus, R. S., & Lazarus, B.N. (1994). *Passion and Reason. Making Sense of Our Emotions*. Oxford University Press, USA.

LeDoux, J. (1994). Emotion, memory, and the brain. *Scientific American*, 270(6), 50-57.

LeDoux, J. (2001). The emotional brain: the mysterious underpinnings of emotional life. New York, NY: Simon & Schuster.

Lee, M. (2020). Achievement emotions in foreign language learning between German and Korean students. *Korea TESOL Journal, 15*(2), 23-44.

Likert, R. (1932). A technique for the measurement of attitudes. *Archives of Psychologist*, 140: 1-55.

Linnenbrink, E. A., & Pintrich, P. R. (2002). Motivation as an enabler for academic success. *School Psychology Review,* 31(3), 313-327.

Linnenbrink-Garcia, L., & Pekrun, R. (2011). Students' emotions and academic engagement: Introduction to the special issue. *Contemporary Educational Psychology*, 36, 1-3.

Liu, K., Cheng, Y., Chen, Y., & Wu, Y. (2009). Longitudinal effects of educational expectations and achievement attributions on adolescents' academic achievements. *Adolescence*, 44, 911-924.

Liu, Y. L. (2015, November). *The effects of mathematics achievement emotions, learning strategies and academic achievement*. Paper presented at the 2015 Annual Conference of Taiwan Education Recherche Association—The International Conference of Civic Science Literacy and Science Culture, Kaohsiung City.

Lybeck, K. (2002). Cultural identification and second language pronunciation of Americans in Norway. *The Modern Language Journal, 86*(2), 174-191.

Markus, H. R., & Kitayama, S. (1991). Culture and the self: Implications for cognition, emotion and motivation. *Psychological Review*, *98*, 224-253.

Martin, M.O., Mullis, I. V. S., and Foy, P. (2008). *TIMSS 2007 International Science Report: Findings From IEA's Trends in International*

Mathematics and Science Study at the Eighth and Fourth Grades. Chestnut Hill, MA: Boston College.

Marton, F., & Säljö, R. (1976). On qualitative differences in learning I: Outcome and process. *British Journal of Educational Psychology, 46*(1), 4-11.

McClure, J., Meyer, L. H., Garisch, J., Fischer, R., Weir, K. F., & Walkey, F. H. (2011). Students' attributions for their best and worst marks: Do they relate to achievement ? *Contemporary Educational Psychology*, 36(2), 71-81. doi: 10.1016/j.cedpsych.2010.11.001

McQuillan, J. (2000). Attribution theory and second language acquisition: an empirical analysis. *Paper presented at the AAAL Conference*, Vancouver.

Meinhardt, J. & Pekrun, R. (2003)Attentional resource allocation to emotional events: An ERP study, *Cognition and Emotion*, *17*(3), 477-500.

Meyer, D. K. & Turner, J. C. (2002) Discovering Emotion in Classroom Motivation Research, *Educational Psychologist*, *37*(2), 107-114.

Mohammadipour, M. (2017). *Relationships between language learning strategies, positive emotions, language learning motivation and English language proficiency among Malaysian ESL undergraduates*, doctoral thesis, University Putra Malaysia.

Mok, M. M. C., Kennedy, K. J., & Moore, P. J. (2011). Academic attribution of secondary students: gender, year level and achievement level. *Educational Psychology*, *31*(1), 87-104.

Morris, M. W., & Peng, K. (1994). Culture and cause: American and Chinese attribution for social and physical events. *Journal of Personality and Social Psychology, 67,* 949-971.

Mouratidis, A., Vansteenkiste, M., Lens, W., & Auweele, Y. V. (2009). Beyond positive and negative affect: Achievement goals and discrete emotions in the elementary physical education classroom. *Psychology of Sport & Exercise*, *10*(3), 336-343.

Mullis, I. V. S., Martin, M.O., and Foy, P. (2008). *TIMSS 2007 International Mathematics Report: Findings From IEA's Trends in International Mathematics and Science Study at the Eighth and Fourth Grades*. Chestnut Hill, MA: Boston College.

Ng, C. H. (2003). Re-conceptualizing achievement goals from a cultural perspective. In *Joint Conference of NZARE & AARE, Auckland, New Zealand*.

Ng, F. F. Y., Pomerantz, E. M., & Deng, C. (2014). Why are Chinese mothers more controlling than American mothers? "My child is my report card". *Child Development*, *85*(1), 355-369.

Ng, F. F. Y., Pomerantz, E. M., & Lam, S. (2007). European American and Chinese parents' responses to children's success and failure: Implication for children's responses. *Developmental Psychology*, *43*(5), 1239-1255.

Nicholls, J. G. (1976). Effort is virtuous, but it's better to have ability: Evaluative response to perception of effort and ability. *Journal of Research in Personality*, *19*, 306-315.

Nisbett, R. E., Peng, K., Choi, I., & Norenzayan. A. (2001). Culture and systems of thought: Holistic versus analytic cognition. *Psychological Review,108,* 291-310.

Noels, K. A., Pelletier, L. G., Clément, R., & Vallerand, R. J. (2003). Why are you learning a second language? Motivational orientations and self-determination theory. *Language Learning 53*, (S1), 33-64.

OECD (2007). PISA 2006. *Science Competencies for Tomorrow's World, Volume 1-Analysis*. Paris: Organisation for Economic Co-operation and Development.

OECD (2009). *PISA 2006 Technical Report*. Paris: Organisation for Economic Co-operation and Development.

Oyserman, D., Coon, H. M., & Kemmelmeier, M. (2002). Rethinking individualism and collectivism: Evaluation of theoretical assumptions and meta-analyses. *Psychological Bulletin*, *128*, 3-72.

Paker, T., & Özkardeş-Döğüş, A. (2017). Achievement attributions of preparatory class learners in learning English. *Journal of Language and Linguistic Studies, 13*(2), 109-135.

Paré, D., Quirk, G. J., & LeDoux, J.E. (2004). New vistas on amygdala networks in conditioned fear. *Journal of Neurophysiology*, *92*, 1-9.

Pekrun, R. (1988). *Emotion, motivation and personality*. Munich/Weinheimi: Psychologie Verlags Union.

Pekrun, R. (1992b). The impact of emotions on learning and achievement: Towards a theory of cognitive/motivational mediators. *Applied Psychology*, *41*, 359-376.

Pekrun, R. (2000). A social-cognitive, control-value theory of achievement emotions. In J. Heckhausen (Ed.), *Motivational psychology of human development* (p. 146). Oxford, England: Elsevier Science.

Pekrun, R., Goetz, T., Titz, W., & Perry, R. P. (2002). Academic emotions in students' self-regulated learning and achievement: A program of qualitative and quantitative research. *Educational Psychologist*, 37, 91-106.

Pekrun R., Goetz T., Perry R. P., Kramer K., Hochstadt M., Molfenter S. (2004) Beyond test anxiety: Development and validation of the Test Emotions Questionnaire (TEQ) *Anxiety, Stress, & Coping: An International Journal. 17*(3), 287-316.

Pekrun, R. (2005). Progress and problems in educational emotion research. *Learning and Instruction, 15*(5), 497-506.

Pekrun, R., Goetz, T., & Perry, R. P. (2005). *Academic Emotions Questionnaire (AEQ): User's manual*. Munich, Germany: Department of Psychology, University of Munich.

Pekrun, R. (2006). The control-value theory of achievement emotions: Assumptions, corollaries and implications for educational research and practice. *Educational Psychology Review, 18*(4), 315-341.

Pekrun, R., Frenzel, A. C., Goetz, T., & Perry, R. P. (2007). The control-value theory of achievement emotions: An integrative approach to emotion in education. In P. A. Schutz & R. Pekrun (Eds.), *Emotion in education* (pp. 13-36). San Diego, CA: Elsevier.

Pekrun, R., Elliot, A. J., & Maier, M. A. (2009). Achievement goals and achievement emotions: Testing a model of their joint relations with academic performance. *Journal of Educational Psychology, 101*(1), 115-135.

Pekrun, R., & Stephens, E. J. (2009). Goals, emotions, and emotion regulation: Perspectives of the control-value theory. *Human Development, 52*(6), 357-365.

Pekrun, R., Goetz, T., Daniels, L. M., Stupnisky, R. H., & Perry, R. P. (2010). Boredom in achievement setting: Exploring control-value antecedents and performance outcomes of a neglected emotion. *Journal of Educational Psychology*, *102*(3), 531-549.

Pekrun, R., & Stephens, E. J. (2010). Achievement emotions: A control-value approach. *Social and Personality Psychology Compass*, *4*(4), 238-255.

Pekrun, R., Goetz, T., Frenzel, A. C., & Perry, R. P. (2011). Measuring emotions in students' learning and performance: The achievement emotions questionnaire (AEQ). *Contemporary Educational Psychology*, *36*, 36-48.

Pekrun, R., & Linnenbrink-Garcia, L. (2012). Academic emotions and student engagement. *Handbook of research on student engagement* (pp.259-282). Springer, Boston, MA.

Pekrun, R. (2014). Emotions and learning. *Educational practices series*, *24*(1), 1-31.

Pekrun, R., Hall, N. C., Goetz, T., & Perry, R. P. (2014). Boredom and academic achievement: Testing a model of reciprocal causation. *Journal of Educational Psychology*, 106(3), 696.

Pekrun, R., & Perry, R. P. (2014). Control-value theory of achievement emotions. In *International Handbook of Emotions in Education* (pp. 130-151). Routledge.

Pekrun, R. (2017). Emotion and achievement during adolescence. *Child Development Perspectives*, *11*(3), 215-221.

Peng, X. L., Chen, H., Wang, L., Tian, F. & Wang, H. (2020). Talking Head-based L2 Pronunciation Training: Impact on Achievement

Emotions, Cognitive Load, and Their Relationships with Learning Performance, *International Journal of Human-Computer Interaction*, *36*(16), 1487-1502.

Perez, R. M. (2011). Linguistic Acculturation and Emotional Well-Being in U.S. Schools, *Journal of Human Behavior in the Social Environment*, *21*(8), 888-908.

Piechurska-Kuciel E. (2017). L2 or L3? Foreign Language Enjoyment and Proficiency. In:Gabryś-Barker D., Gałajda D., Wojtaszek A., Zakrajewski P. (eds) *Multiculturalism, Multilingualism and the Self*. Second Language Learning and Teaching.

Pintrich, P. R. (1999). The role of motivation in promoting and sustain-ing self-regulated learning. *International Journal of Educational Research*, *31*, 459-470.

Pishghadam, R., & Zabihi, R. (2011). Foreign Language Attributions and Achievement in Foreign Language Classes, *International Journal of Linguistics* *3*(1), 1.

Putwain, D., Sander, P., & Larkin, D. (2013). Academic self-efficacy in study-related skills and behaviours: Relations with learning-related emotions and academic success. *British Journal of Educational Psychology*, *83*(4), 633-650.

Redfield, R., Linton, R., & Herskovits, M. J. (1936). Memorandum for the study of acculturation. *American Anthropologist*, *38*, 149-152.

Richeson, P. J., & Boyd, R. (2005). *Not by genes alone: How culture transformed human evolution*. Chicago: University of Chicago Press.

Rogers, J. (2009). *A gift to my children: a father's lessons for life and investing*, NJ: John Wiley & Sons Inc.

Rosenberg, E. L. (1998). Levels of analysis and the organization of affect. *Review of General Psychology, 2*, 247-270.

Rosevear, J. C. (2010). Attributions for success: Exploring the potential impact on music learning in high school. *Australian Journal of Music Education, 1*,17-24.

Russell, J. A. (1980). A circumplex model of affect. *Journal of Personality and Social Psychology, 39*(6), 1161.

Russell, J. A., & Barrett, L. F. (1999). Core affect, prototypical emotional episodes, and other things called emotion: Dissecting the elephant. *Journal of Personality and Social Psychology, 76*(5), 805-819.

Schumann, J. H. (1976). Social distance as a factor in second language acquisition. *Language Learning, 26*(1), 135-143.

Schumann, J. H. (1986). Research on the acculturation model for second language acquisition. *Journal of Multilingual and Multicultural Development, 7*(5), 379-392.

Schutz, P. A. & DeCuir, J. T. (2002). Inquiry on Emotions in Education, *Educational Psychologist, 37*(2), 125-134.

Schutz, P. A. & Lanehart, S. L. (2002). Emotions in education. *Educational Psychologist, 37*(2), 67-68.

Schwarz, N., & Bless, H. (1991). Happy and mindless, but sad and smart? The impact of affective states on analytic reasoning. In J. P. Forgas (Ed.), Emotion and social judgments (pp. 55-71). Pergamon Press.

Schwarz, N., Clore, G. L. (1996). Feelings and phenomenal experiences. In E. T. Higgins & Kruglanski (Eds.) *Social psychology: Handbook of basic principles* (pp.433-465). New York: Guilford.

Shao, K.Q., Pekrun, R., Nicholson, L. J. (2019). Emotions in classroom language learning: what can we learn from achievement emotion research, *System*, *86*, 1-11.

Shao, K. Q., Pekrun, R., March, H. W. & Loderer, K. (2020). Control-value appraisals, achievement emotions, and foreign language performance: A latent interaction analysis, *Learning and Instruction*, *69*,1-12.

Shaver, K. G. (1987). *Principles of Social Psychology*. Hillsdale, NJ: L. Erlbaum.

Sohn, D. (1977). Affect-generating powers of effort and ability and ability self attributions of academic success and failure. *Journal of Educational Psychology*, 69, 500-505.

Soric, I., & Palekcic, M. (2009). The role of students' interests in self-regulated learning: The relationship between students' interests, learning strategies and causal attributions. *European Journal of Psychology of Education, 24*(4),545-565.

StataCorp. (2021). *Stata Statistical Software: Release 17*. College Station, TX: StataCorp LLC.

Trautwein, U., Schnyder, I., Niggli, A., Neumann, M., & Lüdtke, O. (2009). Chameleon effects in homework research: The homework-achievement association depends on the measures used and the level of analysis chosen. *Contemporary Educational Psychology*, *34*(1), 77-88.

Turner, J. E., Husman J. & Schallert, D. L. (2002) The Importance of Students' Goals in Their Emotional Experience of Academic Failure: Investigating the Precursors and Consequences of Shame, *Educational Psychologist*, *37*(2), 79-89.

Turner, J. E., & Husman, J. (2008). Emotional and cognitive self-regulation following academic shame. *Journal of Advanced Academics*, *20*(1), 138-173.

Tylor, E. B. (2010). *Primitive culture: Researches into the development of mythology, philosophy, religion, language, art and custom.* Cambridge, UK: Cambridge University Press.

Tyson, D. F., Linnenbrink-Garcia, L., & Hill, N. E. (2009). Regulating debilitating emotions in the context of performance: Achievement goal orientations, achievement-elicited emotions, and socialization contexts. *Human Development*, *52*(6), 329-356.

Vispoel, W.P., & Austin, J. R. (1995). Success and failure in junior high school: a critical incident approach to understanding students' attributional beliefs. *American Educational Research Journal*, *32*(2), 377-412.

Vytal, K., & Hamann, S. (2010). Neuroimaging support for discrete neural correlates of basic emotions: a voxel-based meta-analysis. *Journal of cognitive Neuroscience*, *22*(12), 2864-2885.

Wang, Y., Peng, H., Huang, R., Hou, Y., & Wang, J. (2008). Characteristics of distance learners: Research on relationships of learning motivation, learning strategy, self-efficacy, attribution and learning results. *Open Learning, 23*(1), 17-28.

Wang, Y., Shen, B., & Yu, X. (2021). A latent profile analysis of EFL learners' self-efficacy: Associations with academic emotions and language proficiency, *System*, *103*, 102633.

Watson, D., & Tellegen, A. (1985). Toward a consensual structure of mood. *Psychological Bulletin*, *98*(2), 219.

Weiner, B. & Kukla, A. (1970). An attributional analysis of achievement motivation. *Journal of Personality and Social Psychology, 43*, 1129-1141.

Weiner, B., Frieze, I., Kukla, A., Reed, L., Rest, S., & Rosenbaum, R. M. (1971). Perceiving the causes of success and failure. In E. E. Jones, D. E. Kanouse, H. H. Kelly, R. E., Nisbett, S. Valins, & B. Weiner (Eds.). *Attribution: Perceiving the causes of behavior* 95-120. Morristoun, NJ: General Learning Press.

Weiner, B. (1972). Attribution theory, achievement motivation, and the education process. *Review of education research*, *42*(2), 203-215.

Weiner, B. (1979). Theory of motivation for some classroom experience. *Journal of Educational Psychology, 71*(1), 3-25.

Weiner, B. (1980). A cognitive (attributions)- emotion - action model of motivated behavior: An analysis of judgements of help giving. *Journal of Personality and Social Psychology*, *39*(2), 186-200.

Weiner, B. (1985). An attributional theory of achievement motivation and emotion. *Psychological Review*, *92*(4), 548-573.

Weiner, B. (1986). Attribution, emotion, and action. In R. M. Sorrentino & E. T. Higgins (Eds.), *Handbook of motivation and cognition: Foundations of social behavior* (pp. 281-312). Guilford Press.

Wu, P. H., Luh, W. M., & Lai, Y. C.(2010, April). *The effects of perceived learning environment on the achievement emotions: Analyzing clustered data by using linear mixed models*. Paper presented at the 2010 annual meeting of the American Education Research Association (AERA), Denver, CO.

Yang, L. (2016, August). *Achievement Emotions of Chinese Students: An*

Investigation in Technical and Vocational Education. Paper presented at the 23rd International Congress of the International Association for Cross-Cultural Psychology, Nagoya, Japan.

Yang, L. (2018, June). Developing a 24 items' short-form of learning-related achievement emotions questionnaire (SF-L-AEQ) in Chinese students. Poster presented at the 9th European Conference on Positive Psychology (ECPP), Budapest, Hungary.

Zeidner, M. (2014). Anxiety in education. In *International handbook of emotions in education* (pp. 275-298). Routledge.

Zhen, R., Liu, R.-D., Ding, Y., Wang, J., Liu, Y., & Xu, L. (2017). The mediating roles of academic self-efficacy and academic emotions in the relation between basic psychological needs satisfaction and learning engagement among Chinese adolescent students. *Learning and Individual Differences, 54*, 210-216.

Zull, J. E. (2006). Key aspects of how the brain learns. In S. Johnson & K. Taylor (Eds.), *The neuroscience of adult learning* (pp.3-9). San Francisco: Jossey-Bass.

法文書目

Sander, D. (2016a). *Psychologie des émotions*. Encyclopaedia Universalis.

參考網址

王淑美（1998）。中文網路教學中之教材與教師角色。載於行政院科技顧問組委辦研究計畫——中文網路教學系統規劃研究報告

（頁2-4）。http://www.sinica.edu.tw/~cdp/project/02/2_2.htm，2021年8月20日。

名人快訊（2021）。盤點2020東京奧運「8位台灣之光」16句勵志語錄！李洋：「等待奇蹟，不如為自己留下努力的軌跡！」https://www.girlstalk.cc/article/73660，2022年1月31日。

宋如珊（2004）。新視角：老外學中文，全球發燒。聯合新聞網——兩岸國際。http://www.ccv.ne.jp/home/tohou/a124.htm，2021年8月20日。http://www.sinica.edu.tw/~cdp/project/02/2_2.htm，2021年8月20日。

李怡欣（2021）。搶攻海外華文市場——臺灣打造對外教學系統，大紀元，臺灣：臺北市。https://www.epochtimes.com/b5/21/11/23/n13393581.htm，2022年1月9日。

唐浩（2007）。學中文是商機更是人生轉機，新紀元週刊，25，臺灣：臺北市。http://www.epochtimes.com/b5/7/12/3/n1924171.htm，2019年12月31日。

教育部統計處網站 https://depart.moe.edu.tw/ed4500/News.aspx?n=B31EC9E6E57BFA50&sms=0D85280A66963793，2021年8月18日。https://stats.moe.gov.tw/files/important/overview_n16.pdf，2021年8月19日。

教育部網站（2011）。高等教育輸出——擴大招收境外學生行動計畫。https://ws.ndc.gov.tw/Download.ashx?u=LzAwMS9hZG1pbmlzdHJhdG9yLzEwL1JlbEZpbGUvNTU2Ni81MjQxLzAwMTQ0NDUucGRm&n=6auY562J5pWZ6IKy6Ly45Ye6LeaTtOWkp%2BaLm%2BaUtuWig%2BWkluWtuOeUn%2BihjOWLleioiOeVqy5wZGY%3D&icon=..pdf，2021年8月17日。

國家華語測驗推動工作委員會網站。https://www.sc-top.org.tw/chinese/LS/test5.php，2021年6月5日。

國家漢辦（2014）。全球漢語學習者超億人漢語熱持續升溫（新聞稿）。http://www.hanban.edu.cn/article/2014-09/01/content_549303.ht，2021年6月5日。

張富美（2005）。第四屆全球華文網路教育研討會開幕致詞。http://edu.ocac.gov.tw/icice2005/ICICE2005/html/news.htm，2019年12月30日。

新浪新聞（2021）。世界球后「戴資穎」7句正能量金句：「戰場上沒有永遠的贏家，只有不斷努力的人。」https://news.sina.com.tw/article/20210731/39428424.html，2022年1月31日。

AP 華語文專區（2005）。美國大學理事會感謝臺灣政府慨助三十萬美元，協助該會發展 AP 華語文計畫。http://163.29.16.20/la1/education/ap_edu2005.htm，2019年12月30日。

Atkinson, J.W. (1957). Motivational determinants of risk-taking behavior. *Psychological Review*, 64 (6,Pt.1), 359-372. Retrieved on 31 May, 2021, from https://doi.org/10.1037/h0043445

Bernardo, A. B. I., Ouano, J. A. & Salanga, M. G. C. (2009). What is an academic emotion? Insights from Filipino bilingual students' emotion words associated with learning. *Psychological Studies, 54*, 28-37. Retrieved on 31 May, 2021, fromhttps://doi.org/10.1007/s12646-009-0004-7

Chen, J. (2019). Highly efficacious, positive teachers achieve more: Examining the relationship between teacher efficacy, emotions, and their practicum performance. *The Asia-Pacific Education Researcher*. Retrieved on 31 May, 2021, from https://doi.org/10.1007/s40299-018-0427-9

Gardner, R. C., & Lambert, W. E. (1959). Motivational variables in second-language acquisition. *Canadian Journal of Psychology 13*(4), 266-272. Retrieved on 16 May, 2020, from https://doi.org/10.1037/h0083787

Pekrun, R., Elliot, A. J., & Maier, M. A. (2006). Achievement goals and discrete achievement emotions: A theoretical model and prospective test. *Journal of Educational Psychology*, *98*(3), 583-597. Retrieved on 25 May, 2021, from https://doi.org/10.1037/0022-0663.98.3.583

OECD (2004). *OECD Principles of corporategovernance.* Retrieved on 23 May, 2021, from http://www.oecd.org/development/dcr2012.htm

Ramzy, A. (2006). Cover story: Get ahead! Learn Mandarin, *Time*, June 26. pp.18-22.Retrieved on 16 May, 2020, from http://content.time.com/time/world/article/0,8599,2047305,00.html

Rotter, J. B. (1966). Generalized expectancies for internal versus external control of reinforcement. *Psychological Monographs: General and Applied*, *80*(1), 1-28. Retrieved on 16 May, 2020, from https://doi.org/10.1037/h0092976

Seli, P., Wammes, J. D., Risko, E. F., & Smilek, D. (2016). On the relation between motivation and retention in educational contexts: The role of intentional and unintentional mind wandering. *Psychonomic Bulletin & Review, 23*, 1280-1287. Retrieved on 5 May, 2020, from https://doi.org/10.3758/s13423-015-0979-0

Stevenson, H. W. & Stigler, J. W. (1994). *The Learning Gap: Why our schools are failing and What we can learn from Japanese and Chinese education*, New York: Simon & Schuster. Retrieved on 23 May, 2021, from https://colinandjo.blogspot.com/2020/03/learning-gap-pdf-download.html

Tyng, C. M., Amin, H. U., Saad, M. N. M., & Malik, A. S. (2017). The influences of emotion on learning and memory. *Frontiers in Psychology*, *8*, 1454. Retrieved on 23 May, 2021, from https://doi.org/10.3389/fpsyg.2017.01454

Um, E., Plass, J. L., Hayward, E. O., & Homer, B. D. (2012). Emotional design in multimedia learning. *Journal of Educational Psychology*, 104, 485-498. https://doi.org/10.1037/a0026609. Retrieved on 30April, 2022, from https://www.stata.com/manuals/semexample21.pdf

附錄一
國際生華語學習經驗問卷（中文版）

個人基本資料

國籍：

年齡：□18-20歲　□21-25歲　□26歲以上

性別：□男　□女

是否為僑生：□是　□否

華語水平：□初級　□中級　□高級

作答說明：請詳細閱讀下列每個句子，並依照你（妳）目前的情形與感覺，在「完全不同意」、「少部分同意」、「一半同意」、「大部分同意」、「完全同意」中，挑選1個你（妳）認為最接近的答案，並在□打✓。

【第一部分：考試運氣】

	完全不同意	少部分同意	一半同意	大部分同意	完全同意
1. 華語考試很需要運氣。	□	□	□	□	□
2. 我的運氣不好，經常在華語考試的時候猜錯答案。	□	□	□	□	□
3. 華語考試時，我只靠運氣，不靠實力。	□	□	□	□	□
4. 我華語考試考很好，是因為運氣好。	□	□	□	□	□
5. 我華語考試考不好，是因為老師都考我不會的題目。	□	□	□	□	□
6. 華語考試時，我常猜中答案。	□	□	□	□	□
7. 我不會的地方，剛好華語考試沒有考。	□	□	□	□	□
8. 華語考試時，我經常猜答案。	□	□	□	□	□
9. 別人的成績比我好，是因為他們運氣好。	□	□	□	□	□
10.我有準備的華語考試範圍，考題都有考出來。	□	□	□	□	□

【第二部分：用功努力】

	完全不同意	少部分同意	一半同意	大部分同意	完全同意
1. 上華語課時，我會努力做筆記。	□	□	□	□	□
2. 我學華語不夠努力，因為要考試，才會讀書。	□	□	□	□	□
3. 上華語課時，遇到不清楚的地方，我會想去了解。	□	□	□	□	□
4. 上華語課時，我都能專心學習。	□	□	□	□	□
5. 我覺得我很用功，只是用錯了方法，華語考試才考不好。	□	□	□	□	□
6. 我會去問華語老師關於課程內容不清楚的地方。	□	□	□	□	□
7. 我努力做完華語作業。	□	□	□	□	□
8. 我上華語課很用心。	□	□	□	□	□
9. 我常練習華語題目。	□	□	□	□	□
10.因為我很用功學華語，所以成績好。	□	□	□	□	□

【第三部分：個人能力】

	完全不同意	少部分同意	一半同意	大部分同意	完全同意
1. 我的能力很好，所以華語考試可以考很好。	□	□	□	□	□
2. 老師在上華語課的時候，我經常聽不懂。	□	□	□	□	□
3. 在寫華語作業時，常有不會的題目。	□	□	□	□	□
4. 上華語課時，我能回答老師的問題。	□	□	□	□	□
5. 我覺得華語課本的內容是簡單的。	□	□	□	□	□
6. 華語老師教的句型太難，所以我不會使用。	□	□	□	□	□
7. 我不知道怎麼準備華語考試。	□	□	□	□	□
8. 老師上華語課的速度太快，我聽不懂。	□	□	□	□	□
9. 上華語課的時候，如果同學有問題，就會來問我。	□	□	□	□	□
10. 華語考試總是考不好，我認為自己沒有語言天分。	□	□	□	□	□

【第四部分：考題難度】

	完全不同意	少部分同意	一半同意	大部分同意	完全同意
1. 如果華語考題簡單，我就比較容易考得好。	□	□	□	□	□
2. 如果華語考題太難，我就考不好。	□	□	□	□	□
3. 華語考題看不懂，會造成我作答錯誤。	□	□	□	□	□
4. 如果華語考試題目太多，我就無法寫完。	□	□	□	□	□
5. 我覺得華語考試都很難，所以成績不好。	□	□	□	□	□
6. 我覺得華語考試很簡單，所以成績好。	□	□	□	□	□
7. 我華語考不好，是因為考題有課本之外的內容。	□	□	□	□	□
8. 我華語考得好，是因為考題沒有課本之外的內容。	□	□	□	□	□
9. 我不會回答的華語考題，一定是很難的。	□	□	□	□	□
10. 我可以回答的華語考題，一定是很簡單的。	□	□	□	□	□

題目到此結束，謝謝你的作答！

附錄二
國際生華語學習經驗問卷（英文版）

Questionnaire on Mandarin Chinese Learning Experience for International Students

Basic Personal Information

Nationality:

Age: □18-20　□21-25　□Over 26

Gender: □Male　□Female

Overseas Chinese: □Yes　□No

Mardarin Chinese Level: □Basic　□Intermediate　□Advanced

Instructions: Please read each of the following statements and check (✓) the box that best matches your current feelings: “completely disagree”, “slightly agree”, “50% agree”, “mostly agree”, or “completely agree”.

[Part I: Exam Luck]

1 - completely disagree, 2 - slightly agree, 3 - 50% agree, 4 - mostly agree, 5 - completely agree

		1	2	3	4	5
1.	It takes luck to pass Mandarin exams.	☐	☐	☐	☐	☐
2.	When I get the wrong answer on a Mandarin exam, it's due to bad luck.	☐	☐	☐	☐	☐
3.	When taking Mandarin exams, I rely on luck—not language ability.	☐	☐	☐	☐	☐
4.	I have good luck, therefore I get good grades on Mandarin exams.	☐	☐	☐	☐	☐
5.	I can't get good grades on Mandarin exams because the teacher asks questions I don't understand.	☐	☐	☐	☐	☐
6.	I can usually guess the correct answers on Mandarin exams.	☐	☐	☐	☐	☐
7.	The questions on Mandarin exams never involve unfamiliar content.	☐	☐	☐	☐	☐
8.	When I take Mandarin exams, I usually just guess the answers.	☐	☐	☐	☐	☐

9.	In Mandarin class, my classmates are luckier than me, so their grades are better than mine.	☐	☐	☐	☐	☐
10.	The questions on Mandarin exams cover the material that I learned in class.	☐	☐	☐	☐	☐

[Part II: Hard work]

1 - completely disagree, 2 - slightly agree, 3 - 50% agree, 4 - mostly agree, 5 - completely agree

		1	2	3	4	5
1.	I always take notes during Mandarin class.	☐	☐	☐	☐	☐
2.	I don't work very hard in Mandarin class. I only study when I have an exam.	☐	☐	☐	☐	☐
3.	When I don't understand something in Mandarin class, I want to know what it means.	☐	☐	☐	☐	☐
4.	I can concentrate in Mandarin class.	☐	☐	☐	☐	☐
5.	I study hard, but I use the wrong method. Therefore my grades are poor.	☐	☐	☐	☐	☐
6.	When I don't understand something in Mandarin class, I ask the teacher.	☐	☐	☐	☐	☐

7.	I work diligently on my homework.	☐	☐	☐	☐	☐
8.	I take my Mandarin class very seriously.	☐	☐	☐	☐	☐
9.	I often do Mandarin test questions for practice.	☐	☐	☐	☐	☐
10.	I study hard in Mandarin class. That's why I get good grades.	☐	☐	☐	☐	☐

[Part III: Personal Ability]

1 - completely disagree, 2 - slightly agree, 3 - 50% agree, 4 - mostly agree, 5 - completely agree

		1	2	3	4	5
1	I have strong Mandarin ability, so I get good grades on Mandarin exams.	☐	☐	☐	☐	☐
2.	When the teacher speaks Mandarin, I usually don't understand what is being said.	☐	☐	☐	☐	☐
3.	When I do Mandarin homework, I usually don't know what to write.	☐	☐	☐	☐	☐
4.	I can answer the questions asked in Mandarin class.	☐	☐	☐	☐	☐
5.	I think the Mandarin textbook is easy.	☐	☐	☐	☐	☐

6.	I don't know how to use the sentence patterns taught in class.	☐	☐	☐	☐	☐
7.	I don't know how to prepare for Mandarin exams.	☐	☐	☐	☐	☐
8.	When the teacher talks too fast in Mandarin class, I can't understand the lesson.	☐	☐	☐	☐	☐
9.	When my classmates have questions about the Mandarin lesson, they come to me.	☐	☐	☐	☐	☐
10.	I often fail the Mandarin exams, so I don't think I have a talent for languages.	☐	☐	☐	☐	☐

[Part IV: Exam Difficulty]

1 - completely disagree, 2 - slightly agree, 3 - 50% agree, 4 - mostly agree, 5 - completely agree

		1	2	3	4	5
1.	If the Mandarin exam is simple, I can do well.	☐	☐	☐	☐	☐
2.	If the Mandarin exam is too difficult, I will do poorly.	☐	☐	☐	☐	☐
3.	If I can't understand the Mandarin exam questions, I will make mistakes.	☐	☐	☐	☐	☐

4.	If there are too many questions on the Mandarin exam, I can't finish it on time.	☐	☐	☐	☐	☐
5.	The Mandarin exams are difficult, so my grades are poor.	☐	☐	☐	☐	☐
6.	The Mandarin exams are easy, so my grades are good.	☐	☐	☐	☐	☐
7.	My grades are poor because the Mandarin exams include content that isn't covered in our textbooks.	☐	☐	☐	☐	☐
8.	The Mandarin exams only cover content from the textbooks, so I get good grades.	☐	☐	☐	☐	☐
9.	If I cannot answer a Mandarin exam question, then that question must be very difficult.	☐	☐	☐	☐	☐
10.	If I can answer a Mandarin exam question, then that question must be very simple.	☐	☐	☐	☐	☐

Thank you for your response!

附錄三
國際生華語學習情形問卷（中文版）

個人基本資料

國籍：

年齡：□18-20歲　□21-25歲　□26歲以上

性別：□男　□女

是否為僑生：□是　□否

華語水平：□初級　□中級　□高級

作答說明：請詳細閱讀下列每個句子，並依照你目前的情形和感覺，在「完全不同意」、「少部分同意」、「一半同意」、「大部分同意」、「完全同意」中，挑選1個你認為最接近的答案，並在□打✓。

【享受】

	完全不同意	少部分同意	一半同意	大部分同意	完全同意
1. 我很享受與同學互相討論華語課業的過程。	□	□	□	□	□
2. 我很享受在校內華語班的華語學習環境。	□	□	□	□	□

3. 我很享受學習華語的過程。	□	□	□	□	□
4. 上華語課的時候，我很享受用華語與老師溝通。	□	□	□	□	□
5. 上華語課的時候，我很享受用華語發表自己意見。	□	□	□	□	□

【自豪】

	完全不同意	少部分同意	一半同意	大部分同意	完全同意
1. 當我華語考試考得好，我會感到很自豪。	□	□	□	□	□
2. 我會因為可以使用華語與同學溝通而感到自豪。	□	□	□	□	□
3. 能夠閱讀華語教科書時，我會感覺很自豪。	□	□	□	□	□
4. 我很自豪自己在班上使用華語的表現。	□	□	□	□	□
5. 我很自豪上課能透過華語來表達。	□	□	□	□	□

【生氣】

	完全不同意	少部分同意	一半同意	大部分同意	完全同意

1. 我在學習華語遇到困難時，我會對自己生氣。	□	□	□	□	□
2. 我會因為沒能力參與同學用華語討論作業而感到生氣。	□	□	□	□	□
3. 我會因為無法回答老師華語的問題而感到生氣。	□	□	□	□	□
4. 我會因為沒辦法在上課時使用流利的華語而感到生氣。	□	□	□	□	□
5. 上華語課時，我會因為表達不出我的想法而感到生氣。	□	□	□	□	□

【希望】

	完全不同意	少部分同意	一半同意	大部分同意	完全同意
1. 學習進步，讓我對學習華語的過程充滿希望。	□	□	□	□	□
2. 在學習華語的過程中，我感到很有信心。	□	□	□	□	□
3. 如果可以增加華語課，我對學習華語更是充滿希望。	□	□	□	□	□
4. 當我完成華語作業，我感到對學習華語更有信心。	□	□	□	□	□

5. 老師上課多用華語講課，我會感到對學習華語更有信心。	□	□	□	□	□

【焦慮】

	完全不同意	少部分同意	一半同意	大部分同意	完全同意
1. 我的華語口說一直沒辦法進步，讓我感到很焦慮。	□	□	□	□	□
2. 我會因為學習華語的程度跟不上同學而感到焦慮。	□	□	□	□	□
3. 當我無法回答老師華語的問題，我會感到很焦慮。	□	□	□	□	□
4. 在臺灣同學面前說華語會讓我覺得焦慮。	□	□	□	□	□
5. 我會因為到這陌生的華語學習環境而感到焦慮。	□	□	□	□	□

【羞愧】

	完全不同意	少部分同意	一半同意	大部分同意	完全同意

1. 我華語考試永遠考得比別人差，讓我感到很羞愧。	□	□	□	□	□
2. 我會因為同學的華語能力比我好而感到羞愧。	□	□	□	□	□
3. 我會因為自己的華語口音與其他同學不同而感到羞愧。	□	□	□	□	□
4. 聽不懂同學說華語的內容會讓我感到羞愧。	□	□	□	□	□
5. 我會感到很羞愧，因為我無法完成華語作業。	□	□	□	□	□

【無望】

	完全不同意	少部分同意	一半同意	大部分同意	完全同意
1. 當我華語考試考不好，我會感到很無望。	□	□	□	□	□
2. 我會因為同儕能力比我好，而感到無望。	□	□	□	□	□
3. 我會因為挫折，對學習華語感到無望。	□	□	□	□	□
4. 因為華語考試考不好，我會感到很無望。	□	□	□	□	□
5. 我會因為沒辦法完成華語作業而感到無助。	□	□	□	□	□

【厭煩】

	完全不同意	少部分同意	一半同意	大部分同意	完全同意
1. 看到我的分數，我會很厭煩不想學習華語。	□	□	□	□	□
2. 我會因為回答不出老師華語的問題而覺得很厭煩。	□	□	□	□	□
3. 我會因為上課無趣，而對學習華語感到厭煩。	□	□	□	□	□
4. 我會因為華語一直無法進步而感到厭煩。	□	□	□	□	□
5. 我在學習華語的過程經常會感到厭煩。	□	□	□	□	□

【放鬆】

	完全不同意	少部分同意	一半同意	大部分同意	完全同意
1. 華語考試考不好時，老師的鼓勵令我感到放鬆。	□	□	□	□	□
2. 老師上課說華語故事讓我感到放鬆。	□	□	□	□	□
3. 用華語歌來學習華語會令我感到放鬆。	□	□	□	□	□
4. 我在上華語課時感到很放鬆。	□	□	□	□	□
5. 我在上課使用華語時覺得很放鬆。	□	□	□	□	□

附錄四

國際生華語學習情形問卷（英文版）

Questionnaire on Mandarin Chinese Learning Situation for International Students

Basic Personal Information

Nationality:

Age: □18-20　□21-25　□Over 26

Gender: □Male　□Female

Overseas Chinese: □Yes　□No

Mandarin Chinese Level: □Basic　□Intermediate　□Advanced

Instructions: Please read each of the following statements and check (✓) the box that best matches your current feelings: "completely disagree", "slightly agree", "50% agree", "mostly agree", or "completely agree".

【Enjoyment】

1 - completely disagree, 2 - slightly agree, 3 - 50% agree, 4 - mostly agree, 5 - completely agree

		1	2	3	4	5
1.	I enjoy discussing Mandarin with my classmates.	☐	☐	☐	☐	☐
2.	I enjoy the learning environment in the Mandarin class on campus.	☐	☐	☐	☐	☐
3.	I enjoy the process of learning Mandarin.	☐	☐	☐	☐	☐
4.	I enjoy communicating with the teacher in Mandarin during our lessons.	☐	☐	☐	☐	☐
5.	I enjoy expressing my opinions in Mandarin during our lessons.	☐	☐	☐	☐	☐

【Pride】

1 - completely disagree, 2 - slightly agree, 3 - 50% agree, 4 - mostly agree, 5 - completely agree

		1	2	3	4	5
1.	I feel proud when I do well on a Mandarin exam.	☐	☐	☐	☐	☐
2.	I am proud of being able to communicate with my classmates in Mandarin.	☐	☐	☐	☐	☐

3.	I feel proud when I can read Mandarin textbooks.	☐	☐	☐	☐	☐
4.	I'm proud of myself when I use Mandarinin class.	☐	☐	☐	☐	☐
5.	I'm proud to be able to speak fluent Mandarinin class.	☐	☐	☐	☐	☐

【Anger】

1 - completely disagree, 2 - slightly agree, 3 - 50% agree, 4 - mostly agree, 5 - completely agree

		1	2	3	4	5
1.	I get angry with myself when I have difficulty learning Mandarin.	☐	☐	☐	☐	☐
2.	I get angry because I can't participate in Mandarin-language discussions of assignments with my classmates.	☐	☐	☐	☐	☐
3.	I get angry when I am unable to answer theteacher's questions in Mandarin.	☐	☐	☐	☐	☐
4.	I get angry because I can't speak more fluently in Mandarin in class.	☐	☐	☐	☐	☐
5.	When I take Mandarin lessons, I get angry because I can't express my thoughts.	☐	☐	☐	☐	☐

【Hope】

1 - completely disagree, 2 - slightly agree, 3 - 50% agree, 4 - mostly agree, 5 - completely agree

		1	2	3	4	5
1.	I feel hopeful about learning Mandarin, when I can feel myself improving.	□	□	□	□	□
2.	I feel confident in the process of learning Mandarin.	□	□	□	□	□
3.	If our school increases the number of Mandarin language classes, I will feel more hopeful about learning Mandarin.	□	□	□	□	□
4.	When I finish my Mandarin assignments, I feel confident about my Mandarin ability.	□	□	□	□	□
5.	If teachers use more Mandarin in class, Iwill feel more confident about learning Mandarin.	□	□	□	□	□

【Anxiety】

1 - completely disagree, 2 - slightly agree, 3 - 50% agree, 4 - mostly agree, 5 - completely agree

		1	2	3	4	5
1.	I am anxious that my Mandarin speaking ability has not improved.	□	□	□	□	□
2.	I feel anxious because I can't keep up with my classmates in learning Mandarin.	□	□	□	□	□
3.	I feel anxious when I cannot answer the teacher's Mandarin questions.	□	□	□	□	□
4.	Speaking Mandarin in front of my Taiwanese classmates makes me feel anxious.	□	□	□	□	□
5.	I feel anxious about learning Mandarin inthis unfamiliar environment.	□	□	□	□	□

【Shame】

1 - completely disagree, 2 - slightly agree, 3 - 50% agree, 4 - mostly agree, 5 - completely agree

		1	2	3	4	5
1.	I feel ashamed because I always score worse than others on my Mandarin tests.	□	□	□	□	□
2.	I feel ashamed because my classmates have better Mandarin language abilities than me.	□	□	□	□	□

3.	I'm ashamed of my Mandarin accent being different from others.	☐	☐	☐	☐	☐
4.	I feel ashamed when I can't understand what my classmates are saying in Mandarin.	☐	☐	☐	☐	☐
5.	I feel ashamed because I can't finish my Mandarin homework.	☐	☐	☐	☐	☐

【Hopelessness】

1 - completely disagree, 2 - slightly agree, 3 - 50% agree, 4 - mostly agree, 5 - completely agree

		1	2	3	4	5
1.	I feel hopeless when I don't get good grades on Mandarin exams.	☐	☐	☐	☐	☐
2.	I feel hopeless when learning Mandarin because the skills of my peers are betterthan my own.	☐	☐	☐	☐	☐
3.	If I encounter an obstacle while learning Mandarin I feel hopeless.	☐	☐	☐	☐	☐
4.	I feel hopeless because I don't get good grades on Mandarin exams.	☐	☐	☐	☐	☐
5.	I feel helpless because I can't complete my Mandarin assignments.	☐	☐	☐	☐	☐

【Boredom】

1 - completely disagree, 2 - slightly agree, 3 - 50% agree, 4 - mostly agree, 5 - completely agree

		1	2	3	4	5
1.	Seeing my exam score makes me feeldisinterested and makes me want to stoplearning Mandarin.	□	□	□	□	□
2.	I get bored in class because I can't answer my teacher's Mandarin questions.	□	□	□	□	□
3.	I get bored in class because I can't answer my teacher's Mandarin questions.	□	□	□	□	□
4.	I get bored because I am not making progress in learning Mandarin.	□	□	□	□	□
5.	I often get bored while learning Mandarin.	□	□	□	□	□

【Relaxation】

1 - completely disagree, 2 - slightly agree, 3 - 50% agree, 4 - mostly agree, 5 - completely agree

		1	2	3	4	5
1.	When I get a bad grade on a Mandarin exam, the teacher's encouragement makes me relax.	□	□	□	□	□
2.	When the teacher tells Mandarin stories inclass, I feel relaxed.	□	□	□	□	□
3.	Learning Mandarin through Mandarinsongs will help me feel relaxed.	□	□	□	□	□
4.	I feel very relaxed in Mandarin class.	□	□	□	□	□
5.	I feel very relaxed when I use Mandarin in Mandarin class.	□	□	□	□	□

附錄五
國際生華語學習經驗與華語學習情形訪談問卷（中文版）

個人基本資料

國籍：

年齡：□18-20歲　□21-25歲　□26歲以上

性別：□男　□女

是否為僑生：□是　□否

華語水平：□初級　□中級　□高級

1. 你喜歡學華語嗎？

   □喜歡　　　□不喜歡

   為什麼？________________________________

   上華語課的情緒如何？

   □享受　□希望　□自豪　□放鬆　□生氣

   □焦慮　□羞愧　□無望　□厭煩

2. 你認為只要努力，華語能力就可以進步嗎？

   □是　　　□不是

   為什麼？________________________________

3. 你對學華語充滿信心嗎？

□是 □不是

為什麼？＿＿＿＿＿＿＿＿＿＿＿＿＿＿＿＿＿＿＿＿＿＿＿＿＿＿

4. 影響你華語成績最大的因素是什麼？（請選擇1個選項）

□考試運氣 □用功努力 □個人能力 □考題難度

為什麼？＿＿＿＿＿＿＿＿＿＿＿＿＿＿＿＿＿＿＿＿＿＿＿＿＿＿

5. 若是你的華語成績表現良好，你認為是什麼主要原因？（請選擇1個選項）

□考試運氣好 □用功努力 □個人能力好 □考題簡單

為什麼？＿＿＿＿＿＿＿＿＿＿＿＿＿＿＿＿＿＿＿＿＿＿＿＿＿＿

當你的華語成績表現良好，你的情緒如何？

□享受 □希望 □自豪 □放鬆

6. 若是你的華語成績表現不好，你認為是什麼主要原因？（請選擇1個選項）

□考試運氣不好 □努力不足 □個人能力不好

□考題很難

為什麼？＿＿＿＿＿＿＿＿＿＿＿＿＿＿＿＿＿＿＿＿＿＿＿＿＿＿

當你的華語成績表現不好，你的情緒如何？

□生氣 □焦慮 □羞愧 □無望 □厭煩

附錄六

國際生華語學習經驗與華語學習情形訪談問卷（英文版）

Interview Questionnaire on Mandarin Chinese Learning Experience and Learning Situation for International Students

Basic Personal Information

Nationality:

Age: □18-20　□21-25　□Over 26

Gender: □Male　□Female

Overseas Chinese: □Yes　□No

Mandarin Chinese Level: □Basic　□Intermediate　□Advanced

1. Do you enjoy learning Mandarin Chinese？

   □Yes　□No

   Why？ ____

   How do you feel about taking a Mandarin Chinese class？

   □Enjoyment □Hope □Pride □Relaxation □Anger □Anxiety

   □Shame □Hopelessness □Boredom

2. Do you believe that if you work hard, your Mandarin Chinese ability will improve？

☐Yes ☐No

Why？ ______________________________

3. Do you feel confident about learning Mandarin Chinese？

☐Yes ☐No

Why？ ______________________________

4. What is the biggest factor affecting your Mandarin Chinese performance? (Please choose one of the following options.)

☐Exam luck ☐Hard work ☐Personal ability ☐Exam difficulty

Why？ ______________________________

5. If your Mandarin Chinese performance is good, what do you think the main reason is? (Please choose one of the following options.)

☐Good luck on the test ☐Hard work ☐Good personal ability ☐Simple test questions

Why？ ______________________________

What emotion do you primarily feel when you do well in Mandarin Chinese?

☐Enjoyment ☐Hope ☐Pride ☐Relaxation

6. If your Mandarin Chinese performance is not good, what do you think the main reason is? (Please choose one of the following options.)

   □Poor luck on the test　□Lack of effort　□Poor ability
   □Difficult test questions

   Why？______________________________

   What emotion do you primarily feel when you do poorly in Mandarin Chinese?

   □Anger　□Anxiety　□Shame　□Hopelessness
   □Boredom

附錄七
國際生華語學業成敗歸因與華語學業情緒之答題頻率排名

一　國際生華語學業成敗歸因答題頻率前五名和後五名排名

由表47可知，華語學業成敗歸因32題中，歸因程度最高的前五名為「考題難度第1題—◆3.825分—如果華語考題簡單，我就比較容易考得好。」、「用功努力第7題—◆3.721分—我努力做完華語作業。」、「用功努力第8題—◆3.629分—我上華語課很用心。」、「用功努力第3題—◆3.624分—上華語課時，遇到不清楚的地方，我會想去了解。」及「用功努力第4題—◆3.546分—上華語課時，都能專心學習。」；而最低的後五名為「個人能力第10題—▲1.983分—華語考試總是考不好，我認為自己沒有語言天分。」、「考試運氣第3題—▲2.000分—華語考試時，我只靠運氣，不靠實力。」、「考試運氣第9題—▲2.039分—別人的成績比我好，是因為他們運氣好。」、「考試運氣第4題—▲2.122分—我華語考試考很好，是因為運氣好。」及「考題難度第7題—▲2.306分—我華語考不好，是因為考題有課本之外的內容。」

表 47　國際生華語學業成敗歸因程度比較表

成敗歸因層面	題項	平均值	標準差
考試運氣	1	2.590	1.095
	2	2.445	1.140
	3	▲2.000	1.047
	4	▲2.122	1.101
	5	2.450	1.309
	6	2.598	1.082
	8	2.354	1.077
	9	▲2.039	1.163
用功努力	1	3.349	1.112
	3	◆3.624	.982
	4	◆3.546	1.015
	6	3.415	1.107
	7	◆3.721	1.009
	8	◆3.629	.963
	9	3.153	1.051
	10	3.480	1.011
個人能力	1	2.651	1.026
	3	2.677	1.120
	4	2.362	1.019
	5	2.956	1.046

成敗歸因層面	題項	平均值	標準差
	6	2.432	1.000
	7	2.319	1.143
	8	2.664	1.283
	10	▲1.983	1.013
考題難度	1	◆3.825	1.160
	2	3.074	1.162
	3	3.218	1.090
	4	2.856	1.246
	5	2.428	1.181
	7	▲2.306	1.093
	9	2.952	1.156
	10	3.087	1.155

註：◆最高前五名。
　　▲最低後五名。

二　國際生華語學業情緒答題頻率前五名和後五名排名

由表48可知，華語學業情緒45題，最易產生的學業情緒前五名為「自豪第1題—◆4.026分—當我華語考試考得好，我會感到很自豪。」、「自豪第2題—◆3.886分—我會因為可以使用華語與同學溝通而感到自豪。」、「自豪第3題—◆3.856分—能夠閱讀華語教科書時，我會感覺很自豪。」、「自豪第4題—◆3.742分—我很自豪自己在班上使用華語的表現。」及「享受第3題—◆3.638分—我很享受學習華語的過程。」；最不易產生的學業情緒後五名為「厭煩第1題—▲2.157分—看到我的分數，我會很厭煩不想學習華語。」、「無望第2題—▲2.205分—我會因為同儕能力比我好，而降低我學習華語的意願。」、「厭煩第5題—▲2.389分—我在學習華語的過程經常會感到厭煩。」、「厭煩第2題—▲2.406分—我會因為回答不出老師華語的問題而覺得很厭煩。」及「羞愧第3題—▲2.410分—我會因為自己的華語口音與其他同學不同而感到羞愧。」

表 48　國際生華語學業情緒比較表

情緒層面	題項	平均值	標準差
享受	1	3.515	1.099
	2	3.568	1.109
	3	◆3.638	1.032
	4	3.576	1.072
	5	3.485	1.107
自豪	1	◆4.026	1.026
	2	◆3.886	1.094
	3	◆3.856	1.170
	4	◆3.742	1.147
	5	3.611	1.182
生氣	1	2.904	1.192
	2	2.485	1.238

情緒層面	題項	平均值	標準差
	3	2.524	1.209
	4	2.537	1.255
	5	2.572	1.210
希望	1	3.624	1.017
	2	3.533	.998
	3	3.428	1.112
	4	3.441	.965
	5	3.419	1.116
焦慮	1	2.917	1.150
	2	2.729	1.157
	3	2.843	1.170
	4	2.651	1.260
	5	2.498	1.220
羞愧	1	2.537	1.241
	2	2.546	1.254
	3	▲2.410	1.202
	4	2.555	1.189
	5	2.480	1.252
無望	1	2.821	1.280
	2	▲2.205	1.091
	3	2.415	1.220

情緒層面	題項	平均值	標準差
	4	2.476	1.212
	5	2.419	1.246
厭煩	1	▲2.157	1.128
	2	▲2.406	1.176
	3	2.616	1.284
	4	2.432	1.200
	5	▲2.389	1.136
放鬆	1	3.310	1.141
	2	3.061	1.106
	3	3.271	1.191
	4	3.397	1.118
	5	3.541	1.102

註：◆最高前五名。
▲最低後五名。

三　根據區域別比較5組國際生華語學業成敗歸因答題頻率前五名和後五名排名

由表49可知，華語學業成敗歸因32題中，大洋洲國際生歸因程度最高的前五名為「個人能力第8題—◆4.000分」、「考試運氣第9題、用功努力第3題—◆3.333分」、「用功努力第4題、用功努力第6題、用功努力第9題、用功努力第10題、個人能力第1題、考題難度第1題—◆3.000分」；而最低的後五名為「個人能力第10題—▲1.667分」、「考試運氣第3題、考試運氣第8題、個人能力第3題、個人能力第6題、考題難度第5題、考題難度第7題—▲2.000分」。

亞洲國際生歸因程度最高的前五名為「考題難度第1題—◆3.850分」、「用功努力第7題—◆3.701分」、「用功努力第3題—◆3.652分」、「用功努力第8題—◆3.615分」及「用功努力第4題—◆3.497分」；而最低的後五名為「個人能力第10題—▲2.021分」、「考試運氣第9題—▲2.064分」、「考試運氣第3題—▲2.075分」、「考試運氣第4題—▲2.187分」及「個人能力第4題—▲2.321分」。

非洲國際生歸因程度最高的前五名為「考題難度第2題—◆4.333分」、「用功努力第8題—◆3.833分」、「用功努力第4題、考題難度第3題—◆3.667分」及「用功努力第7題、考題難度第10題—◆3.500分」；而最低的後五名為「考題難度第7題—▲1.333分」、「考試運氣第4題、第5題—▲1.500分」及「考試運氣第6題、第9題—▲1.667分」。

美洲國際生歸因程度最高的前五名為「用功努力第6題—◆4.000分」、「用功努力第7題、第10題—◆3.955分」、「用功努力第4題—◆3.909分」及「考題難度第1題—◆3.864分」；而最低的後五名為「考試運氣第3題—▲1.545分」、「考試運氣第9題—▲1.727分」、「考試運氣第4題、個人能力第10題—▲1.818分」及「考試運氣第5題—▲2.000分」。

歐洲國際生歸因程度最高的前五名為「考題難度第1題—◆4.091分」、「用功努力第7題—◆4.000分」、「用功努力第10題—◆3.818分」及「用功努力第4題、第8題—◆3.727分」；而最低的後五名為「考試運氣第3題、個人能力第10題—▲1.636分」、「考試運氣第4題—▲1.818分」及「考試運氣第2題、個人能力第7題—▲1.909分」。

分析結果發現：

（1）「考題難度第1題—如果華語考題簡單，我就比較容易考得好。」同是亞洲和歐洲國際生歸因程度的前一名。

（2）「用功努力第7題—我努力做完華語作業。」同是亞洲、美洲和歐洲國際生歸因程度的前二名。

（3）「用功努力第4題—上華語課時，我都能專心學習。」同是5組國際生歸因程度前五名中的交集。

（4）「考試運氣第3題—華語考試時，我只靠運氣，不靠實力。」、「考試運氣第4題—我華語考試考很好，是因為運氣好。」同是亞洲、美洲和歐洲等3組國際生歸因程度後五名中的交集。

表49　根據區域別比較5組國際生華語學業成敗歸因程度之比較表

成敗歸因層面	題項	大洋洲	亞洲	非洲	美洲	歐洲
考試運氣	1	2.333	2.668	2.500	2.273	2.000
	2	2.667	2.497	2.167	2.318	▲1.909
	3	▲2.000	▲2.075	2.000	▲1.545	▲1.636
	4	2.667	▲2.187	▲1.500	▲1.818	▲1.818
	5	2.667	2.551	▲1.500	▲2.000	2.091
	6	2.333	2.631	▲1.667	2.682	2.455
	8	▲2.000	2.374	2.000	2.318	2.364
	9	◆3.333	▲2.064	▲1.667	▲1.727	2.091
用功努力	1	2.667	3.310	3.167	3.727	3.545

成敗歸因層面	題項	大洋洲	亞洲	非洲	美洲	歐洲
	3	◆3.333	◆3.652	2.333	3.818	3.545
	4	◆3.000	◆3.497	◆3.667	◆3.909	◆3.727
	6	◆3.000	3.353	3.167	◆4.000	3.545
	7	2.667	◆3.701	◆3.500	◆3.955	◆4.000
	8	2.667	◆3.615	◆3.833	3.773	◆3.727
	9	◆3.000	3.171	2.167	3.318	3.091
	10	◆3.000	3.439	2.667	◆3.955	◆3.818
個人能力	1	◆3.000	2.668	3.333	2.409	2.364
	3	▲2.000	2.668	2.500	2.909	2.636
	4	2.667	▲2.321	2.833	2.500	2.455
	5	2.667	3.005	2.333	2.773	2.909
	6	▲2.000	2.428	2.333	2.500	2.545
	7	2.333	2.342	2.500	2.273	▲1.909
	8	◆4.000	2.572	3.000	3.045	2.909
	10	▲1.667	▲2.021	2.167	▲1.818	▲1.636
考題難度	1	◆3.000	◆3.850	2.833	◆3.864	◆4.091
	2	2.667	3.037	◆4.333	3.000	3.273
	3	2.333	3.209	◆3.667	3.136	3.545
	4	2.333	2.845	3.333	2.864	2.909
	5	▲2.000	2.460	2.667	2.227	2.273

成敗歸因層面	題項	大洋洲	亞洲	非洲	美洲	歐洲
	7	▲2.000	2.358	▲1.333	2.273	2.091
	9	2.667	2.898	3.333	3.182	3.273
	10	2.667	3.150	◆3.500	2.636	2.818

註：◆最高前五名。
▲最低後五名。

四　根據年齡別比較3組國際生華語學業成敗歸因答題頻率前五名和後五名排名

由表50可知，華語學業成敗歸因32題中，18-20歲國際生歸因程度最高的前五名為「考題難度第1題—◆3.958分」、「用功努力第7題—◆3.873分」、「用功努力第3題、用功努力第8題—◆3.644分」及「用功努力第6題—◆3.568分」；而最低的後五名為「個人能力第10題—▲1.797分」、「考試運氣第3題—▲1.856分」、「考試運氣第9題—▲2.000分」、「考試運氣第4題—▲2.017分」及「個人能力第4題—▲2.153分」。

21-25歲國際生歸因程度最高的前五名為「考題難度第1題—◆3.660分」、「用功努力第3題—◆3.543分」、「用功努力第8題—◆3.500分」、「用功努力第7題—◆3.468分」及「用功努力第4題—◆3.415分」；而最低的後五名為「考試運氣第9題—▲2.128分」、「個人能力第10題—▲2.223分」、「考試運氣第3題—▲2.234分」、「考試運氣第4題—▲2.287分」及「考試運氣第8題—▲2.372分」。

26歲以上國際生歸因程度最高的前五名為「用功努力第4題—◆4.353分」、「用功努力第8題—◆4.235分」、「用功努力第1題、第7題—

◆4.059分」及「用功努力第3題—◆3.941分」；而最低的後五名為「考試運氣第3題—▲1.706分」、「考試運氣第5題、考試運氣第9題、考試難度第7題—▲1.824分」及「考試運氣第4題—▲1.941分」。

分析結果發現：

（1）「考題難度第1題—如果華語考題簡單，我就比較容易考得好。」同是18-20歲和21-25歲國際生歸因程度的前一名。

（2）「用功努力第3題—上華語課時，遇到不清楚的地方，我會想去了解。」、「用功努力第7題—我努力做完華語作業。」、「用功努力第8題—我上華語課很用心。」同是18-20歲、21-25歲和26歲以上等3組國際生歸因程度前五名的交集。

（3）「考試運氣第3題—華語考試時，我只靠運氣，不靠實力。」、「考試運氣第4題—我華語考試考很好，是因為運氣好。」和「考試運氣第9題—別人的成績比我好，是因為他們運氣好。」同是18-20歲、21-25歲和26歲以上等3組國際生歸因程度後五名中的交集。

表50　根據年齡別比較3組國際生華語學業成敗歸因程度之比較表

成敗歸因層面	題項	18-20歲	21-25歲	26歲以上
考試運氣	1	2.551	2.723	2.118
	2	2.381	2.574	2.176
	3	▲1.856	▲2.234	▲1.706
	4	▲2.017	▲2.287	▲1.941
	5	2.432	2.585	▲1.824

成敗歸因層面	題項	18-20歲	21-25歲	26歲以上
	6	2.585	2.670	2.294
	8	2.373	▲2.372	2.118
	9	▲2.000	▲2.128	▲1.824
用功努力	1	3.280	3.309	◆4.059
	3	◆3.644	◆3.543	◆3.941
	4	3.534	◆3.415	◆4.353
	6	◆3.568	3.181	3.647
	7	◆3.873	◆3.468	◆4.059
	8	◆3.644	◆3.500	◆4.235
	9	3.110	3.191	3.235
	10	3.534	3.340	3.882
個人能力	1	2.500	2.840	2.647
	3	2.669	2.723	2.471
	4	▲2.153	2.585	2.588
	5	2.720	3.223	3.118
	6	2.305	2.606	2.353
	7	2.212	2.489	2.118
	8	2.407	2.936	2.941
	10	▲1.797	▲2.223	1.941
考題難度	1	◆3.958	◆3.660	3.824

成敗歸因層面	題項	18-20歲	21-25歲	26歲以上
	2	3.008	3.213	2.765
	3	3.127	3.351	3.118
	4	2.754	2.936	3.118
	5	2.347	2.574	2.176
	7	2.237	2.479	▲1.824
	9	2.941	3.000	2.765
	10	3.051	3.138	3.059

註：◆最高前五名。
▲最低後五名。

五　根據性別比較兩組國際生華語學業成敗歸因答題頻率前五名和後五名排名

由表51可知，華語學業成敗歸因32題中，女國際生歸因程度最高的前五名為「考題難度第1題—◆3.865分」、「用功努力第7題—◆3.774分」、「用功努力第8題—◆3.669分」、「用功努力第3題—◆3.609分」及「用功努力第10題—◆3.549分」；而最低的後五名為「個人能力第10題—▲1.932分」、「考試運氣第3題—▲1.985分」、「考試運氣第9題—▲2.000分」、「考試運氣第4題—▲2.158分」及「考題難度第7題—▲2.248分」。

男國際生歸因程度最高的前五名為「考題難度第1題—◆3.771分」、「用功努力第3題、用功努力第7題—◆3.646分」、「用功努力第4題—◆3.583分」及「用功努力第8題—◆3.573分」；而最低的後五名為「考試運氣第3題—▲2.021分」、「個人能力第10題—▲2.052分」、「考試運氣第4題—▲2.073分」、「考試運氣第9題—▲2.094分」及「考試運氣第8題、個人能力第7題—▲2.292分」。

分析結果發現：

（1）「考題難度第1題—如果華語考題簡單，我就比較容易考得好。」同是男、女兩組國際生歸因程度的前一名。

（2）「用功努力第3題—上華語課時，遇到不清楚的地方，我會想去了解。」、「用功努力第7題—我努力做完華語作業。」、「用功努力第8題—我上華語課很用心。」同是男、女兩組國際生歸因程度前五名的交集。

（3）「個人能力第10題—華語考試總是考不好，我認為自己沒有語言天分。」、「考試運氣第3題—華語考試時，我只靠運氣，不靠實力。」、「考試運氣第4題—我華語考試考很好，是因為運氣好。」和「考試運氣第9題—別人的成績比我好，是因為他們運氣好。」同是男、女兩組國際生歸因程度後五名中的交集。

表 51　根據性別比較兩組國際生華語學業成敗歸因程度之比較表

成敗歸因層面	題項	女性	男性
考試運氣	1	2.617	2.552
	2	2.383	2.531
	3	▲1.985	▲2.021
	4	▲2.158	▲2.073
	5	2.504	2.375

成敗歸因層面	題項	女性	男性
	6	2.692	2.469
	8	2.398	▲2.292
	9	▲2.000	▲2.094
用功努力	1	3.436	3.229
	3	◆3.609	◆3.646
	4	3.519	◆3.583
	6	3.429	3.396
	7	◆3.774	◆3.646
	8	◆3.669	◆3.573
	9	3.165	3.135
	10	◆3.549	3.385
個人能力	1	2.571	2.760
	3	2.609	2.771
	4	2.368	2.354
	5	2.992	2.906
	6	2.391	2.490
	7	2.338	▲2.292
	8	2.669	2.656
	10	▲1.932	▲2.052
考題難度	1	◆3.865	◆3.771

成敗歸因層面	題項	女性	男性
	2	3.060	3.094
	3	3.278	3.135
	4	2.865	2.844
	5	2.391	2.479
	7	▲2.248	2.385
	9	2.955	2.948
	10	3.053	3.135

註：◆最高前五名。
▲最低後五名。

六　根據是否為僑生比較兩組國際生華語學業成敗歸因答題頻率前五名和後五名排名

由表52可知，華語學業成敗歸因32題中，非僑生國際生歸因程度最高的前五名為「考題難度第1題—◆3.763分」、「用功努力第7題—◆3.698分」、「用功努力第8題—◆3.662分」、「用功努力第3題—◆3.612分」及「用功努力第4題—◆3.590分」；而最低的後五名為「考試運氣第9題—▲1.942分」、「考試運氣第3題—▲1.957分」、「個人能力第10題—▲2.058分」、「考試運氣第4題—▲2.079分」及「考題難度第7題—▲2.295分」。

僑生學生歸因程度最高的前五名為「考題難度第1題—◆3.922分」、「用功努力第7題—◆3.756分」、「用功努力第3題—◆3.644分」及、「用功努力第8題—◆3.578分」「用功努力第4題—◆3.478分」；而最低的後五名為「個人能力第10題—▲1.867分」、「考試運氣第3題—▲2.067分」、「考試運氣第4題、考試運氣第9題—▲2.189分」及「個人能力第4題—▲2.267分」。

分析結果發現：

（1）「考題難度第1題—如果華語考題簡單，我就比較容易考得好。」、「用功努力第7題—我努力做完華語作業。」、「用功努力第4題—上華語課時，我都能專心學習。」同是僑生、非僑生兩組國際生歸因程度的最高的第一名、第二名和第五名。

（2）「考題難度第1題—如果華語考題簡單，我就比較容易考得好。」、「用功努力第7題—我努力做完華語作業。」、「用功努力第4題—上華語課時，我都能專心學習。」、「用功努力第3題—上華語課時，遇到不清楚的地方，我會想去了解。」、「用功努力第8題—我上華語課很用心。」皆是僑生、非僑生兩組國際生歸因程度的最高前五名的交集。

（3）「個人能力第10題—華語考試總是考不好，我認為自己沒有語言天分。」、「考試運氣第3題—華語考試時，我只靠運氣，不靠實力。」、「考試運氣第4題—我華語考試考很好，是因為運氣好。」和「考試運氣第9題—別人的成績比我好，是因為他們運氣好。」同是僑生、非僑生兩組國際生歸因程度後五名中的交集。

表 52　根據是否為僑生比較兩組國際生華語學業成敗歸因程度之比較表

成敗歸因層面	題項	否（非僑生）	是（僑生）
考試運氣	1	2.590	2.589
	2	2.439	2.456
	3	▲1.957	▲2.067
	4	▲2.079	▲2.189
	5	2.360	2.589
	6	2.662	2.500
	8	2.360	2.344
	9	▲1.942	▲2.189
用功努力	1	3.424	3.233
	3	◆3.612	◆3.644
	4	◆3.590	◆3.478
	6	3.540	3.222
	7	◆3.698	◆3.756
	8	◆3.662	◆3.578
	9	3.266	2.978
	10	3.583	3.322
個人能力	1	2.647	2.656
	3	2.683	2.667

成敗歸因層面	題項	否（非僑生）	是（僑生）
	4	2.424	▲2.267
	5	3.000	2.889
	6	2.432	2.433
	7	2.309	2.333
	8	2.806	2.444
	10	▲2.058	▲1.867
考題難度	1	◆3.763	◆3.922
	2	3.108	3.022
	3	3.245	3.178
	4	2.799	2.944
	5	2.410	2.456
	7	▲2.295	2.322
	9	2.986	2.900
	10	3.000	3.222

註：◆最高前五名。
　　▲最低後五名。

七　根據華語程度比較3組國際生華語學業成敗歸因答題頻率前五名和後五名排名

由表53可知，華語學業成敗歸因32題中，華語程度初級國際生歸因程度最高的前五名為「考題難度第1題—◆3.679分」、「用功努力第7題—◆3.615分」、「用功努力第10題—◆3.541分」、「用功努力第3題

—◆3.523分」及「用功努力第8題—◆3.505分」；而最低的後五名為「個人能力第10題—▲2.147分」、「考試運氣第3題—▲2.211分」、「考試運氣第9題—▲2.220分」、「考試運氣第4題—▲2.303分」及「考題難度第7題—▲2.413分」。

華語程度中級國際生歸因程度最高的前五名為「考題難度第1題—◆3.942分」、「用功努力第7題—◆3.808分」、「用功努力第8題—◆3.760分」、「用功努力第3題—◆3.683分」及「用功努力第4題—◆3.587分」；而最低的後五名為「個人能力第10題—▲1.846分」、「考試運氣第3題、考試運氣第9題—▲1.865分」、「考試運氣第4題—▲2.000分」及「個人能力第4題—▲2.067分」。

華語程度高級國際生歸因程度最高的前五名為「考題難度第1題—◆4.063分」、「用功努力第3題—◆3.938分」、「用功努力第7題—◆3.875分」及「用功努力第8題、用功努力第10題—◆3.625分」；而最低的後五名為「考試運氣第3題—▲1.438分」、「考試運氣第1題、考試運氣第2題、考試運氣第8題—▲1.625分」及「考試運氣第4題、考試運氣第5題—▲1.688分」。

分析結果發現：

（1）「考題難度第1題—如果華語考題簡單，我就比較容易考得好。」同是華語程度初級、中級和高級3組國際生歸因程度的最高的第一名。

（2）「考題難度第1題—如果華語考題簡單，我就比較容易考得好。」、「用功努力第3題—上華語課時，遇到不清楚的地方，我會想去了解。」、「用功努力第7題—我努力做完華語作業。」、「用功努力第8題—我上華語課很用心。」皆是華語程度初級、中級和高級3組國際生歸因程度最高前五名的交集。

（3）「考試運氣第3題—華語考試時，我只靠運氣，不靠實力。」、「考試運氣第4題—我華語考試考很好，是因為運氣好。」皆是華語程度初級、中級和高級3組國際生歸因程度後五名中的交集。

表53　根據華語水平比較3組國際生華語學業成敗歸因程度之比較表

成敗歸因層面	題項	初級	中級	高級
考試運氣	1	2.917	2.394	▲1.625
	2	2.688	2.317	▲1.625
	3	▲2.211	▲1.865	▲1.438
	4	▲2.303	▲2.000	▲1.688
	5	2.725	2.279	▲1.688
	6	2.844	2.433	2.000
	8	2.596	2.212	▲1.625
	9	▲2.220	▲1.865	1.938
用功努力	1	3.349	3.413	2.938
	3	◆3.523	◆3.683	◆3.938
	4	3.505	◆3.587	3.563
	6	3.468	3.385	3.250
	7	◆3.615	◆3.808	◆3.875
	8	◆3.505	◆3.760	◆3.625
	9	3.183	3.154	2.938

成敗歸因層面	題項	初級	中級	高級
	10	◆3.541	3.394	◆3.625
個人能力	1	2.743	2.635	2.125
	3	2.963	2.423	2.375
	4	2.697	▲2.067	2.000
	5	3.009	2.971	2.500
	6	2.670	2.173	2.500
	7	2.606	2.087	1.875
	8	3.303	2.135	1.750
	10	▲2.147	▲1.846	1.750
考題難度	1	◆3.679	◆3.942	◆4.063
	2	3.248	3.010	2.313
	3	3.394	3.163	2.375
	4	3.028	2.817	1.938
	5	2.587	2.298	2.188
	7	▲2.413	2.269	1.813
	9	3.101	2.837	2.688
	10	3.202	2.971	3.063

註：◆最高前五名。
▲最低後五名。

八　根據區域別比較5組國際生華語學業情緒答題頻率前五名和後五名排名

由表54可知，華語學業情緒45題，大洋洲國際生最易產生的學業情緒的前五名為「自豪第3題、生氣第1題與生氣第4題—◆3.667分」及「享受第2題和第3題—◆3.333分」；而最不易產生的學業情緒最低的後五名為「焦慮第2題、羞愧第1題、羞愧第2題、羞愧第4題、羞愧第5題、無望第4題、無望第5題、厭煩第1題、厭煩第2題與厭煩第4題—▲2.000分」。

亞洲國際生最易產生的學業情緒的前五名為「自豪第1題—◆3.952分」、「自豪第2題—◆3.802分」、「自豪第3題—◆3.786分」、「自豪第4題—◆3.658分」及「享受第3題—◆3.642分」；而最不易產生的學業情緒的後五名為「厭煩第1題—▲2.203分」、「無望第2題—▲2.230分」、「厭煩第2題—▲2.353分」及「無望第3題與厭煩第5題—▲2.364分」。

非洲國際生最易產生的學業情緒的前五名為「自豪第1題—◆4.333分」、「自豪第2題—◆4.167分」、「自豪第3題—◆3.833分」及「自豪第4題、希望第1題與焦慮第1題—◆3.667分」；而最不易產生的學業情緒的後五名為「希望第5題—▲1.500分」、「厭煩第5題—▲2.167分」及「羞愧第2題、羞愧第4題、厭煩第3題與放鬆第2題—▲2.333分」。

美洲國際生最易產生的學業情緒的前五名為「自豪第1題與自豪第2題—◆4.545分」、「自豪第4題—◆4.364分」、「自豪第3題—4.273分」及「希望第1題—◆3.864分」；而最不易產生的學業情緒的後五名為「無望第2題與厭煩第1題—▲1.773分」、「無望第5題—▲1.955分」、「羞愧第2題—▲2.091分」及「無望第4題—▲2.182分」。

歐洲國際生最易產生的學業情緒的前五名為「自豪第1題—◆4.364分」、「自豪第3題、第4題與第5題—◆4.273分」及「自豪第2題—◆4.182分」；而最不易產生的學業情緒的後五名為「厭煩第1題—▲2.000分」、「羞愧第1題與羞愧第3題—▲2.273分」、「無望第2題—▲2.455分」及「無望第5題、厭煩第2題—▲2.545分」。

分析結果發現：

（1）「自豪第1題—當我華語考試考得好，我會感到很自豪。」同是亞洲、非洲、美洲和歐洲4組國際生在學習華語時最易產生的第一名學業情緒。

（2）「自豪第3題—能夠閱讀華語教科書時，我會感覺很自豪。」皆是大洋洲、亞洲、非洲、美洲和歐洲5組國際生在學習華語時最易產生前五名學業情緒的交集。

（3）亞洲、美洲和歐洲3組國際生在學習華語時最易產生前五名學業情緒皆是正面情緒，包括自豪、希望和享受。

（4）大洋洲、非洲兩組國際生在學習華語時最易產生前五名學業情緒除了正面情緒自豪、希望和享受，亦包括焦慮和生氣等負面情緒。

（5）「厭煩第1題—看到我的分數，我會很厭煩不想學習華語。」、「無望第2題—我會因為同儕能力比我好，而降低我學習華語的意願。」皆是亞洲、美洲和歐洲3組國際生在學習華語時最不易產生的後五名學業情緒的交集。

（6）美洲和歐洲兩組國際生在學習華語時最不易產生的後五名學業情緒的交集包括厭煩、無望和羞愧等負面情緒。

（7）大洋洲、亞洲、美洲和歐洲4組國際生在學習華語時最最不易產生的後五名學業情緒包括焦慮、厭煩、無望和羞愧等負面情緒；

而非洲學生在學習華語時最最不易產生的後五名學業情緒除了厭煩和羞愧等負面情緒之外，還包括希望和放鬆等正面情緒。

表54　根據區域別比較5組國際生華語學業情緒之比較表

情緒層面	題項	大洋洲	亞洲	非洲	美洲	歐洲
享受	1	2.667	3.567	2.500	3.591	3.273
	2	◆3.333	3.572	3.333	3.636	3.545
	3	◆3.333	◆3.642	3.167	3.636	3.909
	4	2.667	3.594	3.333	3.773	3.273
	5	2.333	3.545	2.500	3.500	3.273
自豪	1	3.000	◆3.952	◆4.333	◆4.545	◆4.364
	2	2.667	◆3.802	◆4.167	◆4.545	◆4.182
	3	◆3.667	◆3.786	◆3.833	◆4.273	◆4.273
	4	2.667	◆3.658	◆3.667	◆4.364	◆4.273
	5	3.000	3.594	3.500	3.545	◆4.273
生氣	1	◆3.667	2.802	3.000	3.545	3.091
	2	2.667	2.455	2.500	2.591	2.727
	3	2.333	2.465	2.833	2.818	2.818
	4	◆3.667	2.422	3.000	3.136	2.727
	5	2.333	2.524	2.833	2.773	2.909
希望	1	3.000	3.583	◆3.667	◆3.864	4.000
	2	3.000	3.545	3.000	3.455	3.909
	3	3.000	3.374	3.500	3.636	4.000

情緒層面	題項	大洋洲	亞洲	非洲	美洲	歐洲
	4	2.333	3.417	3.500	3.773	3.455
	5	2.667	3.481	▲1.500	3.409	3.636
焦慮	1	2.667	2.861	◆3.667	3.182	3.000
	2	▲2.000	2.717	3.167	2.727	2.909
	3	2.333	2.813	3.333	2.864	3.182
	4	2.667	2.610	2.667	2.864	2.909
	5	2.667	2.487	3.000	2.227	2.909
羞愧	1	▲2.000	2.540	2.833	2.636	▲2.273
	2	▲2.000	2.615	▲2.333	▲2.091	▲2.545
	3	2.333	2.417	2.667	2.364	▲2.273
	4	▲2.000	2.551	▲2.333	2.636	2.727
	5	▲2.000	2.449	2.667	2.591	2.818
無望	1	2.667	2.840	2.500	2.773	2.818
	2	2.333	▲2.230	2.500	▲1.773	▲2.455
	3	2.333	▲2.364	2.500	2.682	2.727
	4	▲2.000	2.497	2.500	▲2.182	2.818
	5	▲2.000	2.460	2.833	▲1.955	▲2.545
厭煩	1	▲2.000	▲2.203	2.500	▲1.773	▲2.000
	2	▲2.000	▲2.353	3.167	2.636	▲2.545
	3	2.667	2.642	▲2.333	2.318	2.909
	4	▲2.000	2.406	2.500	2.500	2.818
	5	2.333	▲2.364	▲2.167	2.409	2.909

情緒層面	題項	大洋洲	亞洲	非洲	美洲	歐洲
放鬆	1	2.333	3.299	3.167	3.364	3.727
	2	2.333	3.128	▲2.333	2.636	3.364
	3	2.333	3.332	3.000	2.955	3.273
	4	2.667	3.422	2.667	3.409	3.545
	5	2.333	3.615	3.167	3.182	3.545

註：◆最高前五名。
▲最低後五名。

九 根據年齡別比較3組國際生華語學業情緒答題頻率前五名和後五名排名

由表55可知，華語學業情緒45題，18-20歲國際生最易產生的學業情緒的前五名為「自豪第1題—◆4.110分」、「自豪第2題—◆3.966分」、「自豪第3題—◆3.924分」、「自豪第4題、3.814分」及「享受第3題與第4題—3.653分」。18-20歲國際生最不易產生的學業情緒的後五名為「厭煩第1題—▲2.017分」、「無望第2題—▲2.102分」、「羞愧第3題—▲2.280分」、「生氣第2題—▲2.322分」及「無望第3題—▲2.347分」。

21-25歲國際生最易產生的學業情緒的前五名為「自豪第1題—◆3.894分」、「自豪第3題—◆3.798分」、「自豪第2題—◆3.766分」、「自豪第4題—◆3.638分」及「希望第1題—◆3.574分」；21-25歲國際生最不易產生的學業情緒的後五名為「無望第2題—▲2.394分」、「厭煩第1題—▲2.436分」、「厭煩第2題—▲2.500分」、「厭煩第5題—▲2.511分」及「厭煩第4題—▲2.521分」。

26歲以上國際生最易產生的學業情緒的前五名為「享受第2題—◆4.353分」、「享受第3題—◆4.294分」、「自豪第1題—◆4.176分」、「自豪第5題—◆4.118分」及「希望第1題—◆4.059分」；不易產生的學業情緒的後五名為「厭煩第1題與厭煩第3題—▲1.588分」、「厭煩第5題—▲1.647分」、「無望第2題—▲1.882分」及「無望第5題與厭煩第4題—▲1.941分」。

分析結果發現：

（1）「自豪第1題—當我華語考試考得好，我會感到很自豪。」同是18-20歲和21-25歲兩組國際生在學習華語時最易產生的第一名學業情緒。

（2）「自豪第1題—當我華語考試考得好，我會感到很自豪。」皆是18-20歲、21-25歲、26歲以上3組國際生在學習華語時最易產生的前五名學業情緒的交集。

（3）「厭煩第1題—看到我的分數，我會很厭煩不想學習華語。」、「無望第2題—我會因為同儕能力比我好，而降低我學習華語的意願。」皆是18-20歲、21-25歲、26歲以上3組國際生在學習華語時最不易產生的後五名學業情緒的交集。

表55　根據年齡別比較3組國際生華語學業情緒之比較表

情緒層面	題項	18-20歲	21-25歲	26歲以上
享受	1	3.568	3.426	3.647
	2	3.593	3.394	◆4.353
	3	◆3.653	3.500	◆4.294
	4	◆3.653	3.404	4.000
	5	3.542	3.415	3.471

情緒層面	題項	18-20歲	21-25歲	26歲以上
自豪	1	◆4.110	◆3.894	◆4.176
	2	◆3.966	◆3.766	4.000
	3	◆3.924	◆3.798	3.706
	4	◆3.814	◆3.638	3.824
	5	3.576	3.564	◆4.118
生氣	1	2.915	2.862	3.059
	2	▲2.322	2.702	2.412
	3	2.449	2.596	2.647
	4	2.458	2.585	2.824
	5	2.508	2.649	2.588
希望	1	3.602	◆3.574	◆4.059
	2	3.593	3.436	3.647
	3	3.381	3.404	3.882
	4	3.432	3.415	3.647
	5	3.466	3.351	3.471
焦慮	1	2.949	2.862	3.000
	2	2.653	2.851	2.588
	3	2.771	2.957	2.706
	4	2.636	2.723	2.353
	5	2.407	2.638	2.353
羞愧	1	2.475	2.723	1.941

情緒層面	題項	18-20歲	21-25歲	26歲以上
	2	2.449	2.723	2.235
	3	▲2.280	2.638	2.059
	4	2.475	2.713	2.235
	5	2.441	2.564	2.294
無望	1	2.847	2.830	2.588
	2	▲2.102	▲2.394	▲1.882
	3	▲2.347	2.585	1.941
	4	2.415	2.628	2.059
	5	2.364	2.574	▲1.941
厭煩	1	▲2.017	▲2.436	▲1.588
	2	2.347	▲2.500	2.294
	3	2.636	2.777	▲1.588
	4	2.432	▲2.521	▲1.941
	5	2.398	▲2.511	▲1.647
放鬆	1	3.220	3.340	3.765
	2	2.992	3.128	3.176
	3	3.280	3.255	3.294
	4	3.407	3.287	3.941
	5	3.593	3.404	3.941

註：◆最高前五名。
▲最低後五名。

十　根據性別比較兩組國際生華語學業情緒答題頻率前五名和後五名排名

由表56可知，華語學業情緒45題，女性國際生最易產生的學業情緒的前五名為「自豪第1題—◆4.075分」、「自豪第2題—◆3.925分」、「自豪第3題—◆3.872分」、「自豪第4題—◆3.722分」及「享受第3題—◆3.624分」；最不易產生的學業情緒的後五名為「厭煩第1題—▲2.105分」、「無望第2題—▲2.278分」、「厭煩第2題—▲2.323分」、「生氣第2題—▲2.361分」及「厭煩第5題—▲2.376分」。

男性國際生最易產生的學業情緒的前五名為「自豪第1題—◆3.958分」、「自豪第2題、自豪第3題—◆3.833分」、「自豪第4題—◆3.771分」及「自豪第5題—◆3.729分」；最不易產生的學業情緒的後五名為「無望第2題—▲2.104分」、「厭煩第1題—▲2.229分」、「無望第3題—▲2.333分」、「厭煩第5題—▲2.406分」及「無望第5題—▲2.417分」。

分析結果發現：

（1）「自豪第1題—當我華語考試考得好，我會感到很自豪。」皆是男、女兩組國際生在學習華語時最易產生的第一名學業情緒。

（2）「自豪第1題—當我華語考試考得好，我會感到很自豪。」、「自豪第2題—我會因為可以使用華語與同學溝通而感到自豪。」、「自豪第3題—能夠閱讀華語教科書時，我會感覺很自豪。」、「自豪第4題—我很自豪自己在班上使用華語的表現。」皆是男、女兩組國際生在學習華語時最易產生前五名學業情緒的交集。

（3）「無望第2題—我會因為同儕能力比我好，而降低我學習華語的意願。」、「厭煩第1題—看到我的分數，我會很厭煩不想學習華語。」、「厭煩第5題─我在學習華語的過程經常會感到厭煩。」皆是男、女兩組國際生在學習華語時最不易產生後五名學業情緒的交集。

表 56　根據性別比較兩組國際生華語學業情緒之比較表

情緒層面	題項	女性	男性
享受	1	3.406	3.667
	2	3.534	3.615
	3	◆3.624	3.656
	4	3.549	3.615
	5	3.511	3.448
自豪	1	◆4.075	◆3.958
	2	◆3.925	◆3.833
	3	◆3.872	◆3.833
	4	◆3.722	◆3.771
	5	3.526	◆3.729
生氣	1	2.917	2.885
	2	▲2.361	2.656
	3	2.398	2.698
	4	2.383	2.750
	5	2.421	2.781
希望	1	3.556	3.719
	2	3.519	3.552

情緒層面	題項	女性	男性
	3	3.353	3.531
	4	3.451	3.427
	5	3.346	3.521
焦慮	1	2.940	2.885
	2	2.647	2.844
	3	2.820	2.875
	4	2.707	2.573
	5	2.526	2.458
羞愧	1	2.549	2.521
	2	2.534	2.563
	3	2.391	2.438
	4	2.549	2.563
	5	2.414	2.573
無望	1	2.880	2.740
	2	▲2.278	▲2.104
	3	2.474	▲2.333
	4	2.451	2.510
	5	2.421	▲2.417
厭煩	1	▲2.105	▲2.229
	2	▲2.323	2.521
	3	2.632	2.594

情緒層面	題項	女性	男性
	4	2.421	2.448
	5	▲2.376	▲2.406
放鬆	1	3.180	3.490
	2	3.008	3.135
	3	3.173	3.406
	4	3.361	3.448
	5	3.489	3.615

註：◆最高前五名。
▲最低後五名。

十一　根據是否為僑生比較兩組國際生華語學業情緒答題頻率前五名和後五名排名

由表57可知，華語學業情緒45題，非僑生最易產生的學業情緒的前五名為「自豪第1題—◆4.007分」、「自豪第2題—◆3.971分」、「自豪第3題—◆3.885分」、「自豪第4題—◆3.791分」及「希望第3題—◆3.647分」；而最不易產生的學業情緒的後五名為「厭煩第1題—▲2.261分」、「無望第2題—▲2.273分」、「無望第5題—▲2.388分」、「無望第4題—▲2.468分」及「無望第3題—▲2.475分」。

僑生最易產生的學業情緒的前五名為「自豪第1題—◆4.056分」、「自豪第3題—◆3.811分」、「放鬆第5題—◆3.789分」、「自豪第2題—◆3.756分」及「享受第4題—◆3.689分」；而最不易產生的學業情緒的後五名為「厭煩第1題—▲2.067分」、「無望第2題—▲2.100分」、「焦慮第5題—▲2.167分」、「厭煩第5題—▲2.189分」及「羞愧第3題—▲2.200分」。

分析結果發現：

（1）「自豪第1題—當我華語考試考得好，我會感到很自豪。」皆是僑生、非僑生兩組國際生在學習華語時最易產生的第一名學業情緒。

（2）「自豪第1題—當我華語考試考得好，我會感到很自豪。」、「自豪第2題—我會因為可以使用華語與同學溝通而感到自豪。」、「自豪第3題—能夠閱讀華語教科書時，我會感覺很自豪。」皆是僑生、非僑生兩組國際生在學習華語時最易產生的前五名學業情緒的交集。

（3）「厭煩第1題—看到我的分數，我會很厭煩不想學習華語。」、「無望第2題—我會因為同儕能力比我好，而降低我學習華語的意願。」皆是僑生、非僑生兩組國際生在學習華語時最不易產生的後五名學業情緒的交集。

表 57　根據是否為僑生比較兩組國際生華語學業情緒之比較表

情緒層面	題項	否（非僑生）	是（僑生）
享受	1	3.489	3.556
	2	3.561	3.578
	3	3.626	3.656
	4	3.504	◆3.689
	5	3.439	3.556
自豪	1	◆4.007	◆4.056
	2	◆3.971	◆3.756

情緒層面	題項	否（非僑生）	是（僑生）
	3	◆3.885	◆3.811
	4	◆3.791	3.667
	5	3.561	3.689
生氣	1	2.906	2.900
	2	2.540	2.400
	3	2.647	2.333
	4	2.633	2.389
	5	2.640	2.467
希望	1	3.633	3.611
	2	3.504	3.578
	3	◆3.647	3.089
	4	3.475	3.389
	5	3.281	3.633
焦慮	1	3.137	2.578
	2	2.763	2.678
	3	2.928	2.711
	4	2.820	2.389
	5	2.712	▲2.167
羞愧	1	2.698	2.289
	2	2.691	2.322

情緒層面	題項	否（非僑生）	是（僑生）
	3	2.547	▲2.200
	4	2.719	2.300
	5	2.547	2.378
無望	1	2.849	2.778
	2	▲2.273	▲2.100
	3	▲2.475	2.322
	4	▲2.468	2.489
	5	▲2.388	2.467
厭煩	1	▲2.216	▲2.067
	2	2.532	2.211
	3	2.676	2.522
	4	2.504	2.322
	5	2.518	▲2.189
放鬆	1	3.403	3.167
	2	3.050	3.078
	3	3.252	3.300
	4	3.374	3.433
	5	3.381	◆3.789

註：◆最高前五名。
　　▲最低後五名。

十二　根據華語水平比較3組國際生華語學業情緒答題頻率前五名和後五名排名

由表58可知，華語學業情緒45題，華語水平初級的國際生最易產生的學業情緒的前五名為「自豪第1題—◆4.046分」、「自豪第3題—◆3.917分」、「自豪第2題—◆3.908分」、「自豪第4題—◆3.789分」及「享受第3題—◆3.560分」；而最不易產生的學業情緒的後五名為「厭煩第1題—▲2.404分」、「無望第2題—▲2.495分」、「無望第4題—▲2.569分」、「厭煩第4題—▲2.670分」及「羞愧第3題—▲2.679分」。

華語水平中級的國際生最易產生的學業情緒的前五名為「自豪第1題—◆3.981分」、「自豪第2題—◆3.875分」、「自豪第3題—◆3.837分」、「放鬆第5題—◆3.817分」及「希望第1題—◆3.808分」；而最不易產生的學業情緒的後五名為「無望第2題—▲1.933分」、「厭煩第1題—▲1.952分」、「厭煩第2題—▲2.077分」、「厭煩第5題—▲2.096分」及「無望第5題—▲2.144分」。

華語水平高級的國際生最易產生的學業情緒的前五名為「自豪第1題—◆4.188分」、「享受第4題與希望第2題—◆4.063分」及「享受第5題與放鬆第5題—◆4.000分」；而最不易產生的學業情緒的後五名為「生氣第4題—▲1.438分」、「生氣第2題與羞愧第2題—▲1.500分」、「生氣第3題—▲1.563分」及「羞愧第4題與羞愧第5題—▲1.688分」。

分析結果發現：

(1)「自豪第1題—當我華語考試考得好，我會感到很自豪。」同是華語水平初級、中級和高級3組國際生在學習華語時最易產生的第一名學業情緒。

（2）「自豪第1題—當我華語考試考得好，我會感到很自豪。」、「自豪第2題—我會因為可以使用華語與同學溝通而感到自豪。」、「自豪第3題—能夠閱讀華語教科書時，我會感覺很自豪。」皆是華語水平初級、中級兩組國際生在學習華語時最易產生的前三名學業情緒的交集。

（3）「放鬆第5題—我在上課使用華語時覺得很放鬆。」同是華語水平中級和高級兩組國際生在學習華語時最易產生前五名學業情緒的交集。

（4）「厭煩第1題—看到我的分數，我會很厭煩不想學習華語。」、「無望第2題—我會因為同儕能力比我好，而降低我學習華語的意願。」皆是華語水平初級、中級兩組國際生在學習華語時最不易產生的後兩名學業情緒的交集。

表58　根據華語水平比較3組國際生華語學業情緒之比較表

情緒層面	題項	初級	中級	高級
享受	1	3.394	3.654	3.438
	2	3.486	3.673	3.438
	3	◆3.560	3.692	3.813
	4	3.376	3.712	◆4.063
	5	3.257	3.644	◆4.000
自豪	1	◆4.046	◆3.981	◆4.188
	2	◆3.908	◆3.875	3.813
	3	◆3.917	◆3.837	3.563

情緒層面	題項	初級	中級	高級
	4	◆3.789	3.721	3.563
	5	3.523	3.702	3.625
生氣	1	3.110	2.837	1.938
	2	2.771	2.337	▲1.500
	3	2.872	2.308	▲1.563
	4	2.807	2.423	▲1.438
	5	2.771	2.471	1.875
希望	1	3.450	◆3.808	3.625
	2	3.394	3.596	◆4.063
	3	3.440	3.500	2.875
	4	3.440	3.500	3.063
	5	3.138	3.625	4.000
焦慮	1	3.165	2.788	2.063
	2	2.982	2.558	2.125
	3	3.055	2.721	2.188
	4	3.064	2.356	1.750
	5	2.890	2.212	1.688
羞愧	1	2.771	2.423	1.688
	2	2.789	2.452	▲1.500
	3	▲2.679	2.231	1.750
	4	2.890	2.337	▲1.688
	5	2.688	2.385	▲1.688

情緒層面	題項	初級	中級	高級
無望	1	2.991	2.712	2.375
	2	▲2.495	▲1.933	2.000
	3	2.725	2.173	1.875
	4	▲2.569	2.433	2.125
	5	2.725	▲2.144	2.125
厭煩	1	▲2.404	▲1.952	1.813
	2	2.771	▲2.077	2.063
	3	2.761	2.481	2.500
	4	▲2.670	2.260	1.938
	5	2.743	▲2.096	1.875
放鬆	1	3.312	3.298	3.375
	2	2.972	3.115	3.313
	3	3.303	3.288	2.938
	4	3.220	3.558	3.563
	5	3.211	◆3.817	◆4.000

註：◆最高前五名。
　　▲最低後五名。

華文教學叢書　1200003

在臺國際生以華語作為第二語言之學業成敗歸因與學業情緒關聯探析——以桃園地區大學為例

作　　者　胡瑞雪
責任編輯　呂玉姍
特約校對　林秋芬

發 行 人　林慶彰
總 經 理　梁錦興
總 編 輯　張晏瑞
編 輯 所　萬卷樓圖書股份有限公司
臺北市羅斯福路二段 41 號 6 樓之 3
電話 (02)23216565
傳真 (02)23218698

發　　行　萬卷樓圖書股份有限公司
臺北市羅斯福路二段 41 號 6 樓之 3
電話 (02)23216565
傳真 (02)23218698
電郵 SERVICE@WANJUAN.COM.TW
香港經銷　香港聯合書刊物流有限公司
電話 (852)21502100
傳真 (852)23560735

ISBN 978-986-478-696-1
2022 年 8 月初版
定價：新臺幣 480 元

如何購買本書：
1. 劃撥購書，請透過以下郵政劃撥帳號：
帳號：15624015
戶名：萬卷樓圖書股份有限公司
2. 轉帳購書，請透過以下帳戶
合作金庫銀行　古亭分行
戶名：萬卷樓圖書股份有限公司
帳號：0877717092596
3. 網路購書，請透過萬卷樓網站
網址　WWW.WANJUAN.COM.TW
大量購書，請直接聯繫我們，將有專人為您服務。客服：(02)23216565　分機 610
如有缺頁、破損或裝訂錯誤，請寄回更換
版權所有・翻印必究
Copyright©2022 by WanJuanLou Books CO., Ltd.
All Rights Reserved　　**Printed in Taiwan**

國家圖書館出版品預行編目資料

在臺國際生以華語作為第二語言之學業成敗歸因與學業情緒關聯探析 ： 以桃園地區大學為例/胡瑞雪著. -- 初版. -- 臺北市 ： 萬卷樓圖書股份有限公司, 2022.08
面 ；　公分. -- (華文教學叢書 ；1200003)
ISBN 978-986-478-696-1(平裝)
1.CST: 漢語教學 2.CST: 教學研究 3.CST: 高等教育 4.CST: 桃園市
802.03　　111009045